Les Enfants véritables

Du même auteur

Il est juste que les forts soient frappés, Éditions de l'Observatoire, 2020 ; J'ai Lu, 2021.

Thibault Bérard

Les Enfants véritables

Éditions de L'Observatoire

ISBN : 979-10-329-1419-9
Dépôt légal : 2021, avril

170 *bis*, boulevard du Montparnasse, 75014 Paris

À ma femme,
À nos parents,
À nos enfants.

I
Maman par accident

1. Les enfants véritables
2. Une fête
3. Les petites maquettes de César
4. Le mystère Camille
5. Sauve-moi
6. Tout ira bien
7. Paul en suspension
8. Les vraies mamans

II
Maman d'adoption

1. À mon enterrement
2. Une fête
3. L'épreuve de Diane
4. Simon sans manteau
5. Sauve-moi
6. Tout ira bien
7. Solène en suspension
8. À mon fils

III
Maman dans le désordre

1. Jour de départ
2. Une fête
3. L'amie de Cléo
4. Louise et le cafard
5. Sauve-moi
6. Tout ira bien
7. Théo en suspension
8. Soir de première

« Quand il est né, il pesait quatre kilos... quatre kilos de la chair de sa mère.

Mais aujourd'hui, il pèse neuf kilos, et tu sais ce que c'est, ces cinq kilos de plus ?

Ces cinq kilos de plus, c'est cinq kilos d'amour. Et pourtant, c'est léger, l'amour ! »

Marcel Pagnol, *Fanny*.

Première partie

Maman par accident (Camille)

*

– Diane –

1

Les enfants véritables

11 juin 1995

– Mais Papa, on est d'accord, c'est moi ton enfant véritable ?

Paul sourit sous son bonnet. « On est d'accord. » Cette gamine, elle ne s'arrête jamais. Va savoir où elle est allée chercher cette histoire d'enfant véritable... Peut-être sur le dos d'un livre, dans la bibliothèque ? Ça lui dit vaguement quelque chose. De sa main gauche, il serre plus fort le morceau de bois qu'il sculpte et, de l'autre, il jette trois coups de canif rapides sur l'écorche tendre, afin de se donner une idée de la forme voulue, pour plus tard. Entre ses doigts de bûcheron, la figurine paraît minuscule... Il la fait tourner un moment sous le soleil d'été, devinant du coin de l'œil les montagnes qui les entourent, lui et sa fille. Sa Cléo.

Cléo s'est juchée sur un rocher plat bien chaud, au-dessus de lui, ses chaussures de randonnée délassées dans l'air - elle les agite comme deux petites balles au bout de ses mollets rondelets, pour faire sentir à son père qu'elle est impatiente d'entendre sa réponse. Il parle peu, elle le sait, mais quand les mots viennent, il faut se tenir prête. Car les choses qu'il dira, elle ne les entendra de personne d'autre.

Et certainement pas de moi. C'est-à-dire sa mère. Je ne suis pas dans le paysage, ni au sens propre ni au figuré : en ce moment, je dois me trouver quelque part entre Paris et Trouville, enfin à plusieurs centaines de kilomètres du petit village perdu dans la vallée de l'Ubaye où Paul élève notre fille.

Du reste, même si j'avais été physiquement présente, comme cela m'arrive quatre ou cinq fois par an (avec, à bien y réfléchir, une certaine régularité dans la saisonnalité de mes retours au foyer), je resterais étrangère au monde intérieur de Cléo. Je n'en suis pas fière - comment le pourrais-je -, mais je me targue au moins d'être lucide. Tout comme elle, du reste. Du haut de ses sept ans, elle a très bien compris qu'elle avait un père-chêne, sur lequel elle peut s'appuyer pour grandir, et une mère-herbe-folle, dont elle ne peut que suivre du regard les gracieux envols et les atterrissages en catastrophe, sans espérer beaucoup plus qu'une conversation sur le dernier roman qu'elle a lu ou des conseils sur la façon de se tenir à un dîner. Pour ce que Cléo connaît des dîners...

Je ne peux certainement pas dire que ma fille me comprenne ; à son âge, ce serait impossible. Et puis, me comprendre, c'est la spécialité de Paul. Tout, de ses bras immenses lorsqu'ils s'ouvrent pour *encore une fois* me recueillir à son front qui reste droit comme pour m'indiquer qu'il n'attend pas d'excuse ni même d'explication, semble dire cela de lui : Paul accepte tout, comprend tout, les bonnes et les mauvaises surprises de la vie - et cette femme bizarre qui est la sienne.

Je me dis parfois que, s'il avait eu le choix, il aurait préféré tomber amoureux d'une autre que moi, une personnalité plus à son image, stable, fiable ; mais voilà, ça ne s'est pas présenté ainsi.

En pur montagnard, Paul sait que la seule manière de survivre à un environnement hostile est de s'y adapter.

Contrairement à moi, sa fille n'a rien d'un environnement hostile ; aussi, s'adapter à elle ne lui cause-t-il aucune difficulté. Avec des gestes lents (la petite le soupçonne d'en faire un peu trop, pour coller à son image de Levine sculpteur), il repose la figurine de bois entre ses pieds nus, orteils en éventail.

Il a choisi de s'asseoir dans ce trou d'ombre, sous le rocher où trépigne sa gamine, pour la qualité de l'herbe qu'il offre ; cela lui fait un coussin de verdure acceptable pour travailler. Il n'aime rien tant que façonner au milieu de ses montagnes.

Un soupir, très doux. Il regarde ses mains, ses grandes mains qui le font vivre et lui permettent d'assurer la subsistance de son foyer, entre travaux de charpente, bidouillages divers, maçonnerie fine et traite des brebis, sans oublier la modique somme qu'il perçoit en tant que pompier volontaire. Il les regarde longtemps, ces mains dont il dépend, et puis il dit :

– « Véritable », qu'est-ce que ça signifie, selon toi ?

Cléo lève les yeux au ciel. Dans sa tête, du matin au soir, elle passe son temps à faire des paris.

Si je vois une marmotte, il y aura de la tarte aux mûres pour le dessert.

Si le voisin vient nous emprunter des œufs, l'école sera fermée demain.

Si je pose une question à Papa, il répondra d'abord par une autre question.

Elle attend, docile.

Pour tout ce qui compte, Paul est une personne assez *irréprochable*, mais je suppose que notre petite Cléo pourrait trouver qu'il lui fait un peu trop souvent gagner ce dernier pari avec elle-même. Au-delà du fait que ça la met en colère, cela vient précisément contrarier l'un des rares traits de caractère qu'elle tient de moi : son goût de l'inattendu. Sa passion pour l'aventure - celle qui l'attend peut-être, partout, au saut du lit, quelque part dans ces montagnes qu'elle connaît par cœur mais aussi, pourquoi pas, bien au-delà, « par-delà les vallées et les montagnes », comme disait ce conte que lui racontait son père !...

– Papa ! se contente-t-elle de dire d'un air faussement fâché, sachant bien que cela suffira.

Et en effet, ça suffit : Paul réprime un rire sec, une sorte de hennissement tranché à la racine, et plaque ses deux mains sur ses cuisses. En pensée, Cléo gagne un nouveau pari, mais celui-là la ravit : *Si Papa pose les mains sur ses cuisses, il dira les choses que personne d'autre ne dit.* La vérité, en somme.

– Cette famille compte trois enfants, Cléo, tu le sais. Et je peux t'assurer, gredine grenadine, que ton frère et ta sœur sont tout aussi « véritables » que toi.

Elle fronce son nez rond en signe de désapprobation muette. Cléo n'a rien d'une rebelle, et il ne lui viendrait jamais à l'esprit de s'opposer à son père, qu'elle vénère. En revanche, à vivre toute l'année dehors comme, disons, une sauvageonne, elle n'a guère l'habitude de camoufler ses impatiences.

Paul s'en rend compte, bien sûr ; il a choisi d'entrer dans le sujet en enfonçant la première porte ouverte, et il se doutait que Cléo s'en irriterait. Mais il feint de ne rien voir, sachant qu'il a le temps avec lui. C'est sa plus grande force : il a appris, Dieu sait comment, à faire du temps un *allié*. J'avoue que ce secret-là, j'aurais aimé le mettre en bouteille pour mes vieux jours, moi qui ai tant perdu de temps.

Mais chut, Paul reprend :

– Si tu dis « véritable » parce que c'est de mon sperme que tu es née, je ne peux pas te contredire, reprend-il de sa voix calme. C'est bien de moi que ce sperme est sorti, un jour que je faisais l'amour avec Diane, c'est-à-dire ta mère, et c'est dans l'ovule de ta mère qu'un spermatozoïde est allé se nicher, pour...

– Papa !

Ce « Papa » est différent du précédent. J'y perçois de la Cléo enjôleuse, cette fois, ou du moins théâtrale - ce qui, forcément, m'intéresse au plus haut point puisque cela nous fait un autre lien possible. Elle feint la gêne, et même l'agacement, pour ne pas dire ce que hurlent ses mignonnes chaussures délassées en se balançant en rythme avec le vent du soir : qu'elle est terriblement fière d'avoir un père qui l'éduque de cette manière-là, sans jamais rien lui cacher des choses de la vie, un père brut de fonderie. Quand elle évoque des sujets d'adultes, ses copines de l'école lui paraissent tellement gourdes, en comparaison !

Paul ne ment pas. Dire « jamais » serait excessif, cependant - mais nous y reviendrons.

– Bon, tu as compris ce que je veux dire. Donc, si c'est ça que tu entends par « véritable », alors d'accord, tu es la seule. *L'unica*, comme aurait dit ton grand-père !

Dans l'élan, il donne libre cours à cette joie de vivre qu'il porte en lui comme un trésor trop précieux pour être fréquemment dévoilé, se mettant à chanter de sa voix de marbre « *Figlia ! Mio Padre !* » sur l'air de *Rigoletto*, un opéra qu'il adore depuis toujours. Main sur le cœur, il envoie à sa princesse des hauteurs quelques tonnantes bouffées de tendresse, jusqu'à ce qu'elle capitule en éclatant de rire.

– Voilà, reprend-il. En revanche, si, avec ton « véritable », tu emploies le mot pour ce qu'il est, comme un marteau qu'on utilise comme un marteau et rien d'autre, alors je dois te dire, ma fille, que tu te mets le doigt dans l'œil ». Et même pire !

– Je voulais juste dire...

– Je comprends ce que tu voulais dire. Maintenant, explique-moi : comment une petite tête si bien faite peut-elle abriter une question aussi stupide que celle qui consiste à savoir si elle est ma véritable enfant ? C'est une question à récolter une gifle, ça !

Ah, mon Paul. Je l'aime encore plus quand il tend ces piteuses tentatives de pièges, embuscades si naïves pour qui le connaît un peu et sait donc qu'il est incapable, parfaitement incapable, de la moindre violence envers sa fille...

La posture, il faut l'admettre, est soignée : sous ses sourcils fournis, ses yeux ont viré au noir et il a levé un long doigt de prêcheur vers le ciel, bandant au passage les muscles de son bras. Il est si colossal qu'on le croirait capable de fendre un fragment de la montagne d'une pichenette. Non, vraiment, c'est bien imité.

Tout au fond d'elle-même, Cléo sait que c'est du chiqué, mais ma fille est tout sauf idiote et, si elle ne peut pas soupçonner sérieusement son papa de la menacer d'une gifle, elle est très consciente du fait qu'une certaine *brutalité* vit en lui, menant une existence indépendante de la sienne, comme un feu qui couverait sans qu'on ait besoin de l'alimenter - et, surtout, sans qu'on puisse espérer l'éteindre. Gare à qui l'éveillera !

Aussi Cléo s'est-elle crispée sur son rocher plat, secouant la tête et faisant voleter du même coup ses bouclettes, ce qui ne manque pas de charmer son grand nigaud de père.

Lequel se radoucit aussitôt.

Il ramasse sa statuette, la brosse d'un nouveau coup de canif et dit :

– César est mon enfant véritable tout autant que toi, et tu n'es pas plus mon enfant véritable que Solène. Vous êtes tous les trois ce qui rend ma vie plus belle, et ce qui lui donne à la fois son sens et sa direction - c'est-à-dire sa vérité. Tu comprends ça, jeune fille myrtille ?

Cléo hoche la tête en mesure, même si je doute qu'elle ait bien suivi la fin de la phrase. Il faut dire que quand son propos s'aventure soudain sur ce genre de chemins de traverse, Paul est proprement déroutant. Nombreux sont ceux, au village, qui le prennent pour une simple brute douée de ses mains, voire qui le croient doté d'un talent d'origine plus ou moins surnaturelle... À mon avis, ils sont loin du compte : si Paul peint et sculpte avec autant de grâce, c'est parce que son esprit ne reste jamais en repos, *jamais*, et que c'est bien son esprit qui conduit sa main. Cet esprit peut paraître assoupi dans le refuge de son corps massif et calme, mais c'est un leurre.

Après tout, il fallait une belle dose d'intelligence à Paul pour apprivoiser César comme il l'a fait. Qui d'autre y aurait réussi ?

Cet enfant... C'était une ombre, un chat pelé. On ne pouvait pas le comprendre. Je n'aurais certainement pas pu. À partir du moment où il a commencé à tourner autour du chalet - à bonne distance, bien sûr -, je l'ai pris en grippe. Il avait sept ans, huit peut-être, des vêtements sales et déchirés, une silhouette un peu tordue. Il nous épiait, il venait voler des objets sur notre terrasse, il coulait sa carcasse jusque sous nos fenêtres et, dès qu'on le surprenait, il filait à toutes jambes.

Et puis il revenait. C'était juste avant que je ne tombe enceinte de Cléo ; à cette époque-là, j'étais plus sédentaire, et je pouvais rester presque toute une année aux côtés de Paul sans qu'il ait à redouter de trouver à l'aube un mot sous son oreiller, ma petite valise rouge envolée et moi avec.

Étant plus présente, j'avais aussi moins tendance à lui abandonner les rênes. J'ai essayé de savoir ce que nous voulait ce gamin, dont la vision m'inspirait presque de la répulsion. Je l'appelais, il s'enfuyait. J'en suis venue à le menacer d'appeler les gendarmes s'il continuait à nous importuner.

Oui, c'est ce que j'ai fait. Je ne suis pas quelqu'un de très bien, voyez-vous, et à l'époque c'était pire, bien pire qu'aujourd'hui. Du moins je l'espère.

Le petit, étonnamment, ne répliquait même pas à mes assauts. Il se contentait de m'opposer ce visage idiot, au regard vague et aux traits crispés par quelque terreur aveugle, avant de filer. Pour revenir le lendemain.

Paul, lui, ne disait rien. Il regardait aller et venir ce tout jeune garçon bizarre sans tenter quoi que ce soit. Il l'observait.

Un soir que, l'ayant vu surgir d'un buisson, je m'élançais pour le chasser, Paul m'a arrêtée d'un geste ferme. Il a souri. Il s'est tourné vers le garçon. Il a fourré ses mains dans ses poches, et il s'est mis à siffloter en marchant dans sa direction.

Comme si c'était très drôle, ce qui se passait. Comme si c'était l'occasion d'une bonne blague.

Et cela a suffi à mettre le petit César en confiance. Lui qui paraissait incapable de nouer un contact humain, et dont les yeux roulaient comme des billes dès qu'on cherchait à capter son attention, a observé Paul avec une expression calme, concentrée, qui m'a surprise.

Puis, sans le lâcher du regard, César s'est assis sur le tertre bordant notre chalet. Hypnotisé par l'air joyeux qui sortait des lèvres de mon homme.

Paul, toujours sifflotant, s'est installé à ses côtés.

Je n'ai jamais su ce qu'ils se sont dit, mais Paul m'a appris ensuite que le gamin vivait plus haut dans la montagne, seul avec son père, un ivrogne qui le maltraitait. Au fil de ses venues, il avait repéré notre chalet et, un soir, il avait entendu Paul jouer de l'harmonica.

– Et ça lui a donné envie de vivre dans une maison où on joue de l'harmonica, a conclu Paul.

Comme si c'était d'une logique implacable.

Moi, ça ne me paraissait pas du tout logique. Mais je n'étais pas au bout de mes peines, puisque je n'avais même pas compris que, par cette simple phrase, Paul venait de me signifier sa décision de prendre sous son aile cet oisillon déplaisant. Le gamin est venu nous rendre visite de plus en plus souvent, nous imposant sa vilaine mine et ses piaillements de souris. Il s'est assis à notre table, a partagé nos repas, a dormi parfois dans la couche que Paul avait aménagée pour lui.

Et quelques mois plus tard, quand l'ivrogne est mort au milieu de ses bouteilles, là-haut dans son antre répugnant, César est resté avec nous, tout naturellement. Très logiquement, disons. Selon la logique de Paul.

Moi, je suivais.

Pour dire la vérité, ça n'a pas été tout à fait aussi commode que cela - et je dois même ajouter que j'ai ma part de responsabilité dans l'adoption de César, même si c'était bien ma dernière intention. Je le voyais venir, mon Paul, avec sa manie de considérer le monde comme un endroit simple où les choses logiques se déroulent sans encombre, alors j'ai mis mon grain de sel, en lui rappelant que la toute première urgence était de contacter les services sociaux. Dans mon esprit, c'était une excellente manière de me débarrasser du problème sans en avoir l'air : on allait lui trouver un oncle ou un cousin oublié, à ce pauvre môme... Je n'aurais plus qu'à rappeler à Paul que dans la vie, on ne fait pas toujours ce qu'on veut.

Sauf que mon plan s'est retourné contre moi, et en beauté : l'assistante sociale qui a fini par débarquer nous a expliqué que le vieux n'avait aucun lien de parenté avec aucune personne vivante, rien, pas un chat, pas une ombre nulle part à la ronde ; et que pour tout dire, le cas de ce César était une embûche administrative dont elle se serait bien passée ; et qu'au fond, dans un petit village comme celui-là, on pouvait toujours s'arranger autrement, « flouter les lignes » en évitant que ça ne remonte trop haut dans les archives nationales, surtout quand quelqu'un d'aussi remarquable que Monsieur Paul Belcore, respectueusement surnommé « le peintre » par les villageois, pompier volontaire, offrait de devenir le tuteur légal de l'oisillon...

Bref, en moins de temps qu'il n'en a fallu pour le dire, et contre tout ce que j'avais cru savoir de l'administration française, l'affaire était pliée et le gosse à nous - enfin, à Paul. L'assistante a cru bon d'ajouter qu'on n'aurait pas à craindre de visites trop régulières de ses supérieurs.

J'ai laissé faire. J'avais d'autres soucis en tête, de toute façon : j'étais enceinte jusqu'aux yeux, et à ce moment-là...

Eh bien, je me dis souvent que j'aurais dû anticiper ce qui est arrivé. Que j'avais suffisamment d'éléments pour m'en douter. Mais, je ne sais pas, peut-être qu'on ne peut jamais prévoir ce genre de chose ? Les gens comme moi, les *femmes* comme moi, on se ment, dans cette situation, parce qu'au fond de nous, on aimerait tellement que ça fonctionne ! On rencontre un homme, c'est notre homme. Le désir d'être mère ne vient pas, mais on se dit qu'il faut parfois provoquer les événements pour qu'ils adviennent. J'étais tombée enceinte très facilement, en plus, et j'y avais vu le signe que, contrairement à ce que je sentais dans mes tripes, j'étais moi aussi faite pour être maman.

Et puis l'échéance approche, et rien ne change. Plus que deux mois, plus que quatre semaines, trois, plus que deux et on se ment toujours plus, on essaie de se rassurer, on se répète que rien n'est fatal ou définitif, que c'est le bébé qui, une fois là, fera de nous une mère. Voilà, oui : ce sera évident, limpide et désarmant, parfaitement naturel, et la lumière de notre rencontre chassera ces fichus démons qui nous rendent la vie impossible !

On s'accroche à cette image superbe, libératrice, de l'évidence qui s'impose. Après tout, combien de femmes se sont découvertes mères à l'instant précis où elles ont posé les yeux sur leur enfant ?

Je suppose que je comptais sur une épiphanie de ce genre. Ma réaction à la présence du chat pelé dans notre maison n'avait rien eu pour me rassurer, mais je me disais que ce serait différent avec mon enfant, mon enfant véritable.

J'avais tort. Trois mois après la naissance de Cléo, j'ai repris ma valise rouge après avoir laissé un mot sous l'oreiller de Paul. Je l'imagine très bien le lisant à la lueur du petit matin, tandis que notre bébé coassait dans son berceau, à côté de lui. Je le vois soupirant, seul dans son chagrin discret, une pensée navrée pour sa femme impossible, incapable de tenir en place.

Il savait que je reviendrais, c'est sans doute ce qui lui a évité de devenir fou de rage - même si c'est précisément cela qui aurait déchaîné la colère de tout autre. Mais Paul était décidément exceptionnel. Et même si j'ai toujours eu du mal à comprendre pourquoi il m'aimait à ce point, c'est un fait indéniable : il m'aimait plus que personne ne m'a jamais aimée. Alors qu'il me connaissait mieux que personne.

Comme il l'avait prévu, je suis revenue.

Quinze mois plus tard.

Enceinte de Solène, chose qu'il n'avait sans doute pas prévue.

– Il est débile, César ! Il pige rien, il arrête pas de pleurnicher et il veut jamais rien faire, je l'aime pas.

Paul sculpte sa figurine, sans répondre. Puis :

– Ton frère n'est pas « débile », non. Il a besoin de temps pour apprendre à affronter le monde. Il va trouver sa voie, il faut simplement attendre. Et se tenir prêt à l'accompagner le jour où cela arrivera.

– Tu parles.

Pour montrer sa désapprobation, Cléo enfile son pull avec brusquerie et commence à lacer ses chaussures à grands gestes claquants. Mais Paul sait qu'en fait, elle se rhabille surtout parce que le soleil n'est pas loin de se coucher et que le temps va se rafraîchir très vite. Sa fille est déjà une renarde des montagnes... C'est sans doute sa plus grande fierté.

– Vous apprendrez à vous entendre. Ta sœur, tu ne me diras pas que tu ne l'aimes pas, hmm ? Vous êtes inséparables.

– Ben oui.

« Ben oui. » Ces deux mots résument parfaitement ce que l'on éprouve au contact de Solène : un sentiment de douceur confondante, d'harmonie, de confiance immédiate. Une envie de se réconcilier avec tout.

C'est le paradoxe Solène, dont l'incroyable charme a commencé à agir avant même sa naissance. Elle n'arrivait pas avec les meilleures cartes, évidemment ; le ventre qui l'abritait était celui d'une horrible maman déserteuse, rentrant tête basse de sa dernière escapade - un *abandon d'enfant*, cela s'appelle un abandon d'enfant - et affichant le fruit de son dévoiement, bien visible sous sa robe... En toute logique, le dédain que j'inspirais au monde (pas à Paul, mais à tout le reste du monde) aurait dû rejaillir sur la petite.

Seulement, le jour où Solène pousse son premier cri, on découvre son visage en forme de lune, on la regarde et l'on se dit : « Ben oui ».

On comprend, on l'accepte, on l'aime.

Et on l'adopte.

Du moins, quand on s'appelle Paul. Mais il faut reconnaître que Solène exerce sur tous les membres de la famille un pouvoir particulier. Sa présence calme les crises d'angoisse de César, enchante Cléo, comble son père. Même moi, à l'époque, je me surprenais à la câliner plus volontiers que sa sœur, parce qu'elle ne braillait jamais, n'exigeait jamais rien ; elle respectait l'espace des autres. Je me disais même, dans mon immense sottise, que si tous les bébés étaient comme elle, ou si je l'avais eue en premier, les choses se seraient passées différemment, entre Cléo et moi. J'étais un monstre de stupidité.

On s'est tout de même trouvées, avec ma Cléo. Ce miracle-là est advenu bien plus tard, et d'une manière que je n'aurais jamais pu imaginer...

– Attention !

Paul a bondi sur ses pieds, coudes levés ; une montagne en action. Ses yeux sont braqués vers le sommet du col, dont dévale une grosse pierre qui rebondit dans sa chute en décrivant des courbes impressionnantes. Elle s'élève sur une dizaine de mètres, retombe à toute allure et, au lieu de se briser au sol, rebondit encore plus haut... au-dessus de Cléo.

Partout autour, la montagne émet ce silence paisiblement bruyant qui est un piège, visant à faire oublier aux marcheurs les dangers qu'elle cache dans son ventre rocailleux. Paul les connaît tous, il sait qu'une pierre de la taille d'une pomme, dévalant cette pente-là, finira sa course par un ultime bond de huit ou neuf mètres, et qu'elle fendra le crâne de sa Cléo en retombant, s'il tarde trop à agir.

Il ne tarde pas. Vif comme un souffle, il s'est hissé sur le rocher où Cléo s'est recroquevillée, mains nouées sur la nuque, tressautant en rythme avec les *TOOOM* terrifiants que produit la pierre en rebondissant sur la pente, une fois, deux, trois...

– Papa ! hurle-t-elle, les yeux fermés.

Une poigne de métal s'abat sur la peau tendre de son bras, et elle se sent enlevée au sol et à la peur - puis plongée dans l'océan de muscles de son père, hors d'atteinte.

Elle s'y blottit intensément.

La pierre éclate en mille fragments assassins à l'endroit où elle se trouvait ; exactement à l'endroit où elle s'agitait quelques secondes plus tôt. On entend longtemps rouler l'écho du fracas entre les montagnes sombres qui, autour, observent.

Paul serre sa fille contre lui à l'étouffer, lui chuchote seulement des *calme-toi, calme-toi*, à voix basse.

Puis il lève la tête vers le col et distingue, de ses yeux perçants, un groupe d'adolescents qui s'amusent à faire des dérapages sur le sentier, en soulevant des nuages de poussière.

– Imbéciles, murmure-t-il.

Cléo s'extirpe de la chaleur granitique de son père. Il ne s'est pas départi de son calme habituel, rien dans sa voix n'a trahi le moindre écart, et cependant... elle a besoin d'en être sûre. Avec prudence, elle va trouver son regard, toujours fixé vers les hauteurs. Ses yeux rougeoient comme un feu tranquille.

Elle remarque alors qu'en la serrant dans son poing, il a brisé la figurine en deux.

2

Une fête

20 septembre 2015

Cléo n'est jamais entrée dans cette maison en plein jour. Cette maison, c'est celle de Théo ; son amour, son amour tout neuf. Il l'y attend avec ses deux enfants de sept et quatre ans et demi, Simon et Camille, encore tout secoués par la mort de leur maman, « des suites d'une longue maladie », comme on dit dans les romans à l'eau de rose.

Sauf qu'il ne s'agit pas d'un roman, songe-t-elle, mais de leur vie ; et peut-être un peu de la sienne, dorénavant. Une petite voix fuse en elle, taquine, presque méchante, et lui chantonne : *« Que diable allait-elle faire dans cette galère ? »*

Elle s'en débarrasse d'un hochement de tête. Elle est morte de trouille, mais Cléo n'est pas le genre de jeune femme à se laisser dominer par sa peur. C'est une chose, peut-être, que je peux m'enorgueillir de lui avoir léguée, sinon apprise : Cléo ne recule devant rien.

Elle n'y est jamais entrée en plein jour, mais elle connaît un peu la maison. Elle y retrouvait Théo le soir, ces dernières semaines, quand les enfants n'y étaient pas, tandis qu'il naviguait en eaux troubles et se débattait dans l'enfer de la fin de vie - celle de sa femme, enfin de la femme qu'il aimait, et qui n'était pas encore elle, Cléo.

Sarah est morte en juillet, un jour de grand soleil, au bout de plusieurs mois de combat désespéré contre une récidive de tumeur cancéreuse... et assez peu de temps après que Théo eut avoué à Cléo qu'il était tombé amoureux d'elle ; qu'elle devait savoir, cependant, qu'il accompagnerait sa femme jusqu'au bout ; qu'il ne lui demandait pas de l'attendre ; qu'il ne savait pas, en fait, vu les *circonstances*, ce qui pouvait naître d'un pareil aveu d'amour ; mais que c'était comme ça, il avait dû le lui dire ; qu'il s'en remettait à elle, ou plutôt à eux, pour savoir qu'en faire ; qu'il espérait qu'elle comprendrait. Cléo avait répondu que oui, elle comprenait.

Je croyais connaître ma fille mais, pour tout dire, je ne lui aurais pas imaginé cette fougue inconsciente : se jeter à corps perdu dans une telle histoire, mêler son existence à celle d'un homme frappé si récemment par le deuil, plus âgé qu'elle de huit ans et père de deux petits !

Qui aurait parié un sou sur cet amour-là ?

Mais ma fille est bien ma fille : il lui a suffi de quelques mots pour me convaincre qu'elle savait ce qu'elle faisait. « Papa aurait approuvé, tu sais. » Voilà Cléo. Si elle s'élance dans l'arène, ce n'est pas par bravade, c'est parce que c'est là qu'elle doit être - aux côtés de ceux qu'elle aime. Elle m'a dépeint son Théo, vif, plein d'énergie, d'une folle vitalité envers et contre tout, malgré le drame qu'il a subi ; et à mon tour, j'ai compris.

À présent elle va entrer, en plein jour, dans la maison de son amoureux. Ils pourront un jour goûter librement les mille jeux et aventures qui surgissent de chacune de leurs retrouvailles comme de sous un bosquet odorant : c'est bien cela, la vie qu'elle veut. Elle prendra tout, les petits avec.

S'ils veulent bien d'elle.

Huit ans d'écart, se dit-elle en souriant. Comme avec César. C'est drôle, ils sont si différents, Théo et lui ! Si ce n'était pas trop cliché, elle s'avouerait que c'est à son père qu'il ressemble, son amoureux. *Jamais peur, jamais froid, jamais mal.* Ce n'est pas nécessairement ce trait de caractère-là qui l'a séduite, mais il est indéniable qu'en dépit de leurs disparités physiques - Théo est long et mince, il a des doigts de fille que Paul aurait broyés dans sa main et un sourire de môme espiègle très éloigné de son expression brute de montagnard -, ils ont beaucoup de choses en commun.

Devant le portail, elle souffle un coup. Puis elle le pousse du plat de la paume, d'un geste souple.

Ils l'attendent, elle le sait ; comme elle déteste faire patienter les autres, elle se presse.

Et elle entre.

Le jardin, en ce matin lumineux, a été décoré comme pour une fête. Sur la vigne qui court le long du mur, des morceaux de papier coloré ont été accrochés - avec du scotch marron assez moche, elle sourit en notant ce détail. Par terre, des pétales de fleurs chiffonnés semblent lui dessiner un chemin.

Cédant à un jeu d'enfant, elle pose les pieds dessus en prenant garde de ne pas en oublier un seul, remarque alors les rubans qui pendent des branches du figuier, phare végétal de cette maisonnette de banlieue, et aboutit face à la table bancale où Théo et elle buvaient des verres de vin blanc, les soirs volés à l'horreur, avant de faire l'amour.

Les enfants et Théo se tiennent devant elle, au garde-à-vous, frémissants d'impatience. Elle rougit en pensant qu'ils l'ont entendue entrer et qu'ils ont dû se demander ce qu'elle fabriquait, et pourquoi il lui a fallu tant de temps pour franchir les quelques mètres qui séparent le portail du jardin. *Je m'acclimatais*, pense-t-elle.

Et je sais, moi, qu'elle prenait ce temps-là pour se régénérer, puiser de la lumière autour d'elle afin d'apparaître aussi douce que possible aux enfants, pour ne pas trop les tourmenter, les effrayer, les décevoir. Tout cela à la fois.

En voyant leurs grands yeux ouverts sur de si petits visages, elle est prise d'une immense envie de fuir, comme Coyote déguerpissant dans un *PING* sonore, suivi d'un nuage de fumée.

Quand le nuage se dissipe, elle pose une main sur son cœur pour l'apaiser et se recentre sur Simon et Camille, qu'elle s'efforce de mieux regarder tout en articulant leurs prénoms en pensée, avec soin, avec douceur encore. Théo lui a montré des photos d'eux, bien sûr, mais ça n'a aucun rapport avec le fait de les voir là, devant elle, immobiles et souriants.

« Aucun rapport. » C'est drôle, ce sont justement les deux mots qu'elle a prononcés la toute première fois qu'ils se sont rencontrés, Théo et elle. Les deux mots qu'elle avait lancés comme des flèches, en fait, pour le remettre à sa place. Et qui ont peut-être enclenché toute la suite. Deux mots magiques. Théo en est convaincu, en tout cas : il lui a souvent dit qu'il était tombé amoureux d'elle dès ces deux mots-là. Mais Théo adore extrapoler - autre différence notable avec Paul. Quand il se lance dans des théories plus ou moins délirantes pour le plaisir d'entendre le son de sa propre voix, Cléo le regarde faire avec un sourire amusé. Elle se croit bien plus simple que lui... Elle ignore à quel point elle se trompe.

– Bonjour, dit Simon, qui s'est avancé vers elle et l'arrache à ses pensées d'une voix de jeune ambassadeur sérieux.

Elle le contemple une longue seconde avant de lui répondre. Cette seconde-là, il la lui faut, sinon elle ne pourra pas continuer ; elle a beaucoup trop peur.

Voyons. D'abord le grand front, les sourcils arqués, et bien sûr les yeux malicieux, tout à fait son père. La bouche fine comme un coup de crayon, mais ourlée de lèvres pleines. Oui, Simon est bien le petit prince que Théo lui a décrit, auréolé de grâce et de malice - on le sent à deux doigts d'éclater de rire, taquin, déjà tout en sensualité. Non sans fierté, Théo lui a dit à quel point son garçon lui ressemblait, d'ailleurs tout le monde le dit depuis toujours, c'est son « clone miniature ».

À bien l'observer, là, dans ce jardin inondé de soleil, avec la frousse qui lui tord le ventre et décuple son acuité, Cléo est d'accord mais... peut-être pas tant que ça. Elle a envie de déceler chez ce garçon, qui s'est courageusement approché d'elle, des choses qui n'appartiendraient qu'à lui, et elle sent que cela ne lui sera pas si difficile. D'un coup d'œil, elle note les poings serrés très fort, et elle entend comme un long cri retenu à l'intérieur de ce petit corps qui a tellement enduré.

Oui, elle perçoit tout cela, le courage et la colère mêlés. Elle pense à son propre père, qui lui a transmis son talent pour aimer les autres, cette incroyable faculté à comprendre leurs tourments ou leurs doutes.

– Bonjour Simon, répond-elle dans un souffle.

Et aussitôt, dans un sautillement rapide, il lui pique une bise. Théo et son fils ont certainement en commun le fait d'aimer se faire aimer.

Un peu rassurée par ce premier contact, Cléo se tourne vers Camille, qui est restée en retrait, un bras enroulé autour du genou de son père. Toute petite brindille de quatre ans et demi, si fragile, si...

– B'jour ! lui jette-t-elle, la prenant de vitesse.

Et de lui coller une bise tout pareil que son frère.

Ma pauvre Cléo, qui venait à peine de trouver ses marques, s'en voit complètement chamboulée.

« Ah, Camille, tu verras, c'est une soldate. Une fonceuse ! » lui avait dit Théo, avec une évidente fierté. Cléo se dit que ce portrait semble assez juste, même si c'est sûrement plus compliqué que ça.

Ça ne peut qu'être compliqué. Camille est née dans des circonstances terribles, extraordinaires : Sarah la portait dans son ventre quand elle a appris qu'elle était atteinte de son cancer - le premier, celui qu'elle a vaincu contre toute attente, avant qu'il ne revienne en traître quatre ans plus tard. Camille est née dans le dur, a grandi dans le combat, et c'est sans doute de là, argue son père, qu'elle tire cette force impressionnante, cette façon de poser sur le monde un regard vert qui enregistre et assimile tout.

Chancelante, Cléo s'efforce de cacher son trouble. Elle y réussit en s'attardant sur le joli visage rond de la fillette, ses délicats cheveux blonds, son charme venu de très loin, ou d'il y a très longtemps. Elle tombe très vite sous ce charme.

Enfin, comme le silence commence à durer, elle décide de se lancer.

– Vous savez..., murmure-t-elle, haletante, cachant derrière un nouveau sourire sa frayeur infinie. Vous savez...

Théo tend le menton vers elle, ouvrant les mains pour lui venir en aide.

– Oui, ma chérie ?

Il a placé ce « chérie » pour l'aider sans doute, en indiquant aux enfants la place qu'elle a dans son cœur ; c'est évidemment très maladroit et parfaitement contreproductif - et c'est sans doute ce qui offre à ma Cléo la porte de sortie dont elle avait besoin.

– Vous savez, je suis très contente de vous rencontrer, tous les deux. Votre papa m'a *énormément* parlé de vous, et, et...

Nouveau coup de menton de Théo, qui lui adresse un sourire encourageant. Les enfants sourient aussi, captivés, inconscients de l'effet qu'ils lui font.

Mais si bienveillants, si gentils, qu'elle ose :

–… et il faut tout de suite que j'aille faire pipi, parce que je suis morte de peur.

C'est Simon qui, le premier, la libère en éclatant de rire. Théo se joint à lui, puis Camille, qui pouffe dans ses mains jointes sur sa bouche cerise.

– Tu m'emmènes ? demande Cléo à la petite.

Laquelle prend la main tendue, et la conduit aux toilettes.

*

* *

Pour cette première rencontre, Théo a préparé un goûter d'ogre. Ils mangent tous les quatre au soleil, sur la table bancale, piochant dans les croissants, le jambon, le fromage et se servant de grandes rasades de jus. Cléo en est à son troisième café, alors qu'elle en avait déjà bu deux avant de venir, pour se donner du courage.

Peu à peu, elle se détend. Théo fait rouler la conversation entre elle et les enfants, et Simon l'entreprend bientôt sur sa maîtresse de CE2 qui est « sévère mais juste », sur les mérites comparés de Spiderman et Superman (qui est nul sans son costume), avant de la mitrailler de questions. Elle remarque que de temps en temps, pendant qu'elle réfléchit à ce qu'elle va dire, il chantonne, à voix basse, pour lui seul.

– Et tu fais quoi comme métier ?

– Je travaille dans un théâtre.

– Oh, moi je veux être acteur ! T'es actrice ?

– Non, je… je m'occupe de la communication pour le théâtre. J'essaie de faire venir les gens, enfin les spectateurs…

Pour répondre, Cléo pèse chaque mot, craignant sans cesse la bourde qui la ferait mal voir de ces deux enfants frappés d'une peine d'adulte - même si, pour être honnête, elle sait bien qu'elle ne mesure pas encore l'incommensurable tristesse qui les hante. Peut-être eux-mêmes n'en ont-ils pas tout à fait conscience.

Je suis, du fait de ma propre histoire chaotique, bien placée pour savoir que les enfants mettent parfois du temps à identifier l'objet de leur tristesse, et plus encore à exprimer celle-ci. Quand elle jaillit enfin, il faut se tenir prêt à la recevoir - en priant pour en être capable, car c'est un jet de lave qui vous submerge. Un jet de lave, rien de moins, qui peut vous démolir.

Cela ne fait pas de doute, les deux enfants que Cléo rencontre dans ce jardin décoré pour elle, au sein d'une famille qu'elle découvre, ont beaucoup trop pleuré déjà, et beaucoup trop enduré pour leur âge... mais la dure vérité est qu'ils sont encore bien loin du bout de leurs peines.

Et parce que ma Cléo est Cléo, elle parvient soudain à deviner, alors qu'elle contemple leurs visages animés - Simon gai et bavard, Camille attentive et fine - que son rôle consistera, entre autres choses, à les mener jusqu'aux contrées humides des larmes qu'on ne veut plus retenir, des cris qu'on s'autorise enfin à pousser.

Mais pour l'heure, elle ne s'y appesantit pas. Elle est si jeune pour une telle charge ! À son âge, je n'aurais... Peu importe. Il n'est pas question de moi.

– Et Papa nous a montré plein de films qui ne sont pas pour les enfants, mais moi ça ne me fait jamais peur, on a vu *Terminator 2* et *Gremlins 1* et *2*, et on a vu aussi *Qui veut la peau de Roger Rabbit ?*, et on...

– *Roger Rabbit*, ça fait pas peur, décrète Camille, fusant hors de son silence avec cette rapidité qui, encore une fois, fait sursauter Cléo.

– Elle a raison, enchaîne Théo avec un hochement de tête pour sa fille. On ne peut pas mettre *Terminator 2* et *Roger Rabbit* sur le même plan.

À cet instant, Cléo sent son cœur frémir, parce que la façon dont Théo s'adresse aux petits, avec cette décontraction affichée, cette volonté claire de les traiter en êtres pensants et agissants, lui rappelle les manières de Paul avec ses enfants. Elle sent un hoquet de rire la traverser, comme ça, d'un coup.

– Quoi, t'es pas d'accord ? lui lance Théo, heureux que la discussion circule.

– Pourquoi t'es pas d'accord ? rebondit Simon pour passer à autre chose, la rebuffade paternelle l'ayant un peu vexé.

Cléo réatterrit, se sent à nouveau prise en faute. Ce n'est pas dans une galère qu'elle se trouve, certes non - elle vit sans doute le moment le plus fort et le plus excitant de toute sa vie -, mais ce goûter n'a vraiment rien de reposant !

– Non, c'est juste... Je pensais à autre chose.

Et comme ils ont tous l'air légèrement déçus, elle ajoute :

– En fait, j'ai jamais vu *Roger Rabbit.*

Les trois se figent, sourient, puis Théo s'écrie :

– Tu n'as jamais vu *Roger Rabbit* ?!

Elle rit franchement. Si elle avait cherché à obtenir cet effet-là, elle n'y serait pas arrivée !

– Pourtant, il passait tout le temps à la télé, quand on était mômes, reprend Théo. Enfin, quand j'étais môme.

– Mais tu sais que je n'avais pas la télé, riposte Cléo en courbant un sourcil.

Ce disant, elle guette la réaction des enfants. Celle-ci ne se fait pas attendre :

– T'avais pas la télé ?! (en chœur).

– Eh non !

– Oh la pauvre ! (en chœur à nouveau).

– Eh oui. Mais j'avais les montagnes, et mon père m'emmenait faire plein de trucs, de la rando, il y avait la rivière...

Simon hausse les épaules.

– Oui ben, les montagnes...

– La rivière, c'est joli, déclare Camille d'un ton docte qui met tout le monde d'accord.

Un silence - le premier depuis qu'ils sont à table - s'impose alors. Cléo est tentée de le combler immédiatement, et puis elle s'aperçoit qu'il lui fait du bien.

Et surtout, qu'elle n'est pas la seule à l'apprécier. À l'autre bout de la table, Théo la dévore des yeux, fou de bonheur de la voir là, qui s'en tire si bien, dans sa maison, avec ses petits. Et ceux-ci savourent eux aussi le moment, un moment rempli de ce genre de rien qu'ils savent très bien apprécier.

Finalement, Théo reprend la parole, dégainant le sourire en coin dont il se sert pour obtenir ce qu'il veut...

– Ma chérie, il est impensable qu'on te laisse repartir d'ici sans avoir vu *Roger Rabbit*. Ça te dit ? Les enfants, vous êtes d'accord, on lui montre ?

On lui montre.

À ce stade, il leur fallait sans doute ça : une heure et demie à se masser ensemble sur un canapé, devant un lapin dingo qui ferait des cabrioles par amour pour une grande rousse pulpeuse tout en faisant tourner en bourrique un détective irascible mais attachant.

Il fallait ça à Cléo, en tout cas. J'ai mis du temps - trop de temps - à vraiment rencontrer ma fille, mais je peux vous dire *exactement* ce qui s'est passé dans sa tête durant cette heure et demie.

Elle m'avait appelée juste avant de se rendre au rendez-vous. J'étais en Inde à ce moment-là, mais au seul son de sa voix, j'ai pu prédire la façon dont elle réagirait, ce qu'elle ferait et dirait, ce qui l'inquiéterait et ce qui la rassurerait.

Je sais qu'à la seconde où elle s'est assise entre Simon et Théo, qui tenait Camille serrée contre lui, elle a senti la peur rejaillir, d'un coup, comme un volcan. La perspective confortable du canapé se muait brusquement en une épreuve encore plus impressionnante que le face-à-face au jardin.

Je sais aussi qu'elle n'a rien suivi du film, toute concentrée qu'elle était à ne pas faire sentir son poids sur le canapé et à respirer le moins fort possible, comme dans une partie de cache-cache, quand le chercheur rôde non loin...

Je sais enfin que quand Simon, au bout d'un quart d'heure, a bâillé puis posé très doucement la tête contre son épaule, elle s'est sentie fondre, jubilant à en avoir les larmes aux yeux et, cependant, se crispant à l'idée de devoir rester immobile jusqu'à la fin du film.

Malgré sa scrupuleuse raideur, elle n'a pu ignorer le sourire ému que lui a adressé Théo. Du même coup d'œil, elle a noté à travers la baie vitrée que le soleil se coucherait dans quelques heures, et qu'il serait alors temps de rentrer. Pour cette fois.

3

Les petites maquettes de César

3 mars 1996

Il est 22 heures, et César n'est pas rentré. Un môme de seize ans qui découche, ce n'est jamais rassurant, mais là c'est pire, parce qu'on est en montagne, et parce que César est César. Ce n'est pas l'adolescent type qui serait resté chez un copain en oubliant de prévenir ; César n'a rien de l'adolescent type, à part cette mollesse... à ceci près qu'il l'a toujours eue, même enfant. Et de toute façon, César n'a pas de copain.

– Ce garçon, murmure Paul, assis à la grande table de bois, les yeux tournés vers la vitre noire.

Il n'achève pas sa phrase. Ce garçon, personne ne peut le comprendre, c'est une énigme. Depuis qu'il l'élève, tente de l'aider à trouver sa voie, Paul échoue à le cerner. César oppose à toutes les propositions, idées, consignes, une figure apathique. Un vague rictus sur son visage cireux et mal défini. Qu'on lui lance un ballon, il le prendra en pleine poire, en esquissant à peine un geste pour arrêter la course du projectile. Rien ne l'anime et tout l'ennuie, ou presque. Il n'y a que quand son père - c'est-à-dire, Paul, qui tient à ce qu'il l'appelle « Papa » - joue de l'harmonica, ou sculpte ses figurines, ou peint ses toiles, qu'il semble s'intéresser à quelque chose. Dans ces moments-là, César devient, pour quelques heures, un garçon *normal*.

Pas assez normal pour susciter mon intérêt, je dois l'avouer, moi qui fuyais sa présence lors de mes séjours au chalet ; mais suffisamment peut-être pour qu'on se dise : « Tiens, tout n'est pas forcément fichu avec ce gamin... »

Et puis il y a Solène, bien sûr. Qui accepte César tel qu'il est, entoure de ses bras ronds son cou de poulet, se contente de ce qu'il peut donner. Solène à qui il réserve, aussi, ses très rares marques d'attention, gouttes d'eau dans un désert sentimental.

Justement, la petite vient trimballer ses six ans d'innocence aux pieds de Paul - qu'elle a toujours appelé « Papa » sans la moindre difficulté, bien qu'il lui ait parlé à plusieurs reprises de son géniteur, ou du moins de ce qu'il en sait, c'est-à-dire peu, puisque je ne lui en ai presque rien dit ; et pour cause, je ne sais pas son nom, je me souviens seulement d'un sourire brillant sur un costume blanc crème, et d'une soirée qui avait démarré gaiement au champagne et s'était achevée dans le bruit et le désordre.

– T'attends César ? lui dit Solène.

Paul la regarde, qui dodeline, adorable dans le tee-shirt trop grand qu'elle met pour dormir. Ses cheveux d'un noir profond, réunis en une tresse, lui font une allure de squaw un peu hagarde, au nez mignonnement écrasé, au visage ovale et aux doigts peinturlurés - elle passe ses journées à dessiner. Cependant on devine, derrière l'apparente indolence, une détermination farouche ; le pétillement de ses yeux aussi noirs que ses cheveux dit bien à quel point elle attend une réponse, et qu'elle ne repartira pas sans. Ce n'est pas l'impatience joyeuse de Cléo, non, il y a là une urgence plus grave, plus furieuse déjà...

Mais j'y reviendrai.

C'est le silence de la maison qui l'a réveillée, tandis que sa sœur dort encore ; Solène a l'instinct des sons familiers et de l'harmonie des espaces, elle connaît intimement chacun des craquements qu'émet le parquet quand Paul se déplace pour peindre le soir, le son mat des coups de pinceau sur la toile, le chuintement de sa voix quand il chantonne dans le chalet endormi.

Et ce soir, quelque chose en elle a senti que cette symphonie habituelle était brisée. Elle s'est levée pour aller voir.

– Bonsoir, papillon mignon. Oui, j'attends ton frère. Je ne sais pas où il est. Je suis inquiet, tu vois.

Fidèle à lui-même, Paul ne ment pas. D'ailleurs, à quoi bon ? On ne saurait rien cacher à Solène.

– Tu l'as disputé ?

Il répond par cette espèce de hennissement de rire entravé qui trahit toujours sa gêne.

« Si seulement », voilà ce qu'il a failli répondre. Si seulement ils s'étaient disputés. Cela aurait signifié, au moins, qu'ils se sont parlé, qu'ils ont eu un désaccord, quelque chose de tangible ; la base d'une relation qui pourrait être chaotique, ou compliquée, mais enfin qui existerait.

Or, en dépit de ses efforts, Paul n'a pas réussi à créer la relation filiale qu'il espérait bâtir avec César.

Ce matin, il lui a demandé de l'aider à conduire les brebis en altitude pour qu'elles paissent là-haut, puisque les beaux jours se profilent. Demande rejetée d'un vague haussement d'épaules. Oh, il n'avait pas beaucoup d'espoir, de toute façon – César n'a jamais manifesté le moindre signe indiquant qu'il était prêt à s'impliquer dans la vie de famille. L'école, il n'y comprend rien, et il y a si souvent fait ses fameuses crises de tétanie que Paul a décidé de l'en retirer pour l'instant. L'élevage ne l'intéresse pas, ni le travail de maçonnerie ni les livres. Il ne parle pas, ou presque pas.

Tout ce qu'il aime, ce sont ses petites maquettes.

Ah, ses petites maquettes. C'est quelque chose, sans doute. Aussi étonnant que cela puisse paraître, c'est moi qui lui ai offert sa première boîte, pour ses douze ans. J'étais de retour et, comme cela tombait pour Noël, j'avais décidé de faire les choses bien. Je suis rentrée les bras chargés de cadeaux. Un laguiole pour mon Paul, qui l'a regardé luire d'un air amusé pendant une longue minute, un joli bracelet pour Cléo qui l'a trituré avec passion avant de l'oublier dans un coin, une poupée Corole pour Solène (se souvient-elle aujourd'hui de sa poupée, qui lui avait tant plu ?), et pour César cette boîte de jeux de construction, dont le vendeur m'avait assuré qu'elle pourrait l'occuper pendant des heures. Le jouet correspondait plutôt aux enfants de 9-10 ans, mais César ne m'avait jamais fait l'effet d'être particulièrement éveillé. Je le soupçonnais même d'être atteint d'une forme d'idiotie légère.

Je sais aujourd'hui que j'avais tort. Mais avec le cadeau, j'avais tapé juste : à la minute où il a ouvert la boîte, César s'est illuminé. Il n'a rien dit, il ne m'a pas remerciée - ce qui ne m'a guère surprise -, et il s'est accroupi au fond de la pièce pour déballer chaque pièce du jeu avec des gestes étonnamment minutieux.

Ensuite, il a passé des jours à monter cette maquette (une grue, si ma mémoire est bonne), puis à la démonter et à recommencer depuis le début, avec la même application, le même sérieux. Paul, radieux, le regardait faire.

Il y a eu une autre boîte, puis une autre. Au fil des mois, les boîtes se sont accumulées. Le petit assemblait ses maquettes de plus en plus rapidement et s'est bientôt montré capable de concevoir des figures inédites, chariots, voitures, maisonnettes, tourelles, hélicoptères, en associant des pièces de différentes boîtes, s'écartant de plus en plus des modèles pour inventer ses propres créations. C'était impressionnant et, pour tout dire, vaguement dérangeant, de voir ce visage d'ordinaire si inexpressif se parer du masque de la concentration extrême, tandis que ses mains s'agitaient sous lui, expertes, agiles comme des serpents.

Dès qu'il avait achevé une maquette, elle venait rejoindre les précédentes dans le grand coffre rouge qu'il gardait sous son lit comme un trésor.

– Tu as fait une belle chose en lui offrant ce cadeau, m'a dit Paul en ramassant une boule qui avait roulé sous le sapin.

J'ai balayé le compliment du plat de la main et je me suis resservi un verre de champagne. La tête me tournait un peu.

Il m'a tendu la boule, un sourire gamin aux lèvres. Elle était rouge, toute couverte de paillettes argentées.

– Elle est belle, non ? Elle est un peu comme toi : elle illumine le décor, mais on ne la voit pas assez souvent. Tu m'excuseras si je n'ai pas de cadeau pour toi : je ne savais pas que tu rentrais. Et d'ailleurs, ce n'est pas facile de savoir ce qui te ferait plaisir, puisque tu l'ignores toi-même...

Piquée, j'ai haussé les épaules.

– Ne prends pas ce ton-là avec moi, Paul. Je sais très bien ce que je veux dans ma vie. J'aime nos moments, j'aime être ici – de temps en temps. Mais ce n'est pas ma place, et je refuse de te faire croire le contraire. Il vaut mieux que je sois honnête, non ? Pour toi, pour les enfants. Si tu trouves ça trop dur, dis-le : je comprendrai. Moi, je préfère...

–... la vérité. Je sais, *amore mio*. Je sais bien.

Il a posé un baiser dans mon cou pendant que je cherchais mon reflet dans la boule rouge.

À ce stade de mon récit, il me semble que je dois tout de même me présenter, bien que cette histoire ne soit pas la mienne et que je ne m'estime guère en droit de jouir des feux des projecteurs – la métaphore n'est pas choisie au hasard.

Mon nom est connu, sans doute : Diane Chastain. En tout cas, il l'a été. J'ai joué dans une poignée de films qui m'ont valu un grand succès pendant un temps, succès d'autant plus retentissant qu'il est survenu tard, dans ma trente-cinquième année - chose rare pour une actrice. On a parlé de moi comme d'une Isabelle Huppert surgissant du désert ; j'étais alors une de ces « comédiennes fiévreuses » dont certains journalistes adorent se croire les premiers à découvrir le talent. Un article sur deux évoquait « la fureur pulsant derrière un visage sculpté dans le marbre », ou « cette froideur incompréhensiblement sensuelle » - bref, le feu sous la glace, ce genre de bêtise. J'ai joué les putes de luxe, les artistes un peu tordues, les incontrôlables. Et même, une fois, la mère courage se battant pour sauver ses enfants d'un père violent, ce qui est assez ironique.

Et puis tout cela s'est arrêté net lorsque j'ai disparu des radars ; le désert a repris sa prisonnière échappée, sans que personne ne comprenne ce qui m'était arrivé. Dans quelques cercles d'admirateurs particulièrement fanatiques, cela m'a valu, paraît-il, le statut d'icône.

Quoi qu'il en soit, à l'époque, je n'étais rien de tout cela. Je courais les soirées où se pressait la faune du cinéma, je cultivais ardemment mes *relations*, je cherchais mes entrées en m'agitant comme une diablesse - et je me nourrissais de l'énergie qui crépitait dans ces lieux tout en caressant l'espoir de voir, un jour, mon heure arriver... Je lisais énormément et je passais ma vie au théâtre.

Toute mon énergie était employée dans cette direction. En fait, si je n'avais été aussi puissamment aimantée à Paul, de telle sorte qu'au bout de quelques mois il m'était impossible de ne pas lui revenir, j'aurais peut-être fini par oublier - oui, *oublier* - ces enfants que j'avais eus au début de ma vie, ces deux filles mignonnes qui ne comptaient pas tellement pour moi, mes deux filles... et César.

– Ça ne lui ressemble pas de disparaître comme ça, murmure Paul en prenant la petite sur ses genoux. Je pensais... J'étais sûr qu'il serait là quand je reviendrais, tu sais. Comme d'habitude.

– En train de jouer avec ses maquettes, approuve Solène en agitant ses poignets pas plus épais que des osselets.

Hennissement paternel.

– Voilà. Il n'était pas là, j'ai pensé que peut-être, il avait eu besoin de marcher. Je me suis dit même que ça pouvait être bien de lui lâcher la bride un peu, de le laisser libre, au cas où il aurait de la rancœur ou, je ne sais pas...

– Comme toi quand tu vas dans la montagne ?

Paul se fige. C'est un homme qui ne ment pas, je l'ai déjà dit, mais il a son secret, sa faiblesse, comme tout homme - et il aurait sans doute préféré que ses filles n'en aient aucune idée. Même lui, qui connaît si bien les enfants, ignore qu'en fin de compte on ne peut rien leur cacher. Rien, jamais.

Gêné, il tâtonne en lui-même pour fournir la bonne réponse à cette poupée sage qui l'inspecte d'un regard rêveur mais fixe. Fuir il ne veut pas, mais confier ses moments cachés, ses moments fous dans la montagne nourris de hargne et de peur...

– Moi, je sais où il est, César.

Paul et Solène relèvent la tête.

– Tu sais ?

Il ne s'étonne même pas que Cléo, à son tour, se soit réveillée. Elle, ce qui l'a arrachée au sommeil, ce n'est pas une mystérieuse symphonie dont son instinct aurait su par cœur les mouvements invisibles ; c'est seulement qu'en tendant la main vers le lit de sa sœur, dans le noir, pour s'assurer qu'elle dormait, elle n'a rencontré que le vide.

Et le vide l'a glacée aussitôt.

Alors l'énergique cerveau de Cléo s'est mis en branle, comme une machine vrombissante. Elle a revu, plus tôt, leur père les mettant au lit après avoir regardé longtemps à la fenêtre ; s'est souvenue qu'il avait éludé la question quand elle avait demandé où était César ; et puis elle a repensé à son frère, justement, qu'elle avait vu faire les cent pas dans le salon tout l'après-midi, tandis que Solène et elle faisaient leurs devoirs - elles ont depuis longtemps l'habitude de s'occuper seules, Paul a toute confiance en elles et il n'est pas rare qu'il les laisse jusqu'au soir, lorsqu'il doit travailler dehors.

De fait, il peut avoir confiance : non seulement Cléo sait s'occuper de sa sœur, mais elle n'oublie jamais de rester attentive à ce qui l'entoure... Une vraie renarde des montagnes.

Elle repense aux yeux de César. Son frère, elle ne l'a jamais beaucoup apprécié, ils ont trop peu à partager, mais elle l'observe souvent. Et, comme son cœur généreux la pousse à aimer - c'est son mantra personnel, *aimer, aimer* -, elle ne cesse jamais de chercher sur son visage impénétrable des raisons de s'intéresser à lui.

Alors qu'elle suivait du regard les allées et venues de César, quelque chose l'avait intriguée. Il n'était certes pas rare qu'il se comporte de façon bizarre. Parfois, pour d'obscurs prétextes, il piquait une crise de terreur, se mettait à sangloter en se roulant en boule pendant de longues minutes, pour se calmer subitement, et sans l'aide de personne. À d'autres moments, il sombrait dans une inquiétante léthargie, donnant à croire qu'il était tombé en arrêt... et puis, un oiseau se posait sur le rebord de la fenêtre et l'attention de César se fixait dessus ; il s'ébrouait, se rasseyait et allait s'atteler à ses maquettes.

Toutes ces bizarreries n'inquiétaient pas Cléo, elle s'y était accommodée. Du reste, elle savait qu'elle ne courait aucun danger avec lui, à part s'ennuyer à mourir.

Mais ce qu'elle avait vu cet après-midi était d'un autre ordre. À chaque fois qu'elle l'avait surpris en proie à une crise, Cléo avait remarqué qu'il gardait les yeux fixés sur le sol. Comme pour y forer un tunnel qu'il aurait mentalement aménagé, avec des étais, des poutres et tout le matériel de construction nécessaire pour que ce soit solide, et qu'il puisse ensuite se couler dedans, disparaître aux regards.

Cette fois, ses yeux restaient braqués vers le sommet de la montagne. Ça lui faisait des allures d'échalas, la colonne vertébrale toute tordue alors qu'il allait et venait de façon névrotique, afin de ne jamais perdre de vue l'endroit...

L'endroit où il était né.

– Je crois qu'il est allé là où il vivait quand il était petit. Avec son père, enfin le monsieur qui le frappait.

Paul est déjà debout.

– Les filles, allez vous recoucher. Je reviens avec votre frère.

*

* *

Il trouve son garçon assis par terre, jambes raides, au milieu des bouteilles. Courbé sur lui-même.

Ça pue, là-dedans. Personne n'est entré dans cette maison - si on peut appeler « maison » cette sordide cabane de montagne - depuis des années. Le sol est couvert d'ordures, de mégots, de vieux chiffons, et bien sûr de bouteilles vides. L'odeur du vin et des alcools forts domine les autres : odeurs de rance, de moisissure, du long abandon après les jours d'orage qui ont tonné ici et dont l'écho vibre encore.

En tendant l'oreille, on pourrait presque percevoir le bruit du verre qui se brise, des propos qui divaguent et de la main qui s'abat sur le petit crâne osseux...

– César ! Merci mon Dieu… tu es là.

Le garçon relève la tête, mais très lentement, comme si ça n'en valait pas tellement la peine. Paul constate qu'il a les yeux rouges, et il note aussi qu'il tient une bouteille dans sa main – une bouteille sans étiquette, qui devait contenir de l'alcool trafiqué, le vieux ne buvait plus que ça à la fin.

Son cœur se serre. Au chalet, il a toujours veillé à ne pas mettre César en contact avec l'alcool, redoutant une forme d'hérédité qui le condamnerait à suivre la mauvaise pente. Lui-même ne boit quasiment pas. À chacun de mes séjours, il m'a recommandé d'être discrète quand nous trinquions en amoureux, une fois les gosses couchés (en amoureux, oui ; Paul m'a toujours rendu cette place-là lorsque je revenais, son amoureuse – et toujours nos mains retrouvaient le chemin de nos corps, sans difficulté. Nous avions toujours vingt ans ensemble).

Il soupire. Après tout, c'était à craindre : César arrive à l'âge où il suffit de peu pour que l'on glisse. L'âge des choix… Or, Paul sait bien que le garçon a peu d'atouts en main. Cherchant les bons mots, il contemple son fils, raide dans son grand corps qui ne lui est d'aucune utilité. Il n'en trouve aucun. Et puis, bon sang, il ne peut pas passer sa vie à lui jouer de l'harmonica pour combler les silences, il va bien falloir que ce gamin *sorte de lui-même* ! Il va bien falloir qu'il…

– Elle est vide.

Paul marque un temps d'arrêt. Il s'imagine debout sur un fil, à des centaines de mètres en hauteur au-dessus d'un incendie de forêt – sur un câble tendu entre deux sommets, qui ploierait sous son poids. Heureusement, il sait faire du silence un allié ; il s'agit seulement d'accueillir l'instant, de patienter, puis de s'y agripper comme à un ballon d'hélium. Il marche à pas comptés vers son garçon. Une bouffée de tendresse et de peur mêlées le saisit à la vue du visage qui se penche à nouveau vers le sol crasseux, mais il s'accroche aux trois mots prononcés par César, *Elle est vide,* trois mots comme des balises sur un sentier dangereux ; et, très lentement, sans bruit, il s'assoit à côté de lui.

Il décide qu'il ne parlera pas : c'est au tour de César de parler.

– La bouteille, j'veux dire. Elle était déjà vide, j'ai rien bu.

Il mange ses mots et on sent bien que sa voix n'a pas l'habitude de se faire entendre, il ne sait pas la poser, la tendre vers un autre que lui. Paul déploie tous ses sens pour la recevoir. Il acquiesce d'un coup de menton.

– J'sais même pas pourquoi je suis venu là. J'en ai eu marre, voilà. J'en ai marre. J'en ai marre. J'en ai marre !

Une seconde, Paul redoute de voir l'adolescent céder à une crise - il s'est mis à cogner l'arrière de son crâne contre le mur à chaque « marre » éructé, doucement d'abord, puis de plus en plus fort. Ses yeux sont comme gelés, un très léger tremblement fait vibrer tous ses membres. Et il cogne, *BOM,* toujours plus fort.

– Je comprends, dit Paul.

Il a placé sa main derrière le crâne de César avant le dernier choc, pour lui faire un coussin de chair. L'image d'une pierre bondissant dans une pente lui revient, en un flash. D'autres visions suivent, atroces - le corps démembré de César au fond d'une crevasse, les poignets de César flottant dans un nuage de sang à la surface d'une baignoire, la bouche de César s'arrondissant autour du canon d'un pistolet. La plus grande terreur de Paul, peinte en mille tableaux d'horreur dont son imagination fertile ne sait que trop bien soigner chaque détail.

C'est César, cependant, qui le ramène à lui, en disant d'une voix forte :

– Non, Papa. Non, tu comprends pas.

Je devine aisément ce qui se produit dans l'esprit vif de mon Paul. La même chose, exactement, que lorsqu'il escalade une paroi sans équipement, à des dizaines de mètres au-dessus du vide, et qu'après être resté longtemps immobile à un passage difficile, il trouve enfin une voie qui le tirera d'affaire. L'issue est en vue ; il suffit désormais de tenir.

Et ça, il sait faire.

– Alors explique-moi, tu veux ? Explique à ton paternel.

César hoche la tête et se lance. Mais au lieu d'expliquer, il raconte. Il raconte, bouche crispée, les cauchemars qui n'ont jamais cessé, les phrases du vieux qui claquent parfois dans sa tête, la hantise permanente - comment il se surprend à sursauter quand il entend un bruit anormal, cri, claquement de porte, klaxon, n'importe quoi.

– Un jour, en classe, j'me suis pissé dessus à cause de l'alarme incendie.

Paul ne dit rien. Il sait tout cela, en vérité, dans les grandes lignes. Il attendait seulement que César en parle. L'issue se profile, il s'agit de tenir.

– Tu as enduré beaucoup. Mais c'est fini, maintenant. Et depuis longtemps. C'est loin. C'est derrière toi.

Immédiatement, le gosse se raidit. Paul craint d'avoir tout gâché, mais il s'accroche à son intuition. Au moins, il l'a fait réagir. Si César se jetait sur lui pour le frapper, ce serait dur, mais pas tragique : on pourrait bâtir quelque chose là-dessus.

Ce qu'ils doivent faire, là, c'est constituer un socle.

– J'déteste cette phrase. « *C'est derrière toi.* » Le psy que Diane m'a forcé à voir, il a dit ça. Et tu sais quoi, c'est justement pour ça que j'y suis jamais retourné. À cause de ces trois mots. C'est derrière moi, hein ? Ouais, c'est *derrière*. Ça me colle au cul, comme de la merde. Parce que c'est c'que je suis : de la merde. De la merde. De la merde. De la merde.

Bom. Bom. Bom.

Encore une fois, la main de Paul vient se caler en coussin pour parer le choc.

Sauf que cette fois, César laisse sa tête peser dessus.
Ils ne disent plus rien pendant un long moment.
Puis, du bout des doigts, Paul commence à masser la nuque de son fils. Il dessine des ronds dans ses cheveux, patiemment. Il sent la chaleur monter dans le fourmillement de ses doigts, et se communiquer de lui à son garçon.
Son garçon. Qui fond en larmes, d'un coup. Sans retenir ses sanglots, sa morve, ses hoquets bruyants.
Pour Paul, ce n'est pas laid à voir, ce n'est pas gênant ou irritant - comme ça l'aurait été pour moi, qui déteste le spectacle des larmes. César, soudain, lui apparaît comme un petit animal tendre, un agnelet, qui doit être consolé avec soin par quelqu'un qui sait s'y prendre.
– Les gens m'aiment pas. Les filles...
César baisse la voix, fore le sol du regard.
– Jamais une fille voudra de moi. J'suis moche et j'ai rien, *rien* d'intéressant.
Paul hoche la tête. Cette fois, il doit répondre.
Il choisit de sourire, pour commencer.
– Mon grand... tu veux la vérité ?
César renifle, hausse les épaules.
– Je sais : toi, tu m'aimes. Et les filles aussi. Enfin, Solène.
– Oui, bien sûr, mais ce n'est pas ce que j'allais dire. Ce que je veux t'expliquer, c'est ceci : tu viens d'accomplir le plus difficile. Une chose que très peu de gens parviennent à faire au cours de leur existence, je crois. Qu'ils soient beaux, doués, intelligents n'y change rien ; ce que tu as fait là, bien peu en sont capables. Tu as relevé la tête, et tu as regardé. Sans tricher. C'est digne d'être salué, voilà ce que je crois. Maintenant, mon grand... Maintenant, mon fils, tu vas devoir aller au feu. Tu vas devoir faire entendre ta voix et marcher vers les autres. Sinon, en effet, ta vie sera vide comme cette bouteille. Je ne veux pas te mentir :

si tu ne le fais pas, personne ne le fera à ta place. Pas même moi. C'est à toi d'agir. Et, en effet, ce sera difficile, très difficile, parce que tu devras conquérir ce que d'autres possèdent tout naturellement. Mais tu y arriveras. Tu ne le sais pas encore, mais tu es un soldat, César. Tu as échappé à...

Il désigne la pièce.

– À tout ça. Tu t'en es tiré, parce que ton instinct t'a guidé un jour vers le son d'un harmonica qui jouait, plus bas dans la vallée. Je crois, moi, qu'il est temps que les gens voient ce que César a dans le ventre et dans le cœur. Et toi, es-tu prêt ?

Un temps. Dans sa main, Paul sent les cheveux de son fils se froisser comme des brins de paille. Quelques larmes coulent encore sur les joues du garçon, sans bruit.

– J'en sais rien, Papa. J'sais pas si j'y arriverai.

Au lieu de répondre, Paul attire très doucement César vers lui. Il pose un baiser d'homme sur son front, long et doux. Puis il se lève.

– Nous verrons bien. Tu peux en douter, je comprends ça. Tu dois seulement savoir que, moi, je ne doute pas. Je n'ai *aucun* doute, tu sais ? J'en avais peut-être avant d'entrer ici, mais c'est fini. J'ai imaginé le pire pour toi, souvent. Et je suis heureux, ce soir, de constater que je me suis trompé. C'est une erreur magnifique. Suis-moi, tes sœurs nous attendent.

*

* *

Elles les attendaient, en effet. Bien plus qu'ils ne l'auraient cru. Lorsqu'ils sont entrés dans le chalet, les lumières étaient allumées et, partout dans la pièce, un monde s'était déployé. Un monde de bois et de métal, qui cliquetait dans l'air, rutilait sur les étagères, happait le regard et l'esprit à la façon d'une chanson d'enfance.

Ici, un train monté pièce par pièce déroulait ses wagons sur des rails fabriqués avec des allumettes, qui serpentaient à travers le salon. Là, deux avions à hélice, l'un en carton et l'autre en bois, voletaient dociles au bout d'un fil accroché au plafond, alors que des pantins jouaient les funambules sur une corde à linge tendue entre les murs. Une grue avait pris la place du porte-manteau, à l'entrée.

Dans tous les coins du salon, il y avait à voir - personnages, véhicules, tours et forteresses, maisons - des myriades de vies miniatures.

– C'est Cléo qui a eu l'idée ! claironne Solène en désignant le petit théâtre dans lequel tous se tiennent avec l'impression d'être des géants entrés par effraction.

Silence.

Cléo fait un pas vers Paul et César. Elle est rouge comme un bonbon, sous ses bouclettes en désordre qui disent avec quelle énergie elle s'est démenée pour composer tout cela. Sa bouille mutine peine à masquer la peur qu'elle a d'avoir fait une grosse bêtise. Elle dit :

– J'ai fouillé dans ton coffre. Je sais que t'aimes pas du tout qu'on touche à tes affaires, mais j'ai pensé que ce serait joli, tu vois ? Pour que tout le monde puisse voir, enfin qu'on... que tu...

Elle s'arrête. Le problème avec César, c'est qu'on ne peut jamais savoir s'il est content ou non, avec ce visage qu'il a, ce visage qui ne dit jamais rien. Pourquoi est-ce qu'il ne répond pas ? Est-ce qu'il est fâché ? Elle voulait seulement l'aider, s'intéresser à lui, et puis aussi lui faire comprendre qu'elle était là - même si rien n'est jamais facile entre eux, même si c'était peut-être idiot de mettre la pagaille dans le salon pour lui montrer... pour montrer quoi, d'ailleurs ? Elle ne sait plus du tout.

Elle est confuse, empêtrée.

Aussi, quand César s'avance vers elle de son pas si brusque, a-t-elle un mouvement de recul. Il n'a jamais été violent mais là, elle ne sait pas, il est différent de d'habitude ; elle lève un coude devant elle, par réflexe.

César lui attrape la main. Il la tient pincée entre ses doigts, tout en restant silencieux, rigide comme une planche ; et puis il pose un genou à terre devant sa sœur. Comme un chevalier d'antan. C'est un peu ridicule et en même temps très beau. Une vraie scène de cinéma.

D'ailleurs, pour la première fois depuis qu'elle le connaît, Cléo ne le trouve pas laid, son grand frère bizarre. C'est un garçon spécial, différent des autres, ça oui... mais il pourrait, à sa singulière manière, être un héros de conte : le Prince Bizarre, l'Ivan Taurillon des contes russes, celui qui surprend tout le monde, à la fin de l'histoire, par son ingéniosité - alors qu'on n'aurait pas misé un kopeck sur lui.

Prise dans sa rêverie, Cléo a un peu oublié que César était là, un genou devant elle, à tenir sa main du bout des doigts. Elle constate alors qu'il lui sourit, d'un sourire tout tordu mais très large, et qu'elle aime beaucoup.

Le sourire du Prince Bizarre.

4

Le mystère Camille

2 septembre 2016

– Prête ?

En guise de « oui », Camille lui serre très fort la main et donne un petit coup de tête dans le vide. Cléo a l'impression de le recevoir en plein dans le ventre, et il lui faut des montagnes de conviction pour ne rien laisser paraître. Elle a vingt-huit ans, mais c'est elle qui rentre au CP, parfaitement terrifiée.

Camille, en comparaison, paraît très à l'aise. Est-ce qu'elle donne le change ? Ou peut-être que, simplement, c'est sa manière à elle de vivre l'épreuve.

– Tu verras, ça va être super ! chuchote Théo à sa fille en posant les mains sur ses épaules de poussin.

Il est bientôt 10 heures du matin, un léger parfum d'escapade flotte dans l'air car Simon, lui, a fait sa rentrée en CE2 une heure plus tôt, avec tous les grands de l'école. Pour occuper cette heure-là, Théo et Cléo ont emmené Camille boire un chocolat chaud au café d'en face.

Résultat, à raison d'une nouvelle angoisse par minute, Cléo est soixante fois plus stressée qu'au moment où ils ont laissé Simon franchir gaiement le portail.

Cent cinquante mètres les séparent de l'école, et elle compte chaque pas dans sa tête, comme quand elle était gamine. *Si je marche sur un carré blanc, tout se passera bien*... La main de Camille serre la sienne un peu plus fort, et brusquement, Cléo repense à une autre fois, une autre main de Camille dans la sienne, qui la serrait fort comme ça ; la toute première fois où c'est arrivé.

Avec Théo, ils avaient décidé qu'elle viendrait à la maison une fois par semaine, dans un premier temps. Si tout allait bien, on passerait à deux fois par semaine, et puis trois, et puis... et puis on verrait. Tout était neuf, et fragile aussi. À commencer par les enfants. Fragiles, forcément.

Cléo, surtout, tenait à prendre le temps de faire les choses comme il fallait. Si elle avait écouté Théo, il l'aurait fait vivre avec eux au bout d'un mois ! Elle résistait à ses élans fougueux, flattée mais prudente, attachée plus que tout à son devoir de faire *ce qu'il fallait* pour ne pas bousculer les petits.

Tout s'est mis en place, peu à peu. D'abord quelques après-midis partagés. Ensuite, une nuit à la maison - à la grande surprise de Cléo, Camille et Simon étaient venus les rejoindre dans le lit dès ce premier matin, pour leur sauter dessus en piaillant.

Et puis, une fois, c'était elle qui les avait invités. Il y avait une brocante dans la cour de son immeuble, plein de voisins sympas, des hotdogs et des bricoles pour pas cher, est-ce que ça leur disait de venir ?

Simon allait à l'anniversaire d'un copain, Théo était donc venu avec Camille.

La bouleversante, secrète Camille.

Camille et son mystère.

Tandis qu'elle marche à côté d'elle qui bat le pavé de son pas métronomique, Cléo la revoit. Son père l'avait amenée chez le coiffeur juste avant d'arriver, et c'était... une catastrophe.

À sa manière foutraque, il était entré dans le premier salon sur leur trajet, un de ces bouibouis dont les ados ressortent avec des stries en forme de Z ou de toile d'araignée sur le crâne. La petite était coiffée comme Jeanne d'Arc.

– C'est joli, non ? avait dit Théo en la soulevant de terre pour la lui montrer. T'as vu comme elle est belle ?

– Euh, oui, c'est - court !

Elle avait voulu dire « bien », un mot neutre, parce qu'il avait l'air tellement content, mais c'était sorti tout seul. Il avait reposé Camille, qui était allée tourner autour d'une caisse de jouets ouverte.

– Merde, c'est raté ?

Sa déception se lisait sur son visage, avec cette grimace de quand il avait gaffé, une manière embarrassée de tordre le nez qu'elle allait apprendre à reconnaître et aimer, parmi mille autres choses. Pour ne pas enfoncer le couteau dans la plaie, elle avait seulement répondu :

– Non, si, enfin c'est juste qu'elle a de très beaux cheveux, c'est un peu dommage - mais c'est pas grave, ça va repousser.

Bon, elle en avait quand même dit plus qu'initialement prévu.

C'est un détail, bien sûr, cette histoire de coupe de cheveux, un tout petit détail anodin, mais... après tout, est-ce que ce n'est pas sous ce genre de détail que se cache l'essentiel de ce qui, ensuite, compose le nœud des relations ? Un détail transformant un premier échange en un premier contact, puis ce premier contact mûrissant en un premier lien, sur lesquels d'autres liens, nés d'autres détails, se croiseront pour rendre le nœud plus solide... À cette époque, Cléo ne savait pas encore qu'elle deviendrait mère de ces deux enfants ; elle n'en était pas « là ». À cette époque, ils étaient trois d'un côté et elle de l'autre, leur invitée, la nouvelle venue dans le cercle - elle se contentait d'espérer ne pas en être l'intruse. Parfois, les regards durs de Camille posés sur elle, pendant qu'elle câlinait son papa, donnaient à croire à Cléo qu'elle n'était pas entièrement bienvenue.

Je crois, quant à moi, que c'est justement l'aptitude de Cléo à profiter pleinement de chaque moment, à le vivre jusque dans ses détails les plus anodins, qui a été sa meilleure arme pour se faire une place dans cette famille. Inversement, et bien que j'aie longtemps pensé le contraire, ce n'est pas mon tempérament instable et ma soif de gloire artistique qui m'ont empêchée d'être la mère que j'aurais dû être : la vraie raison, c'est que je n'étais pas suffisamment *là*, y compris lorsque j'étais de retour. Je n'étais pas assez présente pour m'attarder sur une coupe de cheveux ratée alors qu'on aurait pu faire quelque chose de si joli avec d'aussi beaux cheveux blonds.

Et à la réflexion, cela n'a rien d'insignifiant, ça n'a rien de superficiel, puisque cela concerne ce qui se joue sous la surface.

Cléo leur a fait faire le tour de la brocante. Elle connaissait la plupart des voisins qui tenaient les stands, échangeait avec certains, attirait l'attention de Camille sur une boîte de Lego presque neuve, des patins à roulettes.

– Oh, y a des vinyles ! s'est exclamé Théo. Je vais voir s'ils ont du metal. Ça t'embête de la garder cinq minutes ?

Et zou, avant qu'elle ait pu répondre, il s'était éclipsé. Pour tout dire, je ne serais pas surprise qu'il y ait eu une part de stratégie dans cette manœuvre... Enfin, c'était bien intentionné.

Cléo n'en a rien vu ; ma fille est brillante lorsqu'il s'agit de comprendre les gens, c'est un cerveau qui bat comme un cœur, mais elle est d'une naïveté confondante devant tout ce qui ressemble à un piège. Le portrait de son père.

Elle s'est retrouvée toute bête, seule avec cette fillette qu'elle n'avait vue que cinq ou six fois, et toujours dans la maison de

Théo. Elle savait que le contact était plus difficile à établir avec elle qu'avec Simon, qui s'était très tôt mis à lui offrir des attentions, à lui donner des petits surnoms affectueux, et qui paraissait si fier de dire à ses copains que son papa était « en couple » avec une femme jeune et belle (il avait ses raisons, bien sûr, et toutes n'avaient pas à voir avec la joie).

Camille, par contraste, donnait peu. Remarquant qu'elle s'était crispée dès le départ de son père, Cléo a essayé de convoquer l'image de sa propre sœur, pour savoir quoi faire... En vain : elles étaient trop différentes.

Il fallait improviser, tout construire d'elle-même, comme elle pourrait. Pour l'instant, on ne lui demandait pas d'être maman ; seulement de s'occuper d'une fillette pendant un quart d'heure. Camille tanguait un peu, bras ballants, les yeux sur ses petites baskets.

– Qu'est-ce qui t'arrive, ma puce ?

(Dans un éclair, elle a pensé à ce film avec Julia Roberts, *Stepmom*, son préféré quand elle était ado. Julia Roberts dans le rôle d'une jeune New-yorkaise branchée qui se retrouve belle-mère de deux enfants, ceux d'Ed Harris dont l'ex-femme, Susan Sarandon, se découvre... un cancer. Mince, elle n'avait jamais fait le lien avant. Elle a chassé la pensée.)

– J'ai mal aux pieds.

– Ah, tu veux que je te porte ?

Au regard surpris que lui a lancé Camille, qui n'avait pas été portée depuis un bon bout de temps, Cléo s'est sentie pile poil dans la peau de cette gaffeuse de Julia Roberts, le sourire lumière en moins.

– Ça te plaît, ici ? Tu as vu des choses qui t'intéressent ?

La petite a secoué la tête, et son casque blond a bougé d'un bloc avec elle. Cléo s'est mordu la langue en se promettant de convaincre Théo de la laisser choisir le coiffeur, la prochaine fois.

– J'aime bien le renard en peluche là-bas. Mais…

– Tu veux qu'on demande à ton père s'il veut bien te le prendre ?

– Oui, mais…

– Ou je peux te le prendre moi, si tu préfères ?

– Oui, mais Cléo…

Ce « Cléo » fusant comme un bouchon de champagne a fendillé le cœur de ma fille : c'était la première fois que Camille prononçait son nom pour s'adresser à elle. Ça lui a fait tout drôle, et elle a aussitôt posé un genou à terre, à la fois pour se mettre au niveau de Camille et pour se remettre de la brève émotion.

– Dis-moi.

Camille a jeté un œil à droite, à gauche, puis elle a dit d'une voix à peine audible :

– J'ai envie de faire pipi.

Avec un grand rire, Cléo s'est redressée. Elle avait imaginé le pire, mille questions compliquées ou délicates qui demanderaient une expertise parentale dont elle était dépourvue.

– Pas de problème : je vais t'emmener dans mon appart', c'est juste au-dessus.

– C'est rigolo, a dit Camille avec cet air légèrement ailleurs, décalé, qui n'appartenait qu'à elle. La dernière fois, c'est moi qui t'ai emmenée aux toilettes !

Cléo a souri. Ce qui était rigolo, surtout, c'est qu'elle évoquait cette « dernière fois » comme s'il s'agissait d'une occasion comme une autre - un de *leurs* moments, puisqu'elles en avaient déjà plusieurs et qu'ils commençaient à se fondre les uns avec les autres pour former un passé commun… alors que pour Cléo, cette fois, la toute première, avait été une épreuve, un tournant. Un cap.

Quand Camille est sortie des toilettes, Cléo lui a rappelé qu'il fallait toujours penser à se laver les mains. Apparemment, son père avait fait l'impasse sur cette leçon-là. Elle n'a pas été mécontente d'apporter sa pierre à l'édifice.

– Ça va pas, mon amour ? lui demande Théo.

Elle revient à elle, sur ce trottoir fouetté par le soleil, un chemin de l'école très différent de celui qu'elle empruntait, enfant, pour se rendre à la sienne, qui comptait en tout une cinquantaine d'élèves... Au bout de sa main, Camille la fixe de tout le vert de ses yeux curieux.

– Si, si, je rêvais.

– D'acc. Tu as un stylo ? Camille veut que je lui fasse un petit dessin super-héroïque.

– Oui, attends, je dois avoir ça.

En fouillant dans son sac, elle sourit, mais d'un sourire un peu peiné. Le rituel des dessins super-héroïques remonte à novembre dernier - les attentats du Bataclan. Cléo venait alors trois fois par semaine à la maison (ils avaient sauté l'étape des deux fois) et les enfants s'étaient bien acclimatés à ses venues régulières, au point de s'étonner quand par hasard elle devait annuler.

Le 13 novembre, il y avait eu les attentats. À l'école maternelle de Camille, on avait décidé de changer le système d'accueil des petits : les parents devaient dorénavant rester au portail pour déposer leurs enfants au lieu de les accompagner jusqu'à leur classe.

Camille avait été profondément troublée par ce changement. Elle d'ordinaire si calme s'était mise à fondre en larmes tous les matins dans les bras de son père. Cléo s'était sentie profondément impuissante.

Théo répétait qu'il ne fallait pas s'alarmer. « Cette enfant ne connaît pas la peur », disait-il obstinément, singeant Clark Gable dans *Autant en emporte le vent*. Ils avaient même eu leur première vraie dispute quand Cléo lui avait suggéré d'emmener Camille et Simon voir un psy… Elle l'avait fait dans une démarche autrement plus bienveillante que moi avec le pauvre César ; dans ma tête, il s'agissait surtout de régler le problème que constituait ce gamin bizarre, pas de l'aider à avancer dans sa vie.

Que cela soit clair, je ne trouve aucun plaisir à me morigéner ; je constate simplement qu'au même âge à peu près, ma fille et moi étions très différentes dans notre rapport aux autres, et plus particulièrement aux enfants. Pour Cléo, leur bien-être primait sur le sien, voilà tout.

Théo n'avait rien voulu entendre. Ses enfants, assénait-il, avaient une expérience du combat plus forte que quiconque. Ils n'avaient certainement pas besoin qu'on vienne leur expliquer qu'ils avaient vécu un événement traumatique : ils le savaient, merci. Et ils se débrouillaient. Et lui aussi.

Dans cette manière butée de foncer tête baissée sur l'adversité en refusant de s'arrêter une seconde pour faire le point, Cléo avait reconnu l'une des rares faiblesses de son père, pour qui l'existence était nécessairement un mouvement vers l'avant, au fil duquel les solutions jaillissaient d'elles-mêmes ou ne venaient jamais - et auquel cas, on s'adaptait. Comme à un environnement hostile.

La solution de Théo s'était finalement traduite par ces petits morceaux de papier qu'il trimballait maintenant tout le temps dans ses poches. Il avait eu l'idée, un matin au portail, alors qu'une énième crise menaçait de poindre, de dessiner Camille et lui sous les traits de Batman et Robin. Puis il avait tendu le papier à sa fille, d'un air exagérément confiant.

– Voilà : avec nous deux en super-héros dans ta poche, t'as plus rien à craindre.

Et ça avait marché. Les jours suivants, il avait griffonné chaque matin une nouvelle déclinaison du tandem : Camille et Théo en chevaliers, cosmonautes, pirates, mousquetaires, espions, ogres, dragons...

Il en était aux robots quand, au cours du printemps, Cléo avait emménagé à la maison. Avril, mai, juin : l'été venu, elle avait peu à peu trouvé ses marques, osé suggérer quelques changements dans la déco, avoué à Théo que son sens du ménage lui avait toujours paru un brin superficiel...

(- On nettoie pas les vitres avec du liquide vaisselle ? Mais je lave tout avec ça, moi !

– Oui, justement...)

... et puis elle s'était prise au jeu de la vie à quatre. Les réveils matinaux, les sprints après le boulot au théâtre pour arriver à 17 heures devant l'école, le marché du dimanche, les jeux de société, le retour de l'odeur chlorée de la piscine, les sorties à Paris qui viraient à l'expédition, les petites fâcheries et les grandes réconciliations.

De temps en temps - mais rarement, à cette époque -, l'un des deux enfants pouvait se mettre à pleurer d'un seul coup, parce qu'il était tombé sur une photo de Sarah ou avait écrasé un papillon par inadvertance, et se mettait alors à hurler qu'il voulait sa maman, que c'était trop injuste, et tellement horrible, et pourquoi eux, pourquoi, pourquoi...

À ces « pourquoi » très éloignés d'inoffensives interrogations d'enfant, Cléo n'avait pas de réponse. Elle s'efforçait d'aider Théo à leur en donner. Elle leur parlait de sa famille - César, Solène et moi, qu'ils rencontreraient un jour - et de son père, qu'ils ne rencontreraient jamais puisqu'il était mort, trop tôt lui aussi.

Camille et Simon écoutaient, graves, concentrés, parfois agressifs (« C'est pas pareil ! Nous c'est pire ! »)

Simon, surtout, disait l'injustice ressentie. Mais il est vrai que, contrairement à sa sœur, il avait des souvenirs vivaces de sa mère pour le torturer, là où elle souffrait précisément de ne pas en avoir...

Toute cette souffrance, songeait Cléo. Elle en aurait été malade, si elle n'avait pas été obligée de voler à leur secours, là, tout de suite, ce qui lui épargnait ce luxe. Avec de la patience, de l'attention, de la franchise, de l'humour aussi, Théo et elle trouvaient des issues - provisoires.

Le temps que les petits arrivent à s'endormir.

Ainsi les jours avaient-ils défilé, à la fois vertigineux de nouveauté et coulés déjà dans une gangue d'habitudes où Cléo s'étonnait de se sentir déjà si bien.

– *Allez allez, au bain !*

– *Non, écoute, laisse ta sœur, elle n'a pas envie de jouer, tu vois bien ?*

– *Mais si, c'est très bon. Votre père a passé trois heures à préparer cette blanquette, la moindre des choses est d'y goûter.*

– *Tiens, mon chéri, tu devrais essayer de lire ça. Ma mère me l'a donné quand j'avais ton âge, j'avais adoré. Il n'est pas trop difficile, et je suis sûre que ça va te plaire. Je m'en souviens encore.*

– *Camille, ton cartable ! Tu l'as oublié à la maison ?! Bon, c'est pas grave, on y retourne, on a juste le temps. Théo, tu poses Simon ?*

– *Oui, jusqu'à 19 heures le jeudi et le vendredi. Et tout l'après-midi du mercredi. Ce qu'on veut surtout, c'est quelqu'un de fiable, parce que ce sont des enfants qui ont vécu un drame, vous voyez, et on tient à ce qu'ils ne soient pas perturbés en changeant de baby-sitter tous les mois.*

– Alors attends, pour poser une division... Oh là là, je sais plus du tout comment on fait ça, moi !

– Allez, c'est d'accord pour un film - et avec une pizza, bande de veinards. Mais je veux... Vous savez ce que je veux, hein ? Voilà, merci ma grande : pas une miette et on débarrasse tout après.

– Si, j'ai dit « uno » ! Je l'ai dit juste avant !

– Bonne nuit, patoune pitchoune. Fais de beaux rêves.

Juin, juillet, août. Pendant les grandes vacances - les toutes premières qu'ils avaient passées à quatre -, Camille avait paru oublier ses peurs du portail.

– Tu vois bien, disait Théo, un bouquin ouvert sur le torse, en regardant sa fille courir sur la plage. C'était juste un petit choc, c'est normal...

Seulement, tout à l'heure, alors même que Cléo repensait à tous les instants qui l'ont conduite à cet instant-là, Camille a réclamé un dessin, juste un, pour sa rentrée dans cette nouvelle école, forcément impressionnante.

Théo a fait mine de trouver ça normal.

Son talisman en poche, la petite a foncé à toutes jambes vers le CP. Cléo s'est sentie soulagée, mais sa peur pour les peurs de Camille ne l'a pas abandonnée.

5

Sauve-moi

8 juillet 1997

Paul avait rendez-vous à Lyon. C'était déjà inhabituel qu'il s'éloigne autant de sa région, de ses chères montagnes, sans parler des brebis. Et bien sûr des petits. Mais cette escapade-là était exceptionnelle pour d'autres raisons encore.

Il y avait d'abord le motif du voyage. Sur mon insistance, Paul avait accepté de se rendre au rendez-vous que je lui avais organisé avec un galeriste, à qui j'avais montré des photographies de ses toiles. Le type s'appelait Buffet ou Comtoise, je ne sais plus, enfin un nom de meuble, et il ressemblait d'ailleurs à une armoire normande. Cependant, sa galerie était réputée, et on m'avait parlé de lui plusieurs fois, dans des soirées. De l'audace, un réseau important et du flair.

De fait, l'armoire normande avait tout de suite reconnu le talent de Paul, d'après quelques photos que d'autres auraient à peine regardées. L'idée même de cet étonnant artiste retranché dans ses montagnes, composant la nuit des toiles d'une si notable finesse avec de grands gestes d'ours, lui avait beaucoup plu.

– Le marché de l'art adore les gueules, vous savez. Votre Paul en a une, son histoire aussi, ses tableaux aussi. Oui, tout ça a de la gueule.

Il avait demandé à étudier de plus près quelques toiles.

– Paul réalise aussi des sculptures, j'avais ajouté.

– Non ? Mais c'est un vrai Miró des montagnes, si je comprends bien ! Et il n'a jamais tenté quoi que ce soit pour montrer ce qu'il fait ?

– Rien. Il ne sait même pas que j'ai pris ces photos. Dans la région, les gens sont au courant, on l'appelle « le peintre », mais...

Sourire complice.

– Mais ce n'est pas exactement ce qu'on appelle une audience, avait-il répondu. Allez, il faut que je le rencontre rapidement. D'ici qu'il brûle tout un soir de cafard, ce serait trop bête.

Je n'avais pas ri, et l'armoire normande s'était tassée sur sa chaise avec un geste d'excuse. Sa plaisanterie ne m'avait pas amusée parce que, d'une certaine manière, je savais très bien qu'il avait raison. Paul était le calme personnifié, une incarnation vivante de la raison - en apparence. Seulement, qu'adviendrait-il si les digues cédaient sous ce qui couvait à l'intérieur de lui, et que j'étais seule à avoir entrevu, par flashs, entre deux étreintes ?

Oui, Paul était parfaitement capable de faire ce genre de chose : brûler dix ans de travail sur un coup de tête, sans dire pourquoi ni paraître affecté par cette décision. Parfaitement capable. C'était cette rage-là, ancienne, profonde, qu'il cherchait à purger lorsqu'il s'aventurait seul dans la montagne pour escalader des parois toujours plus abruptes, sans équipement... souvent par ma faute, d'ailleurs.

– Il a de la chance de vous avoir pour compagne, avait repris le galeriste. Il faut souvent un artiste pour en aider un autre à se révéler...

J'avais fait mine d'accepter le compliment, choisissant d'en ignorer l'ironie - les quelques apparitions que j'avais faites au théâtre, dans de modestes adaptations de Tenessee Williams ou de Koltès qui n'avaient jamais tourné plus de trois mois, pouvaient difficilement me valoir le statut d'artiste. Si j'avais retenu la pique que j'avais aux lèvres, c'est d'abord parce que je n'avais pas envie de gâcher le rendez-vous de Paul, et aussi parce qu'au fond, il y avait en moi une toute jeune fille qui aimait à s'entendre appeler « artiste » par un monsieur fortuné. Une toute jeune fille toute prête à oublier que ce n'était là qu'un mensonge de politesse ou une boutade mal camouflée.

Puis j'étais rentrée à la maison - c'est-à-dire chez Paul -, après plusieurs mois d'absence, très heureuse du trophée que je lui rapportais. Une porte sur la gloire, qui sait !

– Non, c'est hors de question.

Voilà quelle avait été sa première réponse.

Je m'y étais attendue, et j'avais donc tranquillement mené l'assaut contre ses tentatives de résistance.

Je me suis contentée de sourire quand il m'a dit que l'idée de montrer son travail ne l'intéressait pas. J'ai haussé les épaules quand il ajouté que le mot « travail », pour désigner ses *barbouillages*, lui paraissait de toute façon excessif sinon ridicule. Ensuite, je me suis appliquée à lui faire admettre ce qu'il pensait réellement. La célébrité ne l'intéressait pas, l'argent lui inspirait une forme de répulsion, mais la possibilité de voir ses œuvres présentées à un public connaisseur... c'était autre chose.

Il a mis peu de temps à céder, du reste : il savait que je lisais en lui comme dans un livre. Je connaissais tout ce qui le remuait à l'intérieur, tout ce qui l'embrasait. Après tout, c'était bien sur ce terrain-là que notre amour avait pris racine - notre rencontre même, un certain soir à la gare d'Annecy, entre deux trains, était liée à cette soif créatrice qui animait Paul à l'insu de tous. Il savait, enfin, qu'il était la seule personne dont la réussite m'importait presque autant que la mienne.

Aussi s'est-il rendu à mes arguments. Il ne lui en restait plus qu'un dernier à m'opposer :

– Les enfants ! Je ne peux pas les laisser sans surveillance pendant deux jours...

Là encore, j'avais anticipé la parade ; et pour finir, si cette escapade s'avérait exceptionnelle, c'était non seulement parce que Paul s'autorisait une sortie sans les enfants, mais aussi parce que - pour la première fois, depuis toutes ces années - j'allais m'occuper seule d'eux.

– Ne t'en fais pas, je saurai me débrouiller. Et puis, ce ne sont plus des bébés, Solène a huit ans !

– Sept et demi.

J'ai souri en coin.

– Oh, c'est un coup bas, ça. Sept ans, huit ans... elle n'est plus en âge de s'étouffer avec un noyau de cerise, quoi. Et puis, Cléo m'aidera.

Il a détourné le regard et je lui en ai été reconnaissante. Je n'avais pas de véritable honte à avoir renoncé à éduquer mes filles, puisqu'il m'était apparu - comme à Paul - que je leur serais sans doute moins nocive en restant distante d'elles qu'en feignant de m'impliquer ; pour autant, je savais bien qu'il n'y avait pas de quoi être fière. Je n'étais pas fière.

– Il y a aussi César, a repris Paul, d'un ton boudeur qui lui ressemblait assez peu et auquel j'ai deviné que ma victoire était proche.

– César est un grand garçon, *amore mio*. Et a priori, lui non plus ne risque plus de s'étouffer avec un noyau de cerise, n'est-ce pas ?

Il a hoché la tête avec une vigueur à faire vibrer l'air. J'ai compris qu'il s'enorgueillissait de ce qu'il avait accompli avec son oisillon perdu.

– Il va mieux. Ça reste notre César, il est *spécial*, mais c'est ce qu'il est. Je n'ai plus peur pour lui.

M'efforçant de ne pas remarquer le « notre » qu'il avait à dessein glissé là, je me suis contentée d'acquiescer.

– Alors c'est d'accord ? Tu pars vendredi matin et tu rentres dimanche en fin de journée. Pendant ce temps, je veille !

J'ai accompagné cette dernière phrase d'un salut militaire doublé d'une grimace très gamine, le genre qu'il aimait bien et qui lui faisait dire, en dépit de tout, qu'on ne me changerait pas car moi aussi, plus que n'importe qui d'autre, j'étais qui j'étais.

*

* *

Qu'on lève le nez au ciel et l'on est ébloui. L'air est formidablement doux, un vent très chaud souffle par intermittence et porte des senteurs piquantes, qui réveillent juste assez l'esprit pour l'empêcher de somnoler.

Adossée à une grande pierre plate, un manuscrit sur les genoux, je goûte cette torpeur rare et me laisse bercer par le grondement de la rivière qui roule en contrebas. Même les cris joyeux des filles se font mous et liquides dans cette ambiance paisible, hors du monde.

Ce sont elles qui m'ont amenée là. Ce coin est une sorte de trésor familial, un morceau de paradis préservé des regards. Il n'y a jamais personne ; la rivière offre une petite piscine naturelle lovée dans un écrin de rocaille vert et brun où l'on a envie de se mouler comme dans un gâteau. Un peu en dessous de la terrasse que j'ai colonisée, Cléo et Solène jouent au bord de l'eau, tandis que César vadrouille plus haut, en quête de bois. Depuis quelque temps, Paul lui confie toutes sortes de travaux de réparation et d'ameublement pour la maison. Il dit que le gamin a un talent inné, que ses mains sont aussi loquaces qu'il est mutique. Je veux bien le croire.

Un rayon de soleil vient jouer sur la page que je tourne. Je ferme les yeux pour faire danser dans mon crâne les quelques répliques que je dois mémoriser. Ce n'est pas un grand rôle, mais le personnage peut me faire remarquer. Une dingue, ça se remarque toujours, et la mienne collectionne les tares : elle est droguée, vicieuse, incapable du moindre sentiment et coriace comme de la ronce. Elle passe sa vie à chercher la lumière sans aucun espoir de la trouver. Je crois que je l'aime bien. Surtout à ce moment de la pièce où elle lance : *« Donnez-moi un truc à mordre, j'y mets mes dents et je ne lâche pas »*. Comme dirait l'armoire, elle a de la gueule. Elle est...

– Mais *connasse*, tu vois pas qu'elles sont en train de se noyer !?

L'insulte de César m'a frappée mieux qu'une pierre, je dégringole de mon nuage - flash solaire quand je me redresse sur la rivière - et soudain les sons me viennent avec les images, c'est un chahut de cris et d'eau secouée, une peur tonitruante en éclats ; le torrent s'est mis à hurler telle une bouche qui broie entre ses dents les deux petites filles, fouillis de bras et de jambes emportées par le courant !

Les yeux de Cléo s'agrippent aux miens, le temps d'une expiration arrachée à la fureur de la rivière, ces yeux disent *Sauve-moi*, puis elle est de nouveau engloutie, traînée au fond de l'eau par sa sœur folle de terreur qui s'agrippe à elle comme à une branche et l'attire dans sa noyade. Est-ce qu'elles hurlent ? Est-ce qu'elles appellent au secours ?

Je ne sais plus rien.

En train de se noyer. Les mots ont fini par atteindre mon esprit gourd et ça y est, c'est trop tard, elles ne sont plus *en train*, elles sont noyées, noyées, leurs corps blancs ont sombré loin sous l'eau tumultueuse et je ne peux même plus les voir ! Déjà le courant les emporte, l'air que je respire me brûle, il faudrait me lever et courir pour les tirer à la surface, les arracher à la mort - *repêcher leurs corps morts*, me dit une voix que je repousse en criant, car oui, cette fois je crie, je sais que je crie au-dessus de la rivière, je me vois et m'entends crier. Hélas, je n'ai pas bougé depuis ce *connasse* qui m'a frappée mieux qu'une pierre.

Mais bouge, connasse ! Il faut bouger sinon elles seront noyées et je ne vois plus leurs corps !

Une gifle glacée sur mon visage, je comprends que César vient de plonger ; son poids a crevé l'eau avec fracas, et je peux même entendre les gouttes retomber en pluie avant de le voir, lancé comme une fusée vers l'endroit où les filles ont coulé. Je suis brusquement très consciente de mes genoux plantés dans l'herbe que j'arrache entre mes poings serrés, à quatre pattes, inutile ; alors seulement, je m'aperçois que je n'ai pas arrêté de crier.

– Là ! César, là !

Mon doigt s'est tendu devant moi, les mots ont jailli sans que je ne m'y attende lorsqu'un éclair de peau blanche a ressurgi du torrent. César nage, chaque mètre d'eau est un mur à franchir et il peine, il n'arrivera jamais à temps, ses bras ont perdu toute vigueur et sans doute que lui aussi, dans l'effort, entend une voix lui crier qu'il va *repêcher leurs corps morts*, aussi il force et turbine - et c'est cette voix même qu'il écrase lorsqu'il abat ses paumes claquantes dans un moulinet furieux, un mètre, deux, il ne sait plus s'il va dans la bonne direction et il pourrait abandonner tout espoir en un clin d'œil, là, pleurer et renoncer, lorsque sa main s'enroule autour d'un poignet pas plus épais qu'un osselet.

Aussitôt, tout s'accélère et la peur disparaît comme un mauvais souvenir, subitement il n'est plus question d'échouer : il attire dans ses bras sa petite sœur qui sanglote contre lui tandis que, derrière elle, Cléo émerge, libérée.

– Voilà, calme-toi ! lui crie César de sa drôle de voix éraillée. Tu nages et on rentre, OK ? Je ramène Solène, et on nage ensemble, OK ?

– Elle m'a..., halète Cléo. Elle me tirait par le cou ! Elle...

Tout en nageant, César pose une main sur la joue de Solène qui semble s'être assoupie contre lui, et lève l'autre vers Cléo pour la rassurer.

– J'ai vu. Maintenant tout va bien, on nage ensemble et on rentre.

Lorsqu'ils ont touché terre, j'étais toujours à quatre pattes, sur ma foutue terrasse.

Terrasse connasse, a ricané une voix.

Pour la faire taire, je me suis frictionné le crâne avec les ongles, aussi fort que possible ; il m'a fallu ça pour - enfin - m'enlever à la terre et courir jusqu'aux enfants.

Un rire dément m'a secouée dans ma course à mesure que je me découvrais libre des voix moqueuses et de cette stupeur qui m'avait tenue prisonnière, et puis mes mains ont repris Solène à César, le monde autour a disparu alors que je serrais contre mon visage celui, glacé, de ma poupée de fille, ma poupée bien vivante, par miracle vivante. Mes mâchoires me faisaient mal.

C'est en frottant mes joues contre les siennes que j'ai compris que j'étais couverte de larmes. Je m'en suis barbouillée avec une joie incontrôlable, tout en chiffonnant les lèvres douces et molles de ma fille sur mon front, mes pommettes, mon nez, jamais rassasiée de sa peau odorante et de son souffle tiède d'enfant vivant.

Solène ne disait rien ; elle se laissait faire, sans doute surprise de ces gestes qu'elle ne m'avait jamais connus.

Peut-être que si j'avais pu revenir une seconde à moi-même pour me rappeler le regard que m'avait lancé Cléo à travers le torrent - *Sauve-moi* -, j'aurais eu la présence d'esprit de tourner les yeux vers elle, qui récupérait dans l'herbe, haletante.

Hélas, non : toute mon attention était accaparée par Solène. Sans doute que j'étais incapable d'étendre à une personne supplémentaire l'exploit que c'était alors, pour moi, d'aimer quelqu'un d'autre que Paul et ma petite personne.

C'est tout juste si j'ai pensé à remercier César. Cramponnée à Solène, je n'ai pas vu le deuxième regard que m'a lancé Cléo, un regard qui disait : *Attends un peu.*

Attends un peu... Un jour tu m'aimeras comme ça, moi aussi. Comme tu as aimé Solène quand tu l'as crue morte. Tu m'aimeras comme ça, moi aussi - mais tout le temps.

Attends un peu.

*

* *

Paul nous attendait à la maison, son sac à ses pieds. Il venait de rentrer et, dans un frisson terrible, je me suis dit qu'il avait été averti de mon échec par un surnaturel instinct de père, et qu'il avait avalé les kilomètres en quelques minutes pour venir me juger et me punir.

Mais non, bien sûr. Il rentrait seulement avec un peu d'avance.

– Ça n'a rien donné, il m'a dit avec son sourire très doux. Je crois décidément que je ne suis pas fait pour m'entendre avec ces gens-là. Ça n'a pas d'importance.

En d'autres temps, j'aurais protesté, tenté de comprendre ce qui s'était passé. Je lui aurais reproché son manque d'ambition ou son entêtement à ne pas admettre la valeur de ce qu'il produisait. Mais ce droit-là m'était ôté, puisque je n'étais même pas capable de veiller sur ses enfants pendant deux jours.

Face à son sourire doux, je me suis sentie plus que jamais consciente de mon pouvoir de nuisance. Les filles se sont jetées dans ses bras, il a tressailli en les sentant grelotter, trempées, et m'a jeté un regard inquiet par-dessus leurs petites épaules. Pendant ce temps, César nous rejoignait de son pas claudiquant, trempé lui aussi.

– Qu'est-ce qui s'est passé, a dit Paul.

Ce n'était pas une question, c'était un constat : *qu'on m'explique ce qui s'est passé, afin que je puisse réparer ça.*

Je lui ai tout raconté. *Les filles jouaient au bord de la rivière, je lisais un texte et je n'ai pas été attentive, sans César elles seraient mortes.* J'ai répété le mot deux fois, *mortes*, pour que ça lui entre dans le crâne et qu'il n'essaie surtout pas de me chercher des excuses.

– Paul, je suis tellement désolée, je n'aurais jamais dû te proposer ça. Sans César...

Il a secoué la tête pour me dire qu'il avait compris. Il me fixait de ses yeux calmes et durs, son visage paraissait changé en granit. Je voyais bien qu'il puisait en lui-même la force de ne pas me gifler. Il a pris une longue inspiration, touchant du bout des doigts les fronts de ses deux filles, Solène tremblante dans son tee-shirt qui lui collait au ventre et Cléo, méduse de mèches noires dont le regard restait fixé sur moi.

– Maman m'a fait un câlin, a dit Solène comme pour annoncer une nouvelle étonnante. Il y avait des bulles partout dans l'eau et je m'accrochais à Cléo parce que je coulais mais elle coulait aussi et César est arrivé.

– Il a plongé dans l'eau, a ajouté Cléo, il a nagé hyper vite et il a repêché Solène ! Après, on a réussi à sortir.

Paul, contre toute logique, en dépit du simple *bon sens*, n'a pas crié, ni même demandé plus d'explications. Il s'est contenté d'attraper César par la nuque, dans un geste exagérément viril, et puis il a collé son front contre le sien.

César s'est écarté avec un haussement d'épaules gêné, puis il a marmonné :

– Diane pouvait pas voir, d'où elle était. Ça a duré juste quelques secondes, heureusement qu'le courant les a pas emmenées plus loin.

Paul a hoché la tête.

– Tu veux bien les mettre au lit ? Je viens vous voir dans une minute, mes crevettes trempettes.

À voix basse, César a dit oui avant de tendre deux mains devant lui, une pour chaque sœur.

– Allez, on y va. Papa arrive tout d'suite.

Ensuite, il s'est tourné vers moi.

– Pardon, hein, pour le « connasse ». C'est sorti tout seul.

Ça m'a donné envie de rire et de pleurer, cette attention, parce qu'on n'en était plus là, absolument pas. J'ai fait signe que je ne lui en voulais pas et je me suis rencognée dans ma posture piteuse, les bras noués sous les seins - l'air d'une cigogne.

Quand on s'est retrouvés seuls avec Paul, j'ai dit :

– Je suis affreusement désolée. Je croyais que ça marcherait pour toi, et je croyais aussi que ça se passerait bien avec les enfants. J'ai fait n'importe quoi, de bout en bout. De toute façon, je repars demain.

Au lieu de répondre, il a formé un tipi avec ses deux mains autour de son nez, un des rares gestes de fatigue ou d'accablement qu'il laissait voir... Manière de me faire comprendre qu'encore une fois, je m'en tirais par la fuite. Il en avait le droit, même si je sentais déjà monter quelques répliques d'orgueil toutes prêtes, au cas où il aurait tenté de me faire la leçon. Ma mauvaise foi n'avait à peu près aucune limite.

Comme il restait silencieux, j'ai dit :

– César a été formidable. Va voir tes filles, je fais mes valises pendant ce temps. Elles ont besoin de toi.

Avec son petit hennissement familier, il a dégagé ses mains d'autour de son nez.

– C'est comme ça, avec les enfants. Il y a des risques, partout, tout le temps. Ça nous arrive à tous de faire des erreurs avec eux. Un jour, j'ai failli ébouillanter Cléo avec une casserole, tout ça parce que j'avais la tête ailleurs. Ce ne s'est pas produit, et aujourd'hui non plus, rien de grave ne s'est produit. En revanche, tu sais ce que je crois ? Je crois qu'un jour viendra où tu auras pour tes filles les mêmes attentions que pour moi. Oui, je crois que ça viendra.

J'ai levé les yeux au ciel, surjouant le dédain que - comme il le savait - m'inspirait ce genre de mièvrerie.

– Eh bien, *amore mio*, tu as du courage.

En s'avançant vers la chambre des filles, mains dans les poches, il a répondu :

– Pas tellement. Mais je suis d'un naturel optimiste.

Son sourire m'a mise en rage. J'ai rempli ma valise en prenant soin de rouler mes affaires en boule, y compris la jolie robe qu'il m'avait offerte l'avant-veille. Histoire qu'elle soit fichue pour de bon.

6

Tout ira bien

21 novembre 2016

– Je veux pas monter.

Camille a dit ça d'une toute petite voix. Une voix qui semble pourtant l'engloutir elle-même, maintenant qu'elle a prononcé ces mots et les regarde flotter dans l'air avec résignation. De telle sorte que, par un effrayant effet de poupée gigogne, elle paraît véritablement minuscule devant sa propre voix. Une voix terne et tremblante. Alice au pays des merveilles de quelques centimètres de haut, égarée dans la forêt de ses propres songes noirs qui ont fini par la rattraper.

– Arrête tes bêtises, dit Théo, gagné par l'irritation. C'est juste un ascenseur, tu as pris l'ascenseur des milliers de fois !

Sa voix résonne dans les couloirs de la maternité, et Cléo pose discrètement une main sur son avant-bras. La patience n'est pas le fort de Théo, c'est même sa plus grande faille, pour de nombreuses raisons ; mais elle sait qu'en l'occurrence, il s'énerve parce qu'il a peur pour sa fille. Peur de ne plus la reconnaître, de la voir peu à peu se confondre avec cette voix qui ressemble si peu à ce qu'elle a toujours été – ou plutôt à ce qu'il a toujours voulu voir en elle... Il se sent atteindre le moment où il ne lui sera plus possible de nier que quelque chose est en train d'arriver à Camille.

En vérité, s'il a refusé si obstinément de l'admettre, depuis tant de jours et de semaines, ce n'est pas uniquement parce qu'il est attaché à l'image de sa petite guerrière, de sa fonceuse adorée, comme à un de ces fétiches dont les jeunes papas ont souvent tendance à remplir leur besace parentale ; c'est aussi qu'il prête *réellement* à ce fétiche-là des pouvoirs extraordinaires, et qu'à travers la figure de sa fille invincible - née dans l'horreur et rescapée de l'horreur, survivante par nature -, il pensait enfin disposer d'un moyen de sauver tout le monde. Ses enfants, Cléo, lui.

Dans son esprit, à partir du moment où il existe dans la famille une Camille que rien ne peut blesser, pas même la peur (elle qui justement a vu le jour dans un monde de peur), alors rien, jamais, ne pourra blesser aucun de ses enfants. Enfants nés et à venir, puisque Cléo est enceinte de trois mois.

Lorsqu'elle m'a annoncé la nouvelle au téléphone, j'ai retenu le cri de terreur que je sentais monter dans ma gorge ; j'aurais voulu lui dire à quel point le chemin de mère pouvait être compliqué, périlleux, impossible peut-être - et puis je me suis souvenue *in extremis* que Cléo n'était pas moi, que par bien des aspects elle était même tout l'inverse ; je me suis tue.

Nous avons donc choisi de parler de Paul, pleuré chacune à un bout du fil en nous répétant qu'il aurait été si fier, si heureux, et puis nous nous sommes promis de nous voir bientôt, pour qu'elle me présente enfin Théo et les enfants, et qu'elle me montre son ventre arrondi. Je n'aurais certes pas de conseils à lui donner, mais peut-être que je pourrais, cette fois-là, être présente dès le début de l'histoire.

La naissance de cet enfant, bien sûr, n'est pas une nouvelle anodine dans cette famille où plane l'ombre d'une maman morte trop jeune, dont Cléo reprend peu à peu le rôle… Théo et elle se sont évidemment préparés à ce qu'elle ait un impact sur Camille et Simon.

Simon, à première vue, ne paraît guère chahuté par cette perspective. Mais il faut dire que sa sœur, chose exceptionnelle, occupe tout l'espace… Par instinct, il lui laisse le champ libre. Un champ envahi par les peurs, comme une cabane par les mauvaises herbes.

Depuis peu, Camille redoute tout : les chiens dans la rue, les voitures qui klaxonnent, les terroristes dans les gares et les stations de métro, les gens bizarres ou fous (qu'elle assimile aux terroristes depuis que les parents lui ont dit, maladroitement, que les terroristes n'étaient pas des monstres mais « des gens fous »), le vieux chat Léo - et les ascenseurs.

– Ma chérie, écoute. Je veux que tu m'écoutes. C'est seulement un ascenseur. On va faire cinq étages et hop, on pourra aller voir le bébé de Lou et Pauline, OK ? Tu as envie de le voir, le bébé, non ?

Les portes de l'ascenseur s'ouvrent justement, une infirmière en sort et passe devant eux. Elles se referment. Théo s'est agenouillé devant sa fille, les deux mains cramponnées à ses épaules. Il tremble de nervosité, ce qui n'échappe pas à Cléo. Face aux angoisses de Camille, il n'a qu'une réplique : *« Tu vas écraser ta peur comme un moustique : ne plie pas devant elle »*. Il multiplie les métaphores martiales, déroule des histoires épiques au terme desquelles sa soldate adorée saura renverser la peur qui la dépasse pour l'instant, la mettre à terre comme au judo, et puis la dominer de toute sa hauteur et découvrir alors - avec un amusement qu'il surjoue - qu'il s'agissait vraiment de pas grand-chose.

Un chien, un monsieur bizarre qui parle tout seul dans la rue, un ascenseur.

Rien, ou pas grand-chose.
– Tu as affronté le pire, tu comprends ? Rien ne peut t'abattre, il insiste, sans voir qu'il la recouvre de mots trop grands pour elle.
Les papiers super-héroïques, depuis peu, ont perdu de leur force magique. Camille les empoche avant de franchir le portail de l'école, mais elle passe ses journées en apnée, redoutant pêle-mêle les colères du professeur, le chahut de la cantine, le risque constant d'un accident ou d'une catastrophe. Le soir, elle en sort pâle, toujours au bord des larmes.
Théo a commencé par affirmer qu'elle traversait « une mauvaise passe » et que ça s'arrangerait, puis qu'elle était « dans un moment difficile » et qu'il fallait le comprendre sans s'affoler, puis qu'elle passait par une nécessaire « étape de remise en question » dont elle sortirait plus forte encore...
Tout ce temps, ma Cléo a écouté, approuvé, nuancé autant qu'elle pensait pouvoir le faire.
Mais hier soir, quand ils ont appris que le bébé de leurs grandes amies Pauline et Lou venait de naître et qu'ils étaient invités à leur rendre visite à la maternité, elle a murmuré :
– Ça va être difficile, avec Camille.
Théo s'est raidi sur son assiette.
– Mais non, ça se passera très bien.
Encore une fois, Cléo a tenté de lui ouvrir les yeux sur l'évidence : le trajet en métro pour y aller, déjà, poserait problème. Tout poserait problème.
– Mon amour, je pense que Camille ne va pas bien. Elle n'a rien montré depuis la mort de sa maman, mais là ça remonte, et on ne pourra pas...
– Oui, ça remonte, c'est normal que ça remonte ! C'est même très sain ! Tu verras, demain : ça se passera très bien.
Il a mâchonné son dîner, sombre.

Le trajet ne s'est pas bien passé. Sur le trottoir, Camille sursautait tous les cinq mètres, jetait des regards affolés autour d'elle, redoutant un danger qui aurait pu jaillir de partout. Son père a compris brusquement que c'était une habitude qu'elle avait prise d'être aux aguets, sans qu'il s'en rende compte. Le métro, ensuite, a été un calvaire qu'elle a enduré en silence, mais dont il a encore constaté, en l'épiant discrètement, à quel point il était réel pour elle.

Il a compris alors qu'il était resté obstinément, délibérément aveugle à toute cette souffrance... Il en aurait hurlé de honte.

Et là, devant l'ascenseur, tout éclate.

– On n'a qu'à prendre l'escalier, tente Cléo. J'y vais avec elle.

– Non, dit-il (et sa voix vrille comme dans un sanglot). Non, on ne va pas s'incliner devant une peur qui n'a rien - *rien*, ma chérie, tu entends ? - de fondé. Des milliers de gens prennent l'ascenseur, c'est parfaitement sûr, et au pire, quoi, tu restes bloqué, tu appuies sur le bouton et on te libère en un rien de temps.

Camille, à cet instant, relève son nez mutin et darde sur lui un de ces regards d'acier dont elle a le secret. Sa lèvre tremblote, signe annonciateur d'une crise de larmes, et elle dit :

– Je veux pas. Je veux pas. La dame de Créteil, elle reste coincée toute la nuit.

Théo relève la tête, surpris.

– La dame de quoi ? lui chuchote Cléo. Tu vois de quoi elle parle ?

Après un temps de réflexion, Théo acquiesce. Et cette fois, il commence à rire. Douloureusement, mais tout de même.

– « Allez hop, à Créteil. » Elle parle de Madame Musquin dans *Le père Noël est une ordure*. Si j'avais pensé que ça la traumatiserait à ce point...

Cléo sourit en le voyant se ranimer. Sentant qu'il y a là une issue - une de ces issues que Paul savait trouver dans la roche des gens -, elle joue le jeu :

– Je te l'avais dit : c'est hyper glauque, les films du Splendid.

– Question de génération, jeune péronnelle.

Et dans l'élan, allégé, il hisse Camille sur ses épaules et se met en direction de l'escalier.

– Tu montes avec Simon par l'ascenseur, on vous rejoint en haut ?

Elle approuve et Simon se joint à elle, tout fier. Il glisse la main dans celle de sa belle-mère. Laquelle songe qu'ils s'en tirent à bon compte... pour cette fois.

Ils poussent la porte de la chambre en se collant quasiment la tempe dessus, comme on le fait uniquement dans les maternités, un fantastique sourire collé au visage. Leurs amies les accueillent avec un long « Aaaaaah » chuchoté qui, là encore, n'appartient qu'à ces occasions.

Lou est allongée sur le lit, adossée au mur et les genoux relevés haut, tonique toujours. On a peine à croire qu'elle a accouché la veille... Elle a quelque chose d'une Amazone, avec son regard franc, ses cheveux coupés court, son corps et son visage taillés au biseau.

À côté d'elle, Pauline s'est lovée contre son épaule dans une position très douce. Elle caresse la main de sa femme, qui est devenue maman pour la première fois tandis qu'elle-même l'a déjà été à deux reprises - avec un homme. Les petites Éloïse et Célia sont là, d'ailleurs, et accueillent Simon et Camille avec des gloussements excités.

Au bout du lit, dans son berceau plastifié, dort Manon, le bébé de Lou et Pauline ; celui qu'elles ont fait ensemble.

On s'avance, les compliments fusent, les sourires ricochent les uns sur les autres. Pour un moment, Théo cesse de s'inquiéter pour Camille, qui ne manifeste plus le moindre signe de terreur.

Toutefois, Cléo note que, quand elle s'est approchée du berceau, la fillette a jeté un bref coup d'œil inquiet à Lou. Un coup d'œil, devine-t-elle, qui se méfie.

*

* *

– Ma chérie, dis-moi...

Elle lui passe une main dans les cheveux, ces jolis cheveux blonds que Camille porte longs désormais, et que Cléo lui a appris à brosser chaque matin pour qu'ils ne fassent pas de nœuds.

Camille est emmitouflée dans sa couette remontée jusqu'au menton, prête pour le bisou du soir. Elle a bien senti que sa belle-mère voulait parler, alors elle patiente.

–... j'ai remarqué que tu regardais Lou d'une drôle de façon. Il y a quelque chose dont tu veux me parler ?

« Parler, toujours parler », semble chantonner Camille en dodelinant de la tête. Cependant, elle devine que Cléo ne lâchera pas ; et elle a pu constater sa ténacité, au cours des derniers mois. Ces mois au cours desquels Cléo est passée du statut d'amoureuse de Papa à... autre chose. Camille ne sait pas quoi. Elle a déjà dit à sa belle-mère qu'elle l'aimait, et plusieurs fois même, mais elle ne veut pas tout mélanger. Ou, pire, risquer de donner l'impression de remplacer sa maman. Elle panique à cette simple idée.

Toutefois, elle ne peut nier que les grands yeux châtaigne de Cléo lui font du bien quand ils la couvent, comme là, maintenant. Sa belle-mère s'est assise sur le bord du lit, et Camille observe le petit ventre rond que l'on commence à deviner sous son tee-shirt.

Sans prévenir, elle pose la main dessus.

Cléo accueille la petite main sur son ventre, l'enveloppe avec la sienne.

– Dis-moi ce qui te travaille, ma chérie.

Camille ne répond pas. Elle fixe obstinément le ventre rond, et les deux mains posées l'une sur l'autre. En silence, elle contemple la fragile pyramide de leurs attentions réciproques.

– Dis-moi, s'il te plaît, chuchote Cléo.

Et elle ajoute :

– Fais-moi confiance.

D'un coup, Camille relève la tête. Elle lance :

– Tu vas te moquer...

À la voir, on pourrait croire aux prémices d'une farce, d'un de ces traits d'humour étranges qu'elle réserve parfois à la famille... à ceci près qu'elle fond en larmes.

Alarmée, Cléo se colle contre elle et la serre dans ses bras - sans lâcher sa main, car elle sent bien que la petite pyramide ne doit pas être défaite.

– Non, ma chérie. Jamais, tu m'entends ? Je ne me moquerai pas. Raconte, je t'écoute.

Entre deux sanglots, si violents qu'elle glousse entre ses larmes, Camille finit par dire :

– J'ai peur parce que vous avez dit que Lou avait eu mal quand elle a eu son bébé. Vous avez dit qu'un accouchement, ça fait très, très mal.

– Oh, mais ma chérie ! Tu as pensé... Mais c'est normal, tu sais, les femmes ont mal quand elles accouchent... Enfin, je veux dire, ne t'inquiète pas : je ne vais pas avoir mal - enfin, si, mais je suis prête à ça et puis...

– Non, mais *moi* !

Cléo s'immobilise.
– Euh... comment ça, toi ?
– Moi ! J'ai peur pour moi, pour quand j'aurai un bébé !
La stupeur est telle que Cléo manque d'éclater de rire ; mais elle ne commet pas cette erreur. Très doucement, elle rassure Camille, lui parle des nombreuses étapes qui l'attendent dans la vie avant « d'en arriver là » ; et puis elle tente de lui expliquer tout ce qu'elle ne sait pas encore de l'enfantement et de la joie immense qui, paraît-il, fait miraculeusement oublier les pires douleurs. Des idées qu'elle a puisées dans des films, auprès d'amies - de Lou, tout à l'heure, même si avec une dure à cuire pareille, le témoignage n'est pas forcément fiable... et de moi, sa mère, en une seule occasion.
Cléo parle longtemps, et elle dit :
– Tu sais quoi ? La semaine prochaine, c'est l'anniversaire de César.
– César... C'est ton frère, c'est ça ? demande Camille.
– Oui, voilà. Avec ton père, on a décidé de descendre le voir en voiture le voir pour fêter ça avec lui, à la montagne. Ça fait longtemps que je voulais vous le présenter, ce sera l'occasion.
– C'est vrai qu'on l'a jamais vue, ta famille.
– Oui, on ne vit pas tout près et ma mère a fait un long voyage en Asie... Bref. Elle sera là. Et peut-être aussi ma sœur Solène, mais c'est moins sûr. En tout cas, là-bas, si tu veux, on parlera de tout ça ensemble, d'accord ?
– D'accord, dit Camille.
Un « D'accord » qui sonne comme un « J'attends ». J'attends de voir.

7

Paul en suspension

5 avril 2005

Sa main se glisse dans la faille. Morsure froide. Il prend une bonne inspiration, contracte ses muscles et resserre les doigts à l'intérieur, en croche, avant de se tracter plus haut. Et comme toujours lui vient cette impression grisante que les montagnes hurlent son nom, tandis qu'il grimpe.

On ne croirait pas, à voir son visage si concentré, ses gestes si précis et si souples, que c'est là - juste là - que se niche la folie de Paul. Ou, disons, sa déraison. La plupart du temps, le corps de Paul est comme une cathédrale, les sentiments y résonnent sous un plafond si élevé qu'ils se dissolvent bien avant de l'avoir atteint. La plupart du temps, Paul observe ses terreurs et ses appétits depuis une telle hauteur qu'ils lui paraissent comparables à de petits animaux aisément domptables, guère plus que des rongeurs. C'est tout le champ qu'il leur laisse : la latitude de ronger, par minuscules morceaux, ses fondations.

Et puis, quand parfois un coup l'atteint plus violemment, au risque de l'ébranler en entier, sol colonnes et voûte, il part en montagne. C'est seulement alors, les doigts plantés dans la pierre et tout son être en équilibre entre ciel et terre, qu'il exulte. Il halète, peste, grogne, souffle et pousse et tire et, dans cette mécanique de muscles et de pulsations sanguines, ce sont bien ses terreurs et ses appétits qu'il étouffe entre les mâchoires de l'effort. La perspective de culminer au-dessus de tout, bien sûr, lui infuse une force supplémentaire, et rien ne le réjouit plus que cet instant où, après avoir dix fois frôlé l'accident, il posera le coude sur un plateau d'où il pourra, calme, contempler les monstres d'ombre redevenus des rongeurs tournant dans leur roue.

La grimace de son visage chiffonné, sa teinte écarlate et les tremblements qui le secouent jusque sur ses dents découvertes, toute cette pantomime, à ses propres yeux, est une métaphore du combat - comme s'il avait volé au monstre ses traits après l'avoir ingéré, pendant qu'il franchissait de mètre en mètre la route de pierre menant aux nuées. Et cette vision d'un chemin périlleux mais noble qui aurait jailli de terre pour n'être emprunté que par les hommes de valeur l'accompagne depuis longtemps, je sais même qu'elle nourrit une grande part de ses œuvres ; ce que l'armoire normande aurait appelé « une inspiration spirituelle », ou quelque chose de ce goût-là.

Paul ne me l'a jamais dit, mais j'ai appris par la suite qu'à chaque fois que je l'avais quitté au petit matin, valise rouge et mot sous l'oreiller, il était parti en montagne pour quelques heures. À l'époque où les enfants n'étaient pas capables de se garder seuls, il s'adressait à un ami du voisinage, expliquant qu'il avait une urgence, et puis il se jetait sur sa muraille. Il la prenait d'assaut avec cette rage qui ne se laissait pas voir, et dont je suis seule à avoir saisi des bribes quand il s'est découvert devant moi.

Les années passant, il a laissé les petites et César s'occuper d'eux-mêmes en leur disant simplement qu'il revenait « vite ». Il ne leur a jamais avoué, pas plus qu'à moi, pourquoi il avait tant besoin de ces efforts et de ces risques. Peut-être que si nous l'avions su, nous aurions tenté de l'arrêter ?

Peut-être. Hélas, je doute que cela m'ait empêchée de l'abandonner régulièrement. Du reste, il s'est avéré qu'il le faisait également à chacun de mes retours, pour des sessions plus courtes mais encore plus dangereuses. Joie et rage se mêlaient, je suppose, dans ces moments-là. Il fallait que ce qui l'habitait sorte de lui, afin qu'il continue à faire bonne figure devant les enfants. « Pour leur bien », aurait-il dit, puisque c'était la chose, avant lui-même et même avant moi, la plus importante dans sa vie. Leur bien.

Ce matin, si Paul grimpe, c'est parce que je suis revenue hier. Revenue pour de bon.

*
* *

– Attends... Je comprends pas, là.

– Je pense que si, Cléo. Je pense que tu comprends. Je vais vivre avec vous, et je ne repartirai plus.

Assise face à moi dans ce bar un peu glauque de la vallée, les coudes en équerre et les mains posées l'une sur l'autre derrière son verre de Panaché, Cléo retrousse les lèvres. Je savais bien que ce ne serait pas facile.

En fait, non ; je ne savais rien, je n'avais aucune idée de la façon dont cela se passerait.

– Vois-tu, j'ai réfléchi, ces derniers temps, et je crois que cette... cette chose qu'il y avait en moi, et qui m'empêchait de m'ancrer auprès de Paul... et auprès de toi, de vous... cette chose n'existe plus. Elle a disparu.

Cléo claque des doigts, tordant la bouche.

– Comme ça, d'un coup ?

Je souris.

– Comme ça, d'un coup.

– Et qu'est-ce qui l'a remplacée ? Une nouvelle lubie ? Tu as vu la lumière ?

– Non, c'est-à-dire… Brusquement, je me suis sentie capable de rester avec Paul sans être tentée de repartir au bout de quelques semaines. Brusquement, cela a cessé de me paraître au-dessus de mes forces.

– C'est sûr, rester avec nous, ça demande un courage dingue !

– Je ne sais pas si c'est une question de courage…

– Moi, je crois que si, Maman.

Un long silence s'étend en grinçant entre nous comme du papier froissé. Durant tout ce temps, elle plante ses yeux dans les miens, le message est clair, *Tu flancheras avant moi, cette fois c'est toi qui mettras un genou à terre*. En apparence, elle n'a plus grand-chose à voir avec la sauvageonne qui faisait le cochon pendu partout où elle le pouvait, c'est presque une jeune femme - dix-sept ans, de l'allure pour son âge, queue-de-cheval et maquillage discret, un profond sérieux caché sous un sourire qui accueille le monde entier. Mais je ne m'y trompe pas, Cléo n'oublie rien ; rien n'est plus crucial à ses yeux que la constance et la vérité des sentiments… et Dieu sait que je n'ai pas été à la hauteur de ses attentes.

Des trois enfants, c'est sans doute elle que j'ai le plus négligée. La bizarrerie de César lui aura au moins valu une certaine curiosité de ma part ; Solène est la seule qui ait pu faire naître en moi de la tendresse. Je crois que Cléo, dans mon esprit, était une figure maternelle de substitution pour les deux autres, et un point de repère indispensable pour son père. Nous avons échangé des choses, jamais rien partagé.

Finalement, elle lâche dans un soupir :

– Bon, écoute, tant mieux pour toi. Ça ne changera pas grand-chose à nos vies, tu sais. César ne rentre à la maison que le week-end, il est en formation pour encore un an, et moi, dès que j'ai mon bac, je pars.

– Tu pars ?

– En voyage. Six mois en Amérique du Sud, c'est prévu depuis des siècles. Papa est d'accord. En fait, on en a souvent parlé, mais ça a dû tomber pendant des moments où t'étais pas là.

J'avale une gorgée de vin. Infect. Ils viennent de le sortir du frigo, évidemment.

– Je t'avais dit, t'aurais dû prendre une bière.

Pour la faire sourire, j'agite les bracelets à mes poignets avec des airs de grande dame.

– Tu sais bien, je ne bois rien qui ne se verse dans un verre à pied. Enfin, je jetterai mes goûts de luxe au feu pour le plaisir de notre conversation. Se retrouver toutes les deux, ça ne nous est pas arrivé souvent, n'est-ce pas ?

– Ça, c'est sûr ! éclate-t-elle dans une sorte de rire. Quand tu m'as proposé le rendez-vous, j'ai failli tomber de ma chaise.

– Justement, Cléo. C'est ça qui pourrait changer dans nos vies, si tu en as envie. Je sais bien que vous êtes grands, que je me réveille beaucoup trop tard et que cela peut sembler complètement grotesque, une femme de mon âge qui cherche à nouer des liens avec ses enfants après tant d'années, mais...

– Bon, Maman.

De nouveau ce regard planté dans le mien. Ces yeux d'un brun épais, velouté, deux châtaignes qui me jaugent avec une gravité qui m'impressionne, me fait me sentir minuscule, démunie... J'attends, puisque cette fois c'est moi qui attends et espère.

– Je vais te simplifier la tâche, d'accord ? Ça-me-va. Voilà ce que je veux te dire. D'un côté, j'aurais bien envie de te faire payer un peu, mais... qu'est-ce que tu veux ? C'est pas ma nature. T'avoir avec nous à la maison, te retrouver de temps en temps en tête-à-tête pour un restau, sortir pourquoi pas au théâtre, maintenant que tu as tes entrées partout... ça me va. Je prends. Tu m'entends ? Ça fait un moment que j'ai décidé de recevoir ce que tu peux donner. Apparemment, tu es lancée dans une direction qui te conduit vers nous : va, suis ta ligne. On ne te refera pas, et moi je fais le choix d'accepter.

Voilà. Elle ne suggère même pas qu'il puisse y avoir d'autres raisons, moins louables que celles que j'ai présentées, à ma retraite anticipée ; elle ne me soupçonne de rien et ne me reproche rien. Elle m'offre ce sourire qui accueille le monde entier, mais aussi ce profond sérieux caché dessous, qui est comme un pacte, d'un caractère presque sacré. Et ce sourire s'étend, se révèle au point de lui rendre soudain sa frimousse de petite fille, on croirait même voir ses taches de rousseur ressurgir comme des pâquerettes sur son visage d'ado... Elle reprend :

– Tu dois quand même te douter que ce ne sera pas aussi facile avec César, hein ? Et encore moins avec Solène. Le collège a été dur pour elle, elle n'est clairement pas dans la meilleure période de sa vie. Crois-moi, tu vas ramer. Pour être franche, je ne suis pas du tout sûre que tu parviennes à l'atteindre, elle.

J'acquiesce en m'infligeant une gorgée de ce vin ignoble. Elle a raison, bien entendu. Ce n'est pas un hasard si j'ai choisi de lui parler en premier : j'ai bon espoir qu'elle m'aide à aller vers les deux autres.

Ma Cléo ne sera jamais une stratège, mais moi je ne serai jamais autre chose que cela.

*

* *

Le soleil rampe sur son front, qu'il incline sur le côté pour prolonger le merveilleux instant. Ses mollets frottent légèrement contre la roche froide, autre délice, tandis qu'il laisse ses pieds se balancer, assis au-dessus du vide. Un, deux ; un, deux. Quelque chose comme une chanson d'enfance lui remonte. Il est paisible et ralenti, golem de chair brute lové dans sa corniche de pierre, rêvant d'en acquérir la robustesse, l'imperméabilité au temps.

C'est précisément *le temps* qu'il doit entreprendre de dompter, depuis cette hauteur qu'il vient d'atteindre.

Il s'agit, songe-t-il, de rompre avec ses habitudes pour en acquérir de nouvelles.

– Alors, elle revient pour de bon. À ce qu'il paraîtrait.

Il dit ces mots pour lui-même, pour le plaisir de s'entendre les prononcer, seul dans ses chères montagnes. Il les dit un peu pour elles aussi. Et pour moi, qui ne peux les entendre. La chanson de Brel lui traverse l'esprit et il la fredonne du bout des lèvres, « *Mathilde est re-ve-nue* », ça lui arrache un sourire. Il regrette d'avoir oublié son harmonica. Il sent son cœur frétiller d'une joie pelucheuse, à lui faire des chatouilles.

La vie, décidément, regorge de surprises.

Pour s'extirper de sa torpeur, il tape dans ses mains. Il va être l'heure de rentrer. Avec des gestes lents, rêveurs, il se redresse en se collant à la paroi pierreuse.

*

* *

À cet instant précis, Cléo fait une chose que je n'oublierai jamais ; une chose qui, encore une fois, me prouve à quel point elle est meilleure que moi. J'ajouterais volontiers « à quel point je ne la mérite pas » si je n'avais décidé, il y a peu, de ne plus me cacher derrière cet alibi pour m'empêcher d'aller à sa rencontre. Je veux au contraire aspirer de sa lumière, sans craindre de lui nuire ou de la souiller. Elle m'a suffisamment prouvé, après tout, qu'elle savait se défendre.

Alors que je remâche le goût râpeux du vin trop froid, elle tend la main par-dessus la table, très sereine - tout le portrait de son père - et pose sa main sur la mienne. De ce genre de geste, j'ai toujours été incapable, et la voir franchir en une seconde un fossé creusé depuis si longtemps me bouleverse. Lever mon autre main pour la plaquer sur les nôtres mêlées me demande un effort considérable, qui me laisse vide, pantelante.

Pour tout dire, la tête me tourne un peu.

Je ne crois pas que ce soit à cause de l'alcool.

– Ça va ? elle chuchote.

– Je... Très bien. Très, très bien. Je vais apprendre, tu sais. Je ne sais pas encore comment, mais je vais apprendre.

Elle tortille une mèche de cheveux qui s'est échappée de sa queue-de-cheval, coquetterie d'ado qui achève de me chambouler. En un clin d'œil, j'échoue au bord des larmes. *Ma petite fille qui a tellement grandi*, je pense, et j'étouffe dans l'œuf l'autre pensée qui menaçait de me rappeler que ce n'est *certainement pas grâce à moi*, et que je ne l'ai même pas *vue grandir*, en fait, pas comme on voit grandir ses enfants lorsqu'on est là pour eux chaque matin et chaque soir - c'est-à-dire lorsqu'on n'est justement pas en mesure de les voir changer, pas avant la première séparation et les premières retrouvailles, cet instant où l'on se dit : *Mon bébé a tellement grandi et je ne m'en rendais pas compte.*

– Oh, tu y arriveras, Maman, et je sais même comment tu vas faire. Tu vas apprendre comme tu apprends tout dans la vie : en jouant ! D'ailleurs, t'as pas joué le rôle d'une mère qui élève ses enfants seule pendant la guerre, dans ton dernier film ? Eh bien, voilà : c'est nous, ton nouveau projet...

Sans violence et sans heurt, elle tape dans le mille. J'en suis à ce stade de ma carrière où l'on peut parler de « mon dernier film » - « le dernier Diane Chastain », que les critiques ont trouvé plus intéressant que le précédent mais dont ils espèrent moins que du suivant.

Ma carrière, il y a sept ans, s'est envolée, tel un oiseau dont les pattes auraient été longtemps lestées de plomb et qui, brutalement, aurait été libéré. J'ai fusé en droite ligne, à la verticale du monde, vers les hauteurs. Tout a commencé avec ce réalisateur italien qui m'a révélée, en 98, dans le rôle d'une femme-enfant dévoyée, érotomane et « absolument irrésistible »... et puis je n'ai plus retouché terre. Huit films en sept ans, un record.

Et c'est alors, au moment précis où j'étais devenue ce que j'avais toujours cru devoir être, que le dégoût du métier m'est tombé dessus. En me voyant à l'affiche de mon dernier film, *La Terre rouge*, j'ai eu l'impression de redécouvrir ce reflet déformé de mon visage, hideux, que j'avais regardé luire dans la boule de Noël... Un ennui grand comme une fatigue m'a accablée. Huit ans, sept films, et après ?

Ça ne m'intéressait plus. J'avais couru après toute ma vie, tout obstrué dans ma vie pour ça, et ça ne m'intéressait plus. À vrai dire, la seule idée de tourner dans un autre film, ou même de discuter avec un réalisateur, me harassait à l'avance. Qu'est-ce que j'allais devenir, si je m'ennuyais ? Qu'est-ce qu'il me restait ?

J'ai décidé de tout plaquer, sur un coup de tête. L'idée était aussi terrifiante que comique, d'une certaine manière.

Mais dans le même élan, les mains de Paul m'ont manqué plus que jamais - et *d'un coup, comme ça*, la perspective d'en rester plus longtemps éloignée m'a paru insupportable. Et le plus incroyable, évidemment, a été de voir les visages de Cléo, de Solène et même de César s'ajouter au registre de ce que je ne pouvais plus abandonner.

Après plusieurs semaines de cauchemars, de déprime absolue (tout à fait inédite dans mon existence) et d'intermèdes puissamment alcoolisés, j'ai admis ce que d'autres femmes auraient compris bien plus tôt : mes enfants me manquaient.

Ils ne me manquaient pas comme après une longue absence ; ils ne me manquaient pas non plus comme un être aimé à qui l'on a un peu oublié de penser se rappelle brusquement à vous... Non : ils me manquaient à la façon dont un édifice s'avère soudain manquer de fondations. On bâtit la maison à la va-vite, parce qu'on a la tête pleine de projets et que l'on déteste perdre son temps, on pose vaguement des fenêtres avec l'idée qu'on laissera les volets toujours ouverts, et puis on se rend compte, un beau matin, que tout s'est écroulé.

Que tout.

S'est.

– Tu m'entends ? Maman ?

Rouvrant les yeux, je tombe sur le visage affolé de ma fille, qui s'est levée de sa chaise. Je tiens toujours sa main dans la mienne, mais j'ai ôté l'autre, qui est allée, sans que je m'en aperçoive, s'agripper au col de mon pull. Je m'y accroche comme si ma vie en dépendait.

– C'est... J'étais en train...

Une douleur fulgurante me frappe au cœur, m'obligeant à refermer les yeux.

– Maman ?!

Encore éblouie, je lui fais signe que ça va. C'est passé. Je n'ose pas lui avouer qu'au plus fort de la douleur – ce flash d'une intensité incompréhensible –, j'ai eu la vision d'un déluge de pierres ensanglantées qui m'a emplie d'horreur. Elle ne comprendrait pas, ou bien elle risquerait de s'affoler pour rien.

Pour rien, n'est-ce pas ?

Seulement, c'est à cet instant, la lèvre tremblante et très pâle, qu'elle a dit :

– Tu l'as senti aussi.

Et sa main terrifiée a serré la mienne.

*

* *

Au moment où son pied dérape, Paul ne songe à rien. Il n'a pas du tout le temps d'adresser une dernière pensée aux enfants ou à moi, ni de se dire que c'est vraiment trop bête, trop cruel, tellement dommage ; il n'a pas non plus le temps de se consoler en songeant qu'au moins, les enfants et moi serons ensemble désormais, tous les quatre, dans la douleur d'être sans lui, ensemble et soudés comme jamais - maintenant que je suis revenue.

Sa nuque s'est brisée sur le sol avant même qu'il ait pu avoir peur. Le temps, qui jusqu'au bout sera resté son allié, lui a offert cette faveur-là : il s'est dérobé à lui la seule fois où il aurait risqué de lui être un motif de douleur supplémentaire.

Paul est donc mort sans avoir pensé ou crié quoi que ce soit. De toute façon, les enfants et moi, nous savons fort bien ce qui serait sorti de sa bouche s'il en avait eu l'occasion. Même les montagnes le savent. Et le son qu'il n'a pas fait entendre, nous pourrons toujours l'entendre éclater, envers et contre le silence, en un défi à jamais relevé, éclater comme cet air d'opéra qu'il chantait de temps en temps pour rire, *bella figlia dell'amore*, et qui résumait si bien tout ce qui émanait de lui, tout ce qui naissait en son cœur et jaillissait par sa bouche, tout ce qui était *lui* de bout en bout : un chant d'amour.

8

Les vraies mamans

29 novembre 2016

C'est toujours le même chalet d'autrefois ; on jurerait que rien n'a changé. Lorsqu'elle saute de la voiture à pieds joints, et malgré la main collée sur son ventre rond, Cléo a l'impression fugace d'avoir à nouveau huit ans. Il faut qu'elle sente la neige lui mordre les chevilles pour qu'elle se souvienne qu'elle en a vingt de plus, et qu'elle doit penser à aider les enfants à descendre.

Elle se penche sur la vitre arrière. Ils dorment, la tête oblique et la bouche éclose tel un coquelicot, ensevelis par le sommeil. Elle les trouve merveilleusement beaux.

Sur ses épaules, elle sent le poids doucement familier des mains de Théo, qui a fait le tour pour l'enlacer.

– Je sais qu'il y a plein de marmottes dans la région, mais ces deux-là sont particulièrement mignonnes, tu ne trouves pas ?

Elle lui chipe une main et l'amène à ses lèvres, songeuse. Dans un baiser, elle dit :

– C'est exactement ce que je me disais.

– Bon, en attendant...

Dans un grand geste théâtral, il plante un genou à terre, s'enfouissant dans la neige. Il pose son front contre le ventre de Cléo, avec une tendre application.

–... je t'aime !

– T'es fou, tu vas geler !!

– Mais que m'importe de geler, jeune péronnelle, tant que je serre vos mollets à l'heure où la Camarde m'emporte ?!

– Mes mollets ?

Avant qu'elle ait pu réagir, il la tire doucement à lui et l'amène à s'étendre à ses côtés, dans la neige.

– Aaaaaah ! Non, mon pantalon ! T'es chiant !

Secoué de rire, il pique des rafales de baisers sur son cou, ses pommettes, ses lèvres et son nez. Et son ventre, son ventre.

– Je suis chiant mais je t'aime.

– Oui ben moi aussi, va.

– Tu te rends compte qu'on va avoir un petit bébé, bientôt ?

– Je me rends compte. Allez, on se caille les miches, là !

Et elle lui rembourse un baiser contre ses mille, un baiser plein et fort, qui éclipse tous les autres. Le soleil automnal frappe l'interminable blanc qui les entoure et leur donne le sentiment d'être éternels. Ils se sentent incroyablement bien.

– Vous faites quoi ?

Ils se redressent, pris la main dans le sac. Au-dessus d'eux, Simon et Camille les observent, s'échangeant des regards brillants.

– On faisait des bisous ! leur répond Théo, déjà debout, en tendant la main à Cléo pour l'aider à se relever. Venez, les chéris. La maison de César est juste là-bas, mais la neige est assez haute ; il faut...

Trop tard, Simon a bondi à terre avec un rire de petit diable. Il exulte en s'enfonçant dans la neige, saute et puis s'allonge dessus à plat ventre, tout excité, avant de rouler sur lui-même en poussant des couinements d'extase.

– Simon, non, tu vas...
– Tu vas te geler les miches, mon grand ! finit Théo non sans malice.
Cléo le gronde du regard, puis attrape Simon sous les aisselles, le remet debout dans la neige et l'époussette autant qu'elle peut. Elle fait la fâchée, mais au fond elle s'amuse, et d'ailleurs elle est follement heureuse de voir Simon vivre les joies qui furent celles de sa propre enfance.
À cette pensée, elle cherche Camille des yeux... et sent son cœur se serrer en voyant la fillette recroquevillée sur le siège auto, la mine triste, lançant autour d'elle des œillades affolées, comme si elle redoutait que les montagnes se jettent sur elle pour l'avaler.
– Tu viens, poulette paupiette ?
Camille lève péniblement la tête, elle a l'air si désorientée qu'on la devine sur le point de craquer à tout moment - de fondre en larmes ou de s'enfuir à toutes jambes, là, comme ça, loin dans la montagne.
Théo se courbe pour aller la chercher dans l'habitacle. La transporte dans le grand air froid du dehors.
– T'as vu comme c'est beau ?
Elle acquiesce, vague. Théo se retient d'insister ; il sait bien que sa fille traverse une dure épreuve, il veut la comprendre et l'aider. Mais Dieu que c'est difficile... Rien qu'en le voyant pincer les lèvres, Cléo sait ce qu'il pense : *Où est ma petite fille ? Qu'on me rende ma petite fille !* Il souffre terriblement de la voir si distante de lui, et d'elle-même, si distante de tout, en vérité, étrangère aux joies comme aux surprises, accaparée par cette terreur de l'imprévu qui la dévore à petit feu...
– C'est ici qu'on dort ce soir, tu te souviens ?
– C'est chez qui, déjà ?
Il sourit, cette fois. Cléo et lui s'amusent souvent de l'incroyable faculté des enfants à oublier où et pourquoi on les trimballe

d'un point à un autre. Alors qu'il va répondre, une voix le coupe en plein élan :

– C'est chez moi.

Théo, qui s'intéresse aux voix des gens, décide aussitôt qu'il aime cette voix-là. C'est une voix sourde, étouffée, une voix qui a enfilé ses mitaines. La voix de quelqu'un qui ne parle pas souvent - mais qui sait faire l'effort quand c'est nécessaire.

Il se retourne et découvre un grand gars maigre comme un clou, qui fait plus vieux que lui alors qu'ils ont le même âge, puisque Cléo lui a dit qu'on allait fêter ses trente-six ans. Ses pommettes sont saillantes, son long nez - traversé d'une petite cicatrice qui monte jusqu'au front - paraît piqué sur son visage, et il a les cheveux si fins et si blonds qu'ils semblent rares. Théo reconnaît César, qu'il a vu en photo sur le téléphone de Cléo. Tout de même, il ne l'imaginait pas si... spécial.

Dans ses bras, il a senti Camille se raidir. Il s'aperçoit qu'elle fixe César avec une sorte de stupeur horrifiée, comme s'il s'agissait d'un monstre ou d'un être malveillant, qui pourrait brusquement lui saisir le poignet pour l'arracher aux bras de son père et disparaître avec elle d'un seul élan puis l'emmener loin, très loin, dans ce blanc interminable qui l'écrabouille et la consterne, le blanc des montagnes où personne, jamais, ne la retrouverait...

– Ma chérie ? Tu m'entends ?

Camille revient à elle. Son papa la tient blottie contre lui. Cléo est en train de faire la bise au monsieur effrayant, et elle lui présente Simon. La petite n'entend pas leurs voix mais se doute que son frère a dit quelque chose de drôle, car Cléo a son beau sourire de quand elle est fière. Le monsieur effrayant, lui, fait une sorte de grimace livide qui le rend encore plus moche.

C'est alors que Camille s'aperçoit qu'il s'approche d'elle, escorté par Cléo. Elle a envie de hurler de terreur mais sent confusément que ce ne serait pas bien. Elle convoque tous les héros que son puissant imaginaire abrite pour se rappeler à la raison, maudissant ces fichues peurs qui lui rendent la vie impossible et se demandant une énième fois, à son tour, où est passée la petite guerrière qu'elle aimait tant être...

– Bonjour, lui dit le monsieur (César, ça lui revient. Le grand frère de Cléo. Ils vont dormir chez lui parce que c'est son anniversaire.)

Il lui tend la main, une main blanche et veinée de bleue qui fait une espèce de serre. Camille, pour avancer la sienne, doit puiser tout au fond d'elle un courage dont elle ne pensait même plus disposer. Enfin, elle y parvient - et à l'instant où César l'attrape, cette petite main, et la tient pincée entre ses doigts, elle sent étrangement toute sa terreur s'envoler ! S'envoler comme un songe.

C'est très bizarre, se dit-elle.

Au même moment, et sans cesser de tenir sa main du bout des doigts, César lui dit :

– Je m'appelle César, mais tu peux m'appeler « Tonton Bizarre ».

Et là, c'est tellement, mais tellement bizarre qu'elle ne peut pas s'empêcher de rire.

Elle aime beaucoup ce qu'elle voit passer dans les yeux de son papa et de sa belle-mère.

*

*   *

Ils sont entrés dans la maison, celle qui a été à Paul et qui est désormais à César. Je les y attendais ; pendant qu'ils étaient dehors, je dressais la table et mettais au four la tarte aux myrtilles où l'on mettrait les bougies.

Ils sont entrés, et j'ai rencontré mes premiers petits-enfants.
– Bonjour Simon, bonjour Camille. Je suis Diane, la maman de Cléo.

Toute autre personne que Cléo, je crois, aurait été frappée par un violent sentiment d'injustice en constatant à quel point il m'a été facile de les reconnaître comme miens, de leur prodiguer de l'attention et d'avoir même pour eux - si vite ! - des regards et des gestes tendres.

Moi-même, je serais bien en peine d'expliquer comment cela s'est fait. Depuis la mort de Paul, onze ans maintenant, je ne suis plus tout à fait la même femme, c'est un fait. La mère en moi s'est révélée à la seconde où sa nuque s'est brisée sur la roche... ou peut-être un peu avant, du moins je l'espère.

– C'est vrai que t'es allée en Asie ?

– C'est où, l'Asie ?

– Oui, Simon. En fait, j'en reviens. J'ai visité l'Inde, une partie de la Chine, la Mongolie...

Et ainsi, les deux petits me voient franchir en quelques minutes les distances qui m'ont coûté des mois et des années pour rattraper ma Cléo. Avec César, les choses se sont faites un peu différemment, nos liens sont plutôt ceux de deux survivants : les anciens combattants du souvenir de Paul, dont nous sommes les gardiens. Il m'observe avec une curiosité amusée qui me rappelle furieusement son père lorsque celui-ci estimait que j'avais fait quelque chose de bien (et je m'aperçois que Paul, par-delà la mort, a encore réussi cela : à me faire admettre qu'il est indéniablement le père d'un oisillon déniché dans les montagnes, apprivoisé grâce à un air d'harmonica...)

Solène, bien sûr, me reprocherait d'être si câline avec les enfants de Théo, que je ne connais même pas. Mais bien sûr,

Solène n'est pas venue. Elle a annulé à la dernière minute, sans prendre la peine de donner une raison. La raison est tellement évidente qu'elle aurait pu la taguer sur les murs du chalet avec une de ses chères bombes de peinture : *C'est elle ou moi.*

César a eu la gentillesse de lui bricoler une excuse. Comme je faisais la grimace, il a haussé les épaules :

– On peut pas la forcer à venir. Mais les petits sont là, eux. On peut être là pour eux.

Décidément, il a repris le bâton de berger de Paul. Comment reconnaître, sous les traits de ce jeune homme fort, l'enfant malingre qui rôdait autour du chalet ? Je le surveille du coin de l'œil. Les mains croisées sur le ventre face à son assiette, il discute avec Simon, qui mange une deuxième part de gâteau et, entre deux bouchées, l'interroge sur les maquettes de bois entreposées partout dans la pièce. Le garçon refuse de croire que César ait pu fabriquer *tout ça* avec ses mains ; il est certain qu'il y a une supercherie quelque part.

– Faut simplement du temps, et de la patience. Si tu veux, j'te montrerai, tout à l'heure.

– Avec Papa, une fois, on a fait une cabane, intervient Camille.

Théo, au bout de la table, lève un sourcil étonné. Il semble surpris - heureusement surpris - de voir sa fille prendre part à la discussion. Cléo m'a raconté leurs inquiétudes pour elle, ces derniers mois. Je serais bien mal placée pour leur donner des conseils, aussi je me contente de regarder cette enfant qui paraît à la fois douce et rêche, frondeuse et blessée. On dirait qu'un poids immense pèse sur ses épaules.

– C'est vrai ? lui dit César. Dans une forêt ?

– Non, dans mon lit.

Elle l'a affirmé d'un ton si convaincu, si net, que personne n'ose rire. La fillette défie l'assistance de ses yeux verts affutés, et reprend :

– C'était une cabane avec des draps et des serviettes. On avait fait comme des tentes au-dessus du lit, mais ça prenait toute ma chambre, et à la fin j'avais l'impression d'être dans un tunnel de serviettes. C'était super.

César hoche la tête, la lèvre inférieure retroussée.

– On se sent bien dans une cabane, hein ? C'est tout chaud, tout doux.

– Oui, convient Camille - mais déjà son petit air triste la reprend, bougie soufflée tout juste après avoir lui.

Un aboiement résonne au-dehors. César se lève, ouvre la porte ; un énorme chien de montagne entre alors, au museau comme un mufle.

– C'est l'chien du voisin. Il vient souvent traîner par ici. Ça va, mon beau ?

Agenouillé au flanc du molosse, César remarque que Camille s'est tétanisée sur son siège.

– Il te fait peur ?

Elle oscille vaguement, incapable de répondre. Théo repose son verre de vin, toussote.

– En ce moment Camille a des peurs, enfin... C'est une période un peu difficile. Mais ça va aller, hein ma chérie ? Il ne va rien te faire, tu le sais.

César se redresse aussitôt, avec une vivacité qui me surprend. Dans la foulée, il attrape le chien par son collier.

– Il te fera surtout rien parce que je vais pas le laisser là, va.

Cléo s'immisce, gênée :

– Non mais César, laisse, on ne va pas...

– On n'va pas laisser le chien s'il lui fait peur ! insiste César, d'un ton soudain cassant. Allez, mon beau, va te promener !

Et il le flanque dehors, sans brutalité mais sans hésitation. Puis il tourne vers nous tous son visage étrange.

– Quand on a peur du noir, le plus simple, c'est d'allumer une lampe. Pas vrai, ma grande ?

Camille acquiesce, visiblement soulagée.

La regardant du coin de l'œil, Cléo enchaîne :

– Dis donc, César, en parlant de cabane... tu crois qu'elle y est toujours, la nôtre ?

Il cale ses poings sur ses hanches, tout à son aise dans cet univers où il est le roi.

– Sûr que oui ! Pour ce que j'en sais, elle sera encore debout dans dix ans !

Théo sourit, flairant la bonne histoire :

– C'est quoi, cette cabane ?

J'attends également la réponse, car hélas, ça ne me dit rien. Cléo et César se regardent, soudain terriblement complices.

– César me l'a construite quand j'avais dix, onze ans. C'était mon « boudoir ». J'y allais dès que j'avais un chagrin, si Papa m'avait grondée trop fort ou si des grands m'avaient embêtée à l'école. Je l'adorais.

Elle réajuste le bracelet à son poignet, puis tourne un visage réjoui vers Camille.

– Ça te dirait qu'on aille la voir toutes les deux ? Il faut marcher dix minutes, c'est juste au-dessus.

Camille hésite. Dehors il fait froid, le gros chien doit encore être en train de rôder, et puis il y a ces montagnes... Elle ne sait pas trop.

En même temps, sa belle-mère a ce sourire qu'elle aime beaucoup, celui de quand elle est fière, qui est aussi le sourire de quand elle a une drôle d'idée derrière la tête ; et elle a très envie de voir où cette idée pourrait la mener.

Elle jette un œil à droite ; Théo et Diane discutent littérature autour d'un verre de vin, tandis que César modèle un emballage de fromage Babybel en forme de dinosaure pour Simon, qui chantonne en le regardant faire.

Alors elle se dit OK, pourquoi pas.

Elle ne sait pas, personne ne sait, qu'elle va offrir à Cléo son tout premier ticket de maman.

C'est dans l'ombre blanche de la cabane à demi engloutie par la neige que cela se produit. Elles s'y sont glissées l'une après l'autre, un peu essoufflées d'avoir marché dans le froid et erré un moment sans la voir. Mais, de fait, les branches, les tiges de bois et les feuillages ont été assemblés avec tant de méthode qu'elle tient encore debout, constituant un véritable petit abri pour voyageur égaré. Une sorte d'igloo.

Cela arrive sans qu'aucune des deux ne s'y attende.

Camille, sans doute, ne s'attendait pas à se sentir à la fois si bien et si mal dans la tiédeur subite de cette sorte de grotte ; elle ne s'attendait pas à sentir soudain l'air lui manquer et l'ivresse lui tourner la tête, et surtout, elle ne pensait pas que ce silence - un silence, dense, ouaté - la chavirerait à ce point.

Cléo, elle, ne s'attendait pas à percevoir si vite la détresse de Camille, ni à *entendre* si nettement l'envie de hurler qui montait à la gorge de la petite. Elle l'a perçue jusque dans son ventre, où une vie minuscule commençait justement à croître.

– Ici, tu sais, tu peux crier, elle lui a dit d'une voix égale. Personne ne t'entendra, sauf moi. Tu comprends ? Si tu as envie de crier, crie.

Et Camille l'a fait. Sans quitter Cléo des yeux, elle a poussé un long cri, aussi interminable que le blanc autour, un cri qui disait ce chagrin qui l'étranglait comme une liane, et qu'on ne pouvait pas reconnaître puisqu'il avait pris l'apparence de la peur.

Le cri a bientôt envahi la grotte blanche, il en a heurté les parois et la voûte, et puis, par un effet magique, il s'est dissout dans la neige qui les tapissait. Cléo a regardé Camille tandis qu'elle poussait ce cri, et tout le long de ce cri, elle se répétait : *Ma fille, ma fille, ma fille.* Elle se répétait cela alors même qu'elle savait bien que c'était la douleur d'avoir perdu sa mère que Camille exprimait ; elle songeait cela alors même qu'elle savait bien que la mère de Camille était morte et ne pouvait être elle.

Cependant, dans cette grotte blanche, rien n'était plus impossible, et c'est ainsi que Cléo est devenue maman.

Après le cri est venu le silence, et après le silence, elle a dit en choisissant ses mots :

– Tu n'oublieras jamais ta maman, ma chérie. Je ne peux pas te mentir, tu comprends ? Je ne peux pas te dire qu'un jour tu passeras à autre chose, que tu n'en souffriras plus, que tu oublieras la douleur. Ce n'est pas vrai, et d'une certaine manière, tant mieux. Je pense à mon père et j'ai toujours aussi mal, onze ans après.

Camille à cet instant n'était plus que larmes, ses yeux verts noyés cherchaient la lumière. De ses petites mains, elle a tâtonné devant elle, rencontré celles de Cléo.

Chancelante, Cléo a inspiré, puis elle a dit :

– Mais moi, je peux être là pour toi, si tu veux. On ne peut pas éviter les accidents, pas plus que la maladie... ça ne marche pas comme ça. Et si tu veux savoir, ça me terrifie autant que toi. Mais au moins, tu as des gens autour de toi qui t'aiment et qui t'entourent. Tu as ton papa, ton frère... et maintenant tu m'as, moi.

Leurs mains s'étaient nouées l'une à l'autre. Camille, tête basse, faisait signe que oui, elle comprenait ; mais que c'était trop dur, trop injuste, que rien ne serait jamais résolu.

Alors elles étaient là, sans solution.

Jusqu'à ce que Cléo, à bout de mots, prenne la fillette contre elle en la tenant comme un bébé, un bras glissé dans la pliure de ses genoux et l'autre sous sa nuque. Camille n'a pas résisté une seule seconde. Ensuite, du bout du nez, Cléo a taquiné le petit nez trempé de larmes. Enfin, elle a laissé sa fille se blottir contre elle de toutes ses forces restantes pour pleurer encore, pleurer très fort, en mordant dans la manche de son pull.

Et elle a attendu.

Elles n'ont pas vu le temps passer, attentives seulement aux pulsations qui traversaient leurs deux corps et les unissaient. Elles sont restées parfaitement immobiles pendant une éternité de neige.

Et puis, Camille a fait glisser ses doigts sur le ventre bombé de Cléo, comme pour leur faire dévaler - sans violence, sans heurt - une montagne. Quand les doigts joueurs ont touché terre, sains et saufs, elle a chuchoté :

– Une maman, ça dit la vérité.

Deuxième partie

Maman d'adoption (Simon)

*

– Paul –

1

À mon enterrement

8 avril 2005

Ce n'est pas la chute qui m'a tué, c'est la colère. Si longtemps j'ai cru qu'en faisant de mon corps une caverne, ou une grotte, le feu des émotions allait s'y éteindre, s'y atténuer de sorte qu'elles mourraient de leur belle mort...

J'ai eu tort sur toute la ligne. Ma colère n'a jamais décru au fond de mon corps ; au contraire, elle s'est minéralisée, fragment par fragment, pour devenir une pierre noire, au cœur si dur que je n'aurais jamais pu la briser dans ma main. Et c'est contre cette pierre que j'ai fini par me rompre la nuque. C'est ma colère, ma colère pierreuse, qui m'a tué. Moi qui me croyais un arbre !

J'avais oublié que malgré mes racines profondes, je restais un homme de chair et de sang, et mon erreur m'a coûté la vie. Un peu de temps en moins parmi les miens... Sur les folies de Diane, sur les peurs de César, sur les peines de mes deux petites filles, j'ai trop souvent fermé mon cœur afin de ne rien laisser paraître de mes propres folies, de mes propres peurs et de mes propres peines. J'ai opposé à tout, toujours, le masque de celui qui sait et compatit, quand j'aurais parfois voulu hurler : « *C'est à mon tour ! C'est à mon tour de souffrir, c'est à mon tour d'être plaint et consolé ! »*

Quelque chose en moi, cependant, trouvait bien plus héroïque, plus noble, de m'effacer derrière les autres pour mieux leur prêter secours. Ce quelque chose en moi, je dois bien l'avouer, méprisait un peu tous ces autres d'avoir tant besoin qu'on s'occupe d'eux, et qu'on les plaigne et qu'on les console.

Apparemment, il va falloir à présent que l'on m'écoute. Cette fois, oui, c'est bien mon tour. Je devine même que raconter est la seule façon de m'ouvrir une voie pour m'arracher à la gangue de glaise où je me sens piégé.

Alors, je parlerai. Les miens, en ce moment même, m'entourent, tous vêtus de noir. Je les vois comme à travers un miroir.

Le plus drôle - je trouve ça vraiment drôle, quand j'y pense -, c'est qu'à l'époque où j'étais tout enfant, quand mon père m'avait frotté les oreilles et que je m'endormais avec la grosse colère, je jouais souvent à m'imaginer que j'assistais à mon propre enterrement. Ce fantasme-là était ma petite cerise de complaisance confite ; je ne me l'autorisais que pour les grandes occasions, lorsqu'on m'avait grondé si fort que je voulais mourir.

Voilà. J'allais *mourir*, ici, immédiatement, de préférence de façon très violente et très subite (une chute en montagne aurait été idéale, encore que je ne croie pas en avoir eu l'idée). Et en public, juste devant l'école, par exemple ; alors ils seraient bien attrapés, tous ! Mon père qui m'avait donné la fessée, ma mère qui n'avait pas eu un mot pour me défendre, mon grand-père qui avait aggravé ma honte en ponctuant la scène d'une moquerie en italien... tous autant qu'ils étaient, ils feraient moins les fiers devant le spectacle de mon corps disloqué, démembré, sanguinolent. « Le petit Paul est mort ! » crierait un voisin, et ma mère fondrait en larmes.

Et tous, un à un, ils viendraient se recueillir, plongeant un genou dans la mare de mon sang, sanglotant amèrement dans l'espoir d'obtenir un pardon que je ne leur octroierais pas. Non, je ne le leur octroierais pas !

Le plus savoureux dans l'affaire, d'ailleurs, était de me les figurer si contrits, si déchirés, et de savoir justement que leur vœu le plus cher, *être pardonnés de moi*, ne serait pas exaucé, quoi qu'ils fassent. Depuis mes hauteurs (celles que je n'ai jamais cessé de chercher d'atteindre ensuite), je contemplais la foule des endeuillés - mes parents, les copains, mon professeur, la petite Sonia dont j'étais secrètement amoureux -, tous dévastés. Bien plus que moi, qui ne me portais pas si mal.

Mais le plus souvent, à cet instant-là de mon rêve, je me prenais moi-même en pitié, et des larmes brûlantes me venaient à l'idée de cette mort si horrible, qui avait fauché un petit garçon si jeune, si innocent, dont le seul crime était... quoi, déjà ?

Je ne savais même plus.

Je ne savais plus pourquoi mon père m'avait donné la fessée.

Je ne savais plus pourquoi j'étais si furieux.

Je ne savais plus pourquoi j'étais mort.

La salle mortuaire est tout à fait laide. On dirait une église qu'on aurait voulu faire entrer de force dans un gymnase, ce qui produit un genre de croisement sordide des deux. Le plafond est trop haut ou pas assez, les bancs sur lesquels sont assis les gens ont cette brillance un peu ridicule des meubles trop neufs, qui ont l'air de sortir de chez le coiffeur. Les murs n'ont pas vraiment de couleur, c'est un mélange patiné de plusieurs teintes dont les noms doivent tous finir en « âtre ». L'ensemble est tellement déplaisant qu'il en devient intéressant à regarder. Je trouve ça parfait, à vrai dire !

La seule chose qui me gêne, c'est de voir mes toiles accrochées partout, et même quelques-unes de mes sculptures dans les coins de la pièce. Une idée de ma Cléo, forcément. Une belle idée, et une bonne intention, puisqu'elle est ainsi, belle et bonne. Mais tout de même, je ne peux pas cacher que ça jure, mes barbouillages dans le tableau d'ensemble. Ça me donne l'impression de poser nu au milieu d'une discothèque, quelque chose dans ce goût-là.

C'est drôle (je trouve ça vraiment drôle) : il ne me serait jamais venu à l'esprit de critiquer la décoration pour l'enterrement d'un autre, mais pour le mien... eh bien, disons que je m'en sens le droit.

Peut-être que cela m'évite aussi de regarder de trop près les visages des miens. Ils sont tous là, serrés les uns contre les autres sur ces bancs qui semblent très inconfortables. Il y a tous les habitants du village, ce qui ne suffirait pas à remplir la salle, trop vaste, mais aussi des membres de la famille que je n'ai pas vus depuis une éternité – toute la branche italienne. On ne plaisante pas avec la mort, par là-bas, même si on ne se parlait plus quand on était en vie. Ah, il y a même les collègues de la caserne. Quelles gueules ils font. Eux aussi, ils détonnent, avec leurs épaules et leurs mâchoires ! Mais je les aimais bien.

Et puis au premier rang, mes enfants. César, Solène, Cléo.

Et penchée au-dessus de moi, Diane.

Sans un mot, elle passe un pouce sur mon visage glacé, en laissant son ongle glisser depuis mon front jusqu'à ce repli caché, juste sous l'oreille, où elle aimait m'embrasser. Ses yeux luisent dans le noir mouillé de son fard. Elle se force à ne pas décoller l'ongle avant d'être allée au bout de sa tâche, comme pour s'infliger un petit supplice supplémentaire.

Car il est parfaitement clair pour elle qu'elle est loin, très loin d'avoir suffisamment souffert.

Son corps est secoué de tremblements, ça la prend par vagues, de plus en plus fort, bien qu'elle parvienne à ne rien en laisser voir au public. Elle reste la plus forte, à ce jeu-là.

– Allez Maman, viens.

C'est Cléo qui l'a rejointe. Elle lui a pris le bras sous le coude, en un geste d'une intimité qu'elles n'ont jamais eue, un geste qui pourtant paraît leur être déjà familier. Entre elles, tout s'est accéléré.

Je suis content de ça.

Tête contre tête, elles péclotent jusqu'au banc. Cléo aide sa mère à s'asseoir, avec beaucoup de douceur. Diane se laisse tomber dans un cri qui tient du sanglot et du hoquet. Sa souffrance, naturellement, est spectaculaire. Je la trouve belle, tout en désordre. De mon fantasme de petit garçon, en somme, c'est sûrement la seule chose qui subsiste : ce frisson érotique d'une folle intensité, qui m'emplissait alors et dont je retrouve ici quelques bribes en regardant Diane me pleurer. Je l'aime, éparse comme elle est, je n'ai de toute façon jamais cessé de l'aimer. Même quand elle m'en a fait voir.

Ou plutôt, surtout quand elle m'en a fait voir. L'amour que j'ai éprouvé pour toi, ma Diane diablesse, n'a jamais été *agréable* ou *reposant*. Ni même doux. L'évidence de mon désir n'a jamais ouvert en moi de porte sur le moindre apaisement, le moindre sentiment de paix. C'était brutal, c'était massif, cela s'imposait à ma volonté. Tenter de me soustraire à cet amour aurait été une illusion ou une sottise. Protester face à tes frasques était voué à l'échec et n'aurait fait que m'épuiser plus vite et plus tôt ; or, j'avais besoin d'économiser mes forces pour tenir le plus longtemps possible... Me tenir digne, aussi, de cet amour.

Je savais faire, heureusement. La montagne m'a tout appris sur le sujet. Cheminer d'un pas lent, sans jamais se laisser aller à tendre le regard vers le sommet ; accepter et endurer, attendre et espérer. Être racine, poids. Se faire ancre. C'était mon rôle sur cette terre, m'ancrer pour t'ancrer, toi, dans le sol, autant que possible - c'est-à-dire par intermittence. Les enfants, dans cette entreprise, n'étaient pas un fardeau mais une consolation.

En récompense de mon endurance, je t'avais toi, bien sûr, toi qui étais feu rouge, flamme agile, étincelle crépitante - les fois où je pouvais t'avoir. On ne capture pas un incendie, il renaît quand et où il veut. Oh, tu valais bien que j'accepte ça, sans doute, mais peut-être que cela n'aurait pas suffi s'il n'y avait eu, outre les parts de toi que je possédais, tout ce que toi, tu savais percevoir de moi.

Tu étais la seule, la seule à me voir absolument. Mes goûts et mes dégoûts, tu les savais, et le vacarme sous mes silences. Mes rêves, aussi. Le petit garçon qui jubilait du spectacle endeuillé des siens, tu le connaissais bien. Tu l'aimais, comme tous ceux que j'étais. Sans me lâcher du regard, tu dansais autour de moi dans un grand rire d'équilibriste, et je te regardais tourner ; en un sourire, tu m'avais résumé. Comment aurais-je pu me débattre ? Et à quoi bon ?

En définitive, tu sais, cela valait le coup de tout te pardonner.

Cela a valu le coup de vivre tout cela avec toi.

Même dans ta souffrance, et même par-delà la mort, tu es belle, tout en désordre, et je t'aime.

– Attention !

C'est Diane qui s'est laissée tomber, mais c'est César qui s'écroule. Au moment précis où elle s'est rétablie sur le banc, il a chuté comme une pierre. Ses genoux frappent le sol avec un bruit de casse-noix, et si Solène ne l'avait pas retenu par l'épaule, il serait parti tout droit, bras le long du corps, le nez en avant.

– Ça va, César !?

Solène s'est accroupie à côté de lui tandis que Cléo l'aide à s'adosser au banc. Ça ne va pas, non : il est d'un blanc cireux. Ses yeux roulent dans tous les sens, à faire peur. On dirait une de ces crises qu'il faisait, avant.

Un début d'agitation frémit dans les rangs derrière, mais Diane lève une main dans son dos pour l'éteindre. Elle ne s'est même pas tournée vers eux ; la paume de sa main, c'est bien suffisant pour qu'ils comprennent. Ça ne risque pas d'améliorer sa cote de popularité chez nos voisins, sans parler de ma famille. Ma foi, ça ne changera pas grand-chose. Et ça n'a pas beaucoup d'importance.

Ce qui change d'avant, et ce qui importe, c'est que Diane ne se contente pas, comme elle l'aurait fait en temps habituel, d'aller se rasseoir pendant que les filles aident leur frère à se calmer, en lui accordant un vague coup d'œil ou un geste consolateur de façade. De son pas claquant, elle se place devant César, qui halète entre ses deux sœurs, égaré. Elle pose un genou devant lui. Le regard qu'elle lui accorde n'est pas spécialement doux, ni même bienveillant. En revanche, il s'impose à César, avec toute la force dont Diane est capable.

– Lève-toi, nous allons dire au revoir à ton père.

Dans son vertige, César a tout juste la force de secouer la tête pour refuser. Il est au bord de la syncope.

– Lève-toi, répète-t-elle sans le quitter du regard. S'il te plaît.

Et sa voix est si ferme, si tendue - elle a appris, il faut dire, à en faire tout ce qu'elle veut - que mon pauvre César n'a d'autre choix que d'y céder. De vitreux, son regard se fait flottant, il parvient à revenir à la surface.

Mais impossible de se lever.

Alors Diane tend la main vers lui. Cette même main qui a fait taire la salle tout à l'heure.

– Appuie-toi sur moi, mon grand.

– Je... J-je...
Il hoquette, sa pomme d'Adam tressaute. Cléo, une main sur son épaule, se penche sur Diane et chuchote :
– Laisse-le, Maman. Il va se calmer, il faut juste qu'il reste assis. Ça va passer.
– Ça va passer, oui, ma chérie. Mais pas s'il reste assis. Il faut qu'il se lève et qu'il aille dire au revoir à son père. Il en a *besoin*.
Elle parle fort et sa voix résonne cette fois dans la salle, provoquant de nouveaux remous dans la foule, laquelle doit commencer à trouver des airs de cirque à cette cérémonie. Cléo essaie de calmer le jeu.
– Maman, les gens...
– Ne t'en fais pas pour les gens, ma chérie. Je m'occupe de ton frère, là.
– Et depuis quand ?!
Solène. Noirs ses cheveux, noir son œil dardé sur Diane. Elle aussi a une main sur l'épaule de César, mais elle s'y cramponne au point de lui faire mal. Brusquement elle sort de l'ombre, et tout d'elle tranche avec ce qui l'entoure : son jean noir et son blouson serré avec les robes simples de Diane et Cléo, ses yeux cernés de khôl avec la clarté beige de la salle, ses allures de féline nerveuse avec la raideur de tous les gens assis derrière elle, sa fureur avec la passivité plaintive du deuil.
On dirait qu'elle est sortie en une seconde de l'enfance où elle est si longtemps restée cachée des regards de tous, qui la croyaient inoffensive. Même moi, son père, je ne lui aurais pas imaginé pareil visage. Je n'ai rien vu venir.
Face à sa mère, elle n'a certainement pas l'air inoffensive.
– *« Ma chérie »* ? Tu *« t'occupes »* de notre frère ? Fallait nous prévenir !
Diane vacille sous le choc. À ma connaissance, rien ne peut la renverser... Toutefois, je ne connaissais pas cette Solène qui

couvait. Peut-être qu'elle, elle peut. Oui, Diane vacille, Cléo le voit, César le devine dans son hébétude, mais ma diablesse se reprend aussitôt :

– Pas maintenant. Plus tard, d'accord ? Viens, César.

Elle applique une main comme un grappin sur le bras de César et l'arrache au sol, un fétu de paille.

Une fois debout, mon garçon se découvre là, raide devant tous ces gens qui le dévisagent, à quelques pas de mon cercueil.

Il lui faut faire ces quelques pas, devant tous ces gens.

Diane m'a toujours subjugué, mais je dois dire qu'elle réussit encore à m'épater. Le bras qu'elle enroule autour du cou de César, la façon dont elle vient approcher sa bouche de son oreille pour lui parler à mots voilés, tout cela paraît si simple pour elle, si évident ! Elle sait ce qu'elle doit faire et comment, sans avoir jamais appris ni même tenté d'apprendre, durant toutes ces années.

Je m'incline, et Cléo aussi, qui se rassoit sur le banc en les laissant s'éloigner.

Mais Solène les perce tous deux de son regard métallique.

En chemin vers mon cercueil, Diane parle à César. Elle lui parle de l'homme que j'étais à ses yeux, un petit peu, et elle lui parle d'elle. Des choix que l'on fait pour « devenir soi-même » - ce soi-même qu'on a façonné enfant, la nuit, sous la couette, un soi-même comme une jolie mécanique aux rouages bien huilés qu'on aimait ensuite regarder fonctionner. Elle lui parle de la différence entre vivre et fonctionner. Du sens profond du mot *ambition*, qui contient selon elle toute une existence.

Tout cela en quelques mots.

– Tu as beaucoup de Paul en toi, César. Plus que tu ne le supposes. Tu as sa force, son invulnérabilité. Ses racines sont devenues les tiennes - et, crois-moi, je n'aurais pas cru ça possible, une transplantation pareille.

Elle lui soutire un petit rire gêné. Il en est le premier surpris. Le cercueil s'approche comme un rivage terrifiant, il sent la nausée revenir. Un coup d'œil par-dessus l'épaule lui échappe, elle resserre sa prise.

– Ils ne comptent pas. Ce qui compte, c'est ce que ton père va te dire une dernière fois.

– Quoi, mais...

En s'arrêtant devant le cercueil, il a l'impression de se pencher au bord du vide. On a pétrifié le visage de son père avec de savantes techniques visant à en estomper toute trace de vie. L'impression de monstruosité qui se dégage de ce spectacle est finalement la preuve que le travail a été bien fait, puisque plus rien d'humain n'apparaît sur ces traits glacés. Mais comment un tel visage aurait-il quoi que ce soit à dire ?

Et pourtant. Face au visage de son père mort, face à ce visage débarrassé de toute humanité et de toute vigueur, César cesse soudain de me voir moi, le glorieux Paul ; il cesse d'essayer de retrouver ma voix où il aimait se nicher quand les souvenirs des soirs d'orage remontaient. Soudain, ce visage lui apparaît pour ce qu'il est devenu : une surface plane, sans aucune aspérité où accrocher le regard... un miroir, lisse et pur. Soudain, c'est lui-même qu'il voit, mais un lui-même qu'il n'a jamais osé débusquer dans son reflet, le matin au réveil, alors qu'il s'efforçait de se sentir autre chose qu'inutile. Soudain, il découvre le lui-même qu'il avait façonné la nuit, sous sa couette au milieu des montagnes, alors que l'orage tonnait dans son crâne et qu'il se promettait qu'un jour, il n'en craindrait plus le vacarme.

Il inspire pour prendre la mesure de ce qu'il vient d'accomplir. Et le visage qu'il tourne vers Diane le rapproche de l'homme qu'il a toujours voulu devenir.

Ils retournent au banc, et tout naturellement Diane a passé une main autour de sa hanche, tandis qu'il la tient par l'épaule, le regard braqué sur la foule qui remue, atténuée. Ils marchent à pas lents, tristes mais conquérants, abattus mais prêts à vivre. Et à célébrer ma mémoire.

Sur ces derniers mètres, Diane lui parle à nouveau. Elle lui parle en s'interrompant par moments pour le regarder, tout simplement parce qu'elle est fière. Elle semble s'apercevoir subitement qu'il est plus grand qu'elle - *Ça y est, tu m'as dépassée, depuis le temps que tu en rêvais*, pourrait-elle dire, alors même qu'il n'a jamais rêvé de ça et qu'elle n'a sans doute rien remarqué le jour où c'est arrivé.

Elle lui parle en levant, derrière elle, la paume de sa main vers mon cercueil, pour un dernier adieu, puisant du réconfort dans l'idée de déceler un peu de moi sur le visage de César. Elle lui parle comme une mère à son fils, et malgré les larmes qui leur viennent, ils rient.

2

Une fête

21 avril 2017

Accoudés à la table de la petite cuisine où ils se serrent dans les échos de leurs rires chauds, Cléo, Théo, Lou et Pauline dessinent des vulves.

C'est Lou, juste après avoir couché Manon dans le lit-parapluie au fond de la chambre d'amis, qui a lancé l'idée. Théo et Pauline discutaient autour d'un verre de vin et, un peu ailleurs, Cléo décrivait des arabesques avec son doigt dans son assiette vide. De son autre main, elle traçait des sillons légers sur son ventre superbe, une vraie bombonne.

– Vous avez remarqué ? a dit Pauline en désignant les traces de Cléo. Tout le monde finit toujours par dessiner une bite. Même les gouines !

Lou tirait une chaise derrière elle, arquant les épaules avant de s'asseoir.

– C'est comme les tags. On devrait dessiner des chattes sur les murs. Au moins, ça éduquerait les passants.

– Je pense que ce serait utile à plein de gens, a confirmé Pauline avec un sourire piquant. Et je ne parle pas que des hommes.

Elles ont ponctué l'échange d'un baiser rapide comme une brise d'été.

– OK, a annoncé Théo, tout content. Concours de dessin de chattes !

Dans un beau raffut de tiroirs ouverts, de trousses zippées et de feutres débouchés, ils se sont mis à l'ouvrage.

Ce sont des choses bêtes, hein ? Des choses de pas grand-chose. Mais moi, de voir ma Cléo s'ébattre dans ce genre de bonheur-là, ça me remue, même d'où je suis.

Une jolie cuisine chaleureuse, avec la vieille gravure russe dans un coin, les carreaux bleus et blancs, la longue table et de bons amis autour. C'est tout, ça suffit. C'était bien la vie que j'imaginais pour elle - même si, pour tout dire, elle ne ressemblait pas du tout à ça dans ma tête. Je ne vais pas mentir ; évidemment, je ne l'imaginais pas, si jeune, flanquée de deux petiots et enceinte d'une troisième pas moins « véritable »...

Mais enfin, ça ne me surprend pas tout à fait. Ça colle bien avec ce que je sais d'elle. J'ai toujours aimé la regarder sans qu'elle s'en aperçoive, ma fille. C'est une chose que j'aimais faire, qui me soulageait. Je le faisais avec sa mère aussi, d'ailleurs - mais alors vraiment sans qu'elle le voie, parce qu'elle aurait piqué une crise terrible si elle m'avait surpris.

Et parfois, même, je les regardais toutes les deux. Les si rares moments où Diane, croyant que personne ne la voyait, s'autorisait à caresser la tête de sa fille ou à poser un baiser sec sur son front. Ça ne durait qu'une seconde et le charme disparaissait. Ces si rares fois...

Ah, c'est bien bête qu'elle ait perdu tout ce temps.

Et cependant, est-ce qu'il est *perdu*, ce temps ? Il a été rattrapé depuis, c'est tout ce qui compte. On ne monte pas tous dans le même wagon. Ce qui importe, c'est de monter... Avec son Théo et les deux petits, Cléo a simplement gagné du temps sur celui qu'elle aurait pu perdre à ne pas les connaître plus tôt, voilà ce que j'en dis.

De toute façon, ce qui doit arriver finit par advenir.

Les enfants débarquent dans la cuisine. Ils sont quatre, autant que d'adultes : Simon en tête, qui joue le chef de meute, suivi des deux filles de Pauline, Éloïse et la petite Célia, qui tient Camille par la main.

– Vous faites quoi ? demande Simon, un œil en embuscade sur les feuilles griffonnées qui se chevauchent sur la table.

Dans un même réflexe, Lou et Cléo plaquent leurs coudes sur les vulves - vues de dessous, de face ou de profil *(« Difficile exercice »*, a commenté Théo), stylisées ou schématiques, brouillonnes ou sophistiquées - qui ornent les pages blanches.

– C'est des zézettes !? s'esclaffe Simon en chipant une feuille.

– Ah non, pas ce mot !

Tout le monde se tourne vers Pauline qui s'est dressée, impériale, une main en palme pour repousser l'expression coupable. Théo éclate de rire, imité par Lou et Cléo. Les enfants, sans bien comprendre, gloussent entre leurs mains.

Pauline est comme ça, elle a des litres de fantaisie qui crépitent sous une apparence plutôt sage, et sa joie doucement toquée est contagieuse. Elle est la « responsable » de leur petit groupe, celle qui sait quels formulaires donner à la mairie pour inscrire les mômes à la gym, mais c'est aussi celle dont le rire sait les emmener, tous, le plus loin du pays des réalités.

Elle est à l'image de sa vie, qu'elle a refaite sur un coup de foudre après être restée près de dix ans avec le père de ses deux grandes... Mouvementée.

– Pardon les cocos, mais « zézette », je ne peux pas. Ça me fait penser à « Zézette épouse X » dans...

– *Le Père Noël est une ordure* ! triomphe Simon.
Il se penche vers Camille, qui s'est collée à lui :
– C'est le film avec la femme dans l'ascenseur qui te faisait peur.
– Je le *déteste*, ce film, marmonne Camille, pulvérisant Madame Musquin d'un regard furieux.
Lou se tourne vers Théo, sourcils froncés.
– Tu leur as montré ça ? C'est hyper glauque, ils sont trop petits !
Au moment de répondre, Théo s'aperçoit que Cléo hoche la tête.
– Quoi, t'es d'accord avec Lou ?
– Non, non, j'ai rien dit !
– Hmm, tu l'as pas dit mais tu le penses. Mais moi, je trouve qu'on doit montrer aux enfants des films qui justement ne sont « pas de leur âge ». Ça fait partie de leur éducation. J'ai vu *Conan le barbare* beaucoup trop tôt, et justement, c'est ce qui m'a...
– Quand Théo parle de *Conan le barbare*, c'est que le sujet est grave, sourit Cléo, lui coupant l'herbe sous le pied.
Il s'arrête, cueilli par les rires moqueurs des trois filles. Au fond, il ne déteste pas qu'elles le chambrent un peu. Il note aussi que les mômes, groupés en un mignon fatras de pyjamas, assistent à l'échange avec des yeux fascinés.
– OK, soit. Mais c'est comme pour le « zézette » de Pauline : je déteste m'imposer des barrières sous prétexte que c'est ce qui « se fait »...
– Pourquoi on dit pas « zézette » ? zozote Célia, les lunettes de guingois.
Théo désigne Pauline.
– Ma vieille, c'est pour toi !
– Je suis d'accord, se marre Cléo - avant de plaquer brusquement une main sur son ventre. Aïe, et elle aussi, apparemment : elle me donne de ces coups de pied !

Pauline capitule.

– D'accord. Les p'tits loups, venez vous asseoir, prenez une feuille. Je vous montre. « Zézette », c'est un mot stupide, qui ne reflète pas du tout la complexité du sexe féminin. Donc...

– Vous aussi, vous allez dessiner des vagins ! lance Théo.

– Des vulves, le reprend Pauline. Vous voyez, ici nous avons les grandes lèvres et, à l'intérieur, les petites lèvres ; la vulve, c'est le tout. Le vagin, c'est juste le trou.

– C'est le trou du pipi ? demande Camille, ouvrant des yeux comme des soucoupes.

Pauline agite ses doigts en l'air, dans un geste de bonne fée conciliante, puis elle reprend :

– Non. L'urine sort d'un conduit qui est dans la vulve, et qu'on appelle l'urètre. Mais le trou du vagin, c'est le trou qui sert surtout à...

– Faire le sexe ! s'écrie Simon, aux anges.

Théo intervient :

– Non, mon grand, pas « faire le sexe »... Ça n'a pas de sens. Faire l'amour, si tu veux. Ou avoir une relation sexuelle.

– En l'occurrence, enchaîne Pauline, j'allais dire « faire les bébés », mais effectivement, ça sert aussi à faire l'amour.

Dans un souffle, Théo voit le visage de son garçon s'assombrir légèrement. Et puis, ça passe.

– De toute façon, ça revient au même, déclare Cléo en retroussant un petit nez d'écureuil. Un bébé, c'est de l'amour.

– Oh là là, c'est beau ce que tu dis !

– Pfff ! C'est pour expliquer aux enfants...

Elle lève un index sentencieux.

– Et d'ailleurs, pour achever l'exposé de Pauline, il faut absolument que je vous parle du...

D'un coup de feutre violet, Cléo plante un point en haut du dessin de Pauline.

–... clitoris !

Les quatre mômes s'agitent comme des dominos sur leurs chaises.

– C'est quoi ?

– Le picoris ?

– C'est pour le pipi ?

– Le clitoquoi ?

Avant de répondre, Cléo retouche le point violet pour lui donner une forme plus allongée, et l'entoure de quelques traits folâtres, comme des brins d'herbe.

– Cli-to-ris. Le clitoris, vous devez savoir ce que c'est, les enfants, parce qu'il y a plein de pays où on n'explique pas du tout aux petites filles ce que...

– À commencer par la France, je te signale, ajoute Lou.

– Oui, c'est vrai. Bref, il y a trop d'endroits où on ne dit pas aux petites filles qu'elles ont dans leur sexe - leur vulve - un petit point de leur corps qui n'a qu'une seule fonction : le plaisir. C'est à ça que ça sert, et il faut le savoir, parce que ça fait partie de votre corps.

Sur les trois fillettes, l'effet est immédiat. Camille rougit à l'idée de détenir un secret, Célia est discrètement en train de regarder sous sa jupe et Éloïse sourit comme si on lui avait décerné un trophée.

Simon, lui, s'est un peu désintéressé de la conversation.

– On peut regarder un film ? il lance.

– Allez, va pour un petit..., commence Théo.

– Ah non, il est vraiment trop..., répond Cléo au même moment.

Ils s'interrompent, bien embêtés.

Ça aussi, ce sont de petites choses qui prennent de la place, mais pas du côté du bonheur ; plutôt du tracas, de l'embêtement.

Ça n'est pas bien grave, mais ça existe. Surtout avec les enfants, parce que tout se complique un peu quand ils sont là, c'est normal. Ce sont ces moments où les rouages se grippent, où ça ne coulisse pas exactement comme ça devrait. Alors on ajuste, on essaie de trouver le bon dosage. Et lorsque ça se répète trop souvent, on s'inquiète. Si on savait, si on pouvait être *sûrs* qu'au bout d'un moment, on le trouvera, le dosage idéal, eh bien on ne s'inquiéterait pas. On se dirait : il faut juste le temps que ça se règle. On éviterait ces légers hiatus comme on contourne un nid-de-poule au lieu de s'en faire une montagne.

Seulement, le piège, c'est qu'on ne sait pas du tout que ça va finir par se résoudre. On a entendu dire, dans des chansons principalement, que le temps avait raison des difficultés, mais ce ne sont jamais que des chansons. Alors forcément, on se dit : *« Oui, mais si ça dure ? Si on n'arrive jamais à se mettre sur la même longueur d'ondes ? »*

Depuis quelque temps, avec les petits, ma Cléo a l'impression de se trouver toujours du mauvais côté de la barrière. Ça a commencé quand elle s'est mise à s'impliquer sérieusement dans la vie de famille - à « être là » - et ça s'est accentué au fil de sa grossesse. Cette sensation d'être en quelque sorte forcée d'adopter un rôle, et pas toujours le meilleur, et de ne plus pouvoir s'en défaire. Au point de ne pas se reconnaître, parfois. Comme si, pour se préparer à donner naissance à son premier bébé, elle devait toujours être celle qui pose les limites aux enfants, celle qui les rappelle à leurs obligations, celle qui éduque et contrôle... La rabat-joie, quoi. La bêcheuse. La marâtre - évidemment.

Inversement, dès qu'elle veut s'accorder le luxe de leur autoriser un excès inhabituel, elle voit Théo la prendre de vitesse - sans même s'apercevoir qu'il lui a coupé son élan.

Ce sont de petites choses, oui, mais ça pèse, pour une toute jeune maman, en particulier dans la situation de Cléo. Surtout avec cette peur constante de ne pas être à la hauteur…

– Non mais t'as raison, s'empresse Théo qui veut bien faire. Il est 22 heures, on ne va pas tarder à se coucher. D'ailleurs tu as besoin de dormir, mon grand.

– Oh nooon ! s'écrie Simon.

– Et voilà, j'étais sûre, souffle Camille.

– C'est nul ! râlent Célia et Éloïse.

Théo tord la bouche, conscient d'avoir gaffé, en jetant un coup d'œil désolé à Cléo.

– Non, non, pas de protestation. J'ai dit oui sans réfléchir, mais il est vraiment tard.

Pauline s'engouffre dans la brèche :

– Oui, on va récupérer Manon et puis on va y aller. Cléo a besoin de se reposer, vous savez ? Les derniers jours de grossesse, ce sont les plus fatigants, on a de plus en plus hâte que ça se termine et en même temps on a peur, et…

– Et nous on n'a plus jamais le droit de rien faire !

Les quatre adultes se figent, estomaqués, face au garçon qui les défie.

– Simon !

– Mais c'est *vrai* ! Avant, on regardait plus de films et on se couchait plus tard !

Simon se tourne vers Cléo, qui s'est pétrifiée.

– Tu veux toujours… Tu veux toujours…

Elle ne répond rien ; ça lui est impossible. Et elle n'est pas tant choquée par son insolence que par cette fureur terrible qui l'anime : il est rouge, au bord des larmes, ses poings tremblent au bout de ses bâtonnets de bras. Le mot « *Maman* » palpite avec une force humide au fond de ses pupilles.

Finalement, Théo vient s'accroupir devant lui, l'air fâché.

– Hey, ça va pas de dire ça ? Regarde-moi. Qu'est-ce qui te prend, là ?!

Les mains sur les épaules de son fils, il cherche à attraper son regard - ce qui sert toujours de préambule à ses remises à l'ordre.

– Je veux que tu t'excuses auprès de Cléo. C'est vraiment pas sympa de dire ça.

Il sent derrière lui les mines gênées de Pauline et Lou, et surtout il devine la détresse de Cléo. Il se retient de ne pas lui présenter lui-même des excuses, pour ne pas empirer la situation. En fait, il est complètement perdu : jamais Simon n'a eu de mots aussi durs pour sa belle-mère. Il y a parfois des tensions entre eux, mais c'est justement celui des deux enfants qui l'a le plus vite adoptée, qui a le plus tôt cherché sa présence rassurante, ses câlins, qui s'est montré le plus désireux de lui faire une place dans ce foyer amputé d'un de ses membres... Qu'est-ce qui lui prend ?

– Simon, réponds-moi.

Sous ses mains, Théo sent le corps de son garçon qui vibre, agité de tremblements. Toute cette colère pour un film ? Il ne comprend pas.

Et puis, peu à peu, les frissons décroissent, la respiration fulminante de Simon se ralentit et Théo voit revenir sur son visage l'expression fine, espiègle, qu'il lui connaît.

– Pardon, Cléo, murmure Simon du bout des lèvres, les yeux vissés dans le sol. Je voulais pas dire ça.

Sonné, Théo se relève, va poser un baiser dans le cou de Cléo comme pour la consoler - réflexe idiot, mais il ne peut pas s'en empêcher. Il se rend compte alors qu'il s'est à nouveau placé dans la position de celui qui règle le problème, au lieu de laisser Cléo s'en charger elle-même. Il s'en veut, mais c'est trop tard... Il s'est tellement habitué à gérer les crises seul !

Il marque un temps.
– OK. On va se contenter de ça pour cette fois. Montez jouer en haut, les chéris, on boit un dernier verre et puis on vous appelle.

Dès qu'ils se retrouvent seuls, Cléo fond en larmes. Elle caresse son ventre d'un air mélancolique, pleurant sans bruit.
– Ma chérie…
Théo s'assoit à côté d'elle, penaud. Il prend ses mains dans les siennes.
– Il ne le pensait pas, tu sais bien. Il a neuf ans, c'est juste… Je pense que ça le chamboule de se dire qu'il va bientôt avoir une petite sœur, et puis je ne sais pas, il doit repenser à sa maman, avoir peur de l'oublier, ou de la trahir peut-être ?…
Cléo acquiesce dans ses larmes.
– Oui, oui, t'as raison. Mais c'est dur, quand même…
– C'est peut-être toutes ces zézettes qui l'ont chamboulé ? lance Lou pour détendre l'atmosphère.
Et ça marche : les quatre amis se sourient, complices.
– Le rôle de la belle-mère, c'est compliqué, enchaîne Lou. J'en prends souvent pour mon grade avec les deux grandes, tu sais…
– Oui, enfin, c'est pas toujours facile pour nous non plus, rectifie Pauline en englobant Théo d'un coup de menton. On a vu grandir nos petits, c'est compliqué de laisser une place à quelqu'un qui n'était pas là depuis le début.
Théo hoche vigoureusement la tête.
(De petites choses, tout ça. Du tracas. Des réglages à trouver.)
– J'essaie de faire au mieux, dit soudain Cléo, la voix entrecoupée de sanglots qui chamboulent tout le monde. Mais c'est vrai que d'entendre des mots comme ça dans la bouche de Simon…
– Il t'adore, lui chuchote Théo. Tu le sais, non ? Et t'es incroyable avec les enfants. Grâce à toi, ils savent même ce que c'est qu'un clitoris, maintenant !

Elle rit dans ses larmes.

– Ça, c'est l'héritage de mon père. Ce n'était pas forcément quelqu'un de « marrant », enfin je veux dire, il n'exprimait pas beaucoup ses émotions et il pouvait être assez difficile à cerner, mais il savait nous parler de tout.

– Tu y arrives très bien, toi aussi. Ne t'en fais pas.

Cléo sourit, s'essuie les yeux avec le poignet.

– Il est super joli, ton bracelet, lui dit Pauline.

Cléo le fait miroiter dans la lumière, pensive. Un autre sourire vient naître sur ses lèvres.

– C'est ma mère qui me l'a offert quand j'étais gamine. J'étais beaucoup trop petite pour ce genre de cadeau, elle planait pas mal. Mais en fin de compte, je l'ai toujours porté. Il me rappelle qu'elle... *Aïe !*

– Ça va ? s'alarme Théo.

Elle revient à elle, flageolante.

– Oui, oui... C'était une contraction. Et tout à l'heure aussi, d'ailleurs.

– Tu risques d'en avoir quelques-unes sur les derniers jours, confirme Pauline.

– Oui, ma gynéco me l'a dit. Ça m'a juste surprise - oh là !

Théo se raidit.

– Quoi ? Quoi ?!

Cléo, penchée sur elle-même, leur présente une jungle de cheveux.

– Ça coule entre mes jambes... Je crois que j'ai perdu les eaux !

– Comme ça, d'un coup ?! s'écrie Théo.

– T'es sûre ? enchaîne Pauline. On voit ça dans les films américains, mais ça n'arrive pas si souv...

Le *plic plic* des gouttes sur le carrelage l'interrompt.

– OK, c'est parti pour le film américain...

Lou s'est déjà levée.

– Bon, les cocos, il faut que vous y alliez. Théo, tu files préparer ce qu'il faut ? J'appelle le taxi, on reste dormir chez vous. On vous garde les grands.

Aussitôt, Théo court à l'étage pour rassembler quelques affaires, Pauline l'y rejoint pour avertir les enfants qu'ils filent à la maternité, que ça y est, c'est maintenant !

Seule dans la cuisine sur sa chaise trempée, Cléo n'a pas bougé. Elle fixe ses deux mains posées sur son ventre, complètement secouée par la tempête à venir, incapable de reprendre pied.

Il faut que Simon et Camille surgissent dans son champ de vision, avec leurs bouilles inquiètes et excitées, pour qu'elle prenne conscience de ce qui est en train de se passer.

Elle ouvre les bras pour les serrer contre elle, un contre chaque sein. Ils la mangent de baisers, comme du bon pain.

– Ça te fait mal ? T'as mal ? lui demande Simon, le nez dans son cou, en la sentant frémir sous l'effet d'une nouvelle contraction.

Et en entendant le mot « mal », Camille frémit en rythme avec elle.

Alors Cléo pose les mains sur leurs joues fraîches. Au même instant, elle voit un Théo enflammé dévaler l'escalier vers elle, puis s'agenouiller entre les enfants pour se joindre à leur petit groupe compact, et coller son visage contre son ventre. Puis l'embrasser avec fougue.

– On va avoir un bébé, mon amour...

Les quatre se serrent plus fort.

– Le taxi arrive, dit Lou - à voix basse, pour ne pas les déranger.

Pendant un long moment, ils restent encore ainsi, étreints, fiévreux dans l'attente, au rythme des contractions qui surgissent par intermittence.

Cléo réprime un gémissement.

– T'as eu mal, là ! s'affole Simon. J'ai vu que t'as eu mal !

Il est au bord des larmes.

– Non, mon chéri, elle répond. Ça ne fait pas trop mal. Pas encore, en tout cas.

– Mais ça va s'empirer, répond Camille, très grave.

Et c'est Simon qui frémit. Cléo perçoit tout de ce qui le hante ; il pourrait craquer, là, tout de suite, sous ses yeux. Ça la désarme. Avec douceur, elle dessine un petit rond avec son doigt sur les joues des deux enfants.

Puis elle murmure :

– Je vais avoir mal, mais ça ira. Ça vaut la peine. Et votre papa sera avec moi. Et vous aussi, en pensée ?

Théo ne dit rien ; il la transperce de son regard brillant, rendu muet par l'émotion. Elle lui retourne un regard serein.

Elle s'aperçoit, à sa grande surprise, qu'elle n'a absolument pas peur.

3

L'épreuve de Diane

10 août 2005

Le bruit de sa valise à roulettes sur le sol métallique l'agace et la berce. Cléo a tout à la fois envie de chantonner, de pousser un cri - un seul, très bref et très strident, pour vider ses poumons -, d'éclater de rire et de fondre en larmes, là, sur le terminal 2 de l'aéroport de Marseille. Elle aurait l'air fin, tiens.

Finalement, elle ne fait rien de tout ça. Arrivée sous l'écran d'affichage des portes d'embarquement, elle se retourne, considère l'étrange équipage qui l'accompagne, un peu en retrait. Sa sœur, son frère, sa mère. Et mon absence.

Diane donne l'impression d'être très à l'aise, les mains coulées dans les poches d'un pantalon beige ample, considérant d'un œil distrait le ballet des gens qui marchent, courent, errent, se perdent. Cette ambiance légèrement affolée des aéroports et des gares lui a toujours plu, elle l'associe à une forme de romantisme adolescent qui reste chevillé en elle, l'escapade, un flirt emporté dans ses bagages, des adieux éplorés qui, le temps du trajet, se seront évaporés. C'est aussi lié, je pense, au souvenir de notre rencontre, quand la jeune fille en fugue avait remarqué ce beau gars aux épaules larges, assis par terre dans le hall de la gare d'Annecy, en pleine nuit, genoux relevés, un carnet de croquis sur les cuisses… Nos vingt ans.

– Alors, attends. Ah, Santiago du Chili, c'est là, porte C ! dit Diane en faisant un pas de côté, son petit sac flottant, souple, derrière elle.

– T'es sûre ? implore César en venant se plaquer contre son épaule, bras ballants.

Il lui tombe même dessus.

– Excuse, il marmonne, voulant lever une main pour dire qu'il est désolé.

Faute de mieux, il noue ses grosses mains derrière son dos et s'immobilise, on croirait un enfant qui joue à la statue.

Et c'est bien ce qu'il est en ce moment, mon pauvre grand César, un enfant perdu dans un labyrinthe d'escalators, d'écrans lumineux et d'éclats de voix. Rien en lui ne comprend la raison d'être d'un endroit pareil. Ces plafonds situés à des dizaines de mètres de hauteur, comme dans une prison qui feindrait d'être un parc d'attractions, ces gigantesques baies vitrées qui donnent sur d'autres endroits tout aussi immenses et non moins clos, ces sas et ces guichets dispersés selon un schéma dont il ne perçoit pas la logique… Tout le terrorise, en particulier la sensation d'être entré dans un piège cruel qui consisterait à reproduire le dehors pour en faire du faux, du toc, nourriture de plastique et synthétiques habitants.

Dans une vision de cauchemar, il se voit forcé de dormir dans ce lieu pour une nuit, puis deux, comprenant peu à peu qu'on l'a assigné à résidence ici et qu'il devra y finir ses jours, entouré de visages sans sourire et de paroles sans signification.

Il savait, avant même d'y être, que ce serait une épreuve d'accompagner sa sœur, mais il n'avait pas imaginé que ce serait aussi atroce.

Cléo qui, elle, s'en était doutée, pose une main sur son bras.

– Merci d'être venu, elle chuchote, profitant de ce que Diane s'est éloignée en quête d'un magazine.

Il rougit, plonge les yeux dans ses chaussures.

– J'sais pas comment tu fais, il souffle. Monter dans un avion...

– Ne t'en fais pas. C'est moi qui vais le prendre, cet avion, pas toi !

– Ben, encore heureux.

Et il s'arrache un sourire pour ponctuer sa petite phrase. Cléo l'en félicite en passant la main sur son bras, un peu comme on flatte un bon chien - elle s'en veut de penser ça de son frère, et puis se rassure en songeant qu'il comprendrait ce qu'elle veut dire, « pour de vrai ».

– Et ma sœurette crevette, alors, elle fait la tronche ?

– Pfff, n'importe quoi.

Solène les rejoint, saccadée, traînant son ombre à coups de talon.

C'est comme ça que je la vois, ma petite : chargée d'ombres. Cernée de noir. Dès que mon attention se pose sur elle, il me semble que le monde qui l'entoure s'obscurcit instantanément, ses contours se floutent et je la vois seule, sur son île ténébreuse, seule avec sa colère.

Le choc de ma mort a été immédiat pour Solène. Sa vie s'est drapée d'un voile pour étouffer toute lumière possible, elle a ingéré un grand bol de souffrance épaisse comme de la purée, vidé d'un trait sans s'autoriser à respirer.

Elle ne s'est pas non plus embarrassée de pudeur ou d'autre subtilité de ce genre. Sa tristesse et sa rancœur, elle veut qu'on les voie, elle voudrait même que le spectacle soit assez violent pour que ceux qui le contemplent en aient les yeux crevés, comme dans un film surréaliste. Comme elle s'est découvert une passion pour le graff, elle tapisse les murs de la ville d'inscriptions plus ou moins mystiques, toujours teintées de haine ou de menace. Pareil pour les murs de sa chambre, qu'elle a ravagée un matin avant de jeter aux ordures la quasi-totalité de ses affaires.

Il ne lui a fallu que quelques jours pour renouveler toute sa garde-robe, elle qui ne s'était jamais intéressée à son allure, et s'inventer une chrysalide de collants noirs filés, de mitaines et de bracelets de cuir. Le maquillage dont elle se barbouille est délibérément laid et vulgaire, c'est se défigurer qu'elle veut. Que quelqu'un ose lui interdire de sortir comme ça... Qu'on ose !

D'ailleurs, qui oserait ? César, bien sûr que non. Elle l'aime profondément, mais il n'a aucune prétention à jouer les pères de substitution - et tant mieux. De toute façon, à partir de la rentrée, il ne sera à la maison que le week-end, tandis qu'elle restera coincée toute la semaine avec Diane. Puisque Cléo part.

À l'idée que Diane, que *cette salope* puisse avoir le culot de lui faire ne serait-ce qu'une remarque sur son allure, elle éclate de rire, là, comme une foldingue, tout en marchant vers sa sœur. Ouais, ça va être sympa, cette cohabitation. Heureusement qu'elle ne compte pas être très souvent là.

– Quand même, So, tu forces trop sur l'eye-liner.

Cléo tempère sa pique d'un sourire gentil, pour bien dire qu'elle n'est pas dupe, qu'elle sait voir derrière les masques - surtout quand ils sont aussi visibles, et surtout quand il s'agit de sa petite sœur. Elle pose une joue sur la main de Solène, qui recule par réflexe.

– Je fais ce...

– Oui, ma sœur : tu fais ce que tu veux. Tu sais que je ne vous abandonne pas, hein ? Je pars six mois parce que c'était prévu, et parce que c'est ce que Papa aurait voulu.

– Il aurait pas été d'accord que t'annules, acquiesce César en se mordant la lèvre.

Solène braque sur lui un regard piqué au vif, qu'elle finit par adoucir un peu, comme avec des tenailles. Rien n'est facile, rien n'est donné. Il faudra tout négocier.

D'un coup d'œil, Cléo voit Diane, au loin, qui revient vers eux de son pas agile, un magazine roulé dans une main. Elle se doute que les choses vont de nouveau se corser, et puis il ne reste plus beaucoup de temps avant que son avion ne décolle, alors elle dit :

– Allez, on se fait un câlin tous les trois, pour Papa, d'acc' ?

– Pfff, nan, lâche Solène, détournant la tête.

– Sœurette…

– J'ai pas envie.

César hésite à dire quelque chose, se ravise. Cléo prend le relais :

– Solène. Pour Papa.

– T'es chiante ! lâche Solène, mais l'armure se fendille, cette fois.

– Allez viens, *bella figlia dell'amore.* Toi aussi, César.

Elle ouvre les bras pour les serrer contre elle, un dans chaque épaule, le Prince Bizarre et la belle fille de l'amour en noir.

Au même instant, elle s'aperçoit que Diane, droit dans son axe, s'est arrêtée de marcher. Et qu'elle les regarde, une expression chagrine au visage qu'elle n'a pas camouflée à temps. Cléo décide de l'ignorer. Elle ne peut pas être partout.

Contre son épaule, elle entend Solène fredonner l'air de *Rigoletto*, lèvres serrées ; c'est au moins ça de gagné.

*

* *

– Solène ?

Pas de réponse.

– Solène, s'il plaît. Descends, je voudrais qu'on se parle.

Diane range son livre fétiche dans la bibliothèque, ce roman qu'elle a relu un nombre incalculable de fois, d'abord parce qu'elle l'aime profondément et ensuite parce qu'elle a toujours, sans oser se l'avouer, espéré y trouver une clef pour comprendre ses enfants - puisque c'est le sujet de cette ample et jaillissante saga familiale.

– « *Vaines espérances, nos ancres malades* », chuchote-t-elle en soupirant.

Elle se tourne vers l'escalier. « Je voudrais qu'on se parle. » Elle a failli dire « qu'on ait une petite conversation », mais elle n'a pas osé aller jusque-là. Ça aurait fait trop, d'une manière qu'elle ne sait pas bien expliquer. Il est certain qu'elle manque de pratique ; mais la pratique, cela s'acquiert, elle est payée pour le savoir... et puis, elle est de bonne volonté, non ? Il suffit qu'on lui laisse sa chance. Que sa fille lui laisse sa chance.

En attendant, évidemment, il faudra endurer.

Et toujours ce silence. L'absence de César, parti tout à l'heure pour sa pension, se fait cruellement sentir, et pourtant on ne peut pas dire qu'il parle beaucoup quand il est là. Mais au moins, il est de son côté, enfin, il n'est pas *contre* elle. Contrairement à...

– So-lè-ne !

La découpe syllabique lui est venue toute seule, un truc que sa propre mère faisait, les rares fois où...

Non, ce n'est pas du tout le moment de s'autoanalyser. Diane est certaine qu'avec des gestes simples, de l'écoute - de l'amour, quoi -, on pourra s'en sortir. Toutes choses qui, de son point de vue, étaient innées chez moi, et qu'elle m'enviait parce qu'elle s'en croyait dénuée.

Or, je crois que le problème est plutôt qu'à l'intérieur de Diane, il y a des grilles et des barrières si élevées qu'elle ne peut pas aisément accéder à ses sentiments. Ces meurtrières tombent en elle dès qu'elle s'aventure trop loin vers la douceur, et aussitôt des ombres naissent, qui la font se représenter elle-même sous les traits d'une créature grotesque, hideuse, inapte. Peut-être que sans le vouloir, j'ai été moi-même une de ces barrières, une de ces grilles, entre elle et la douceur qu'elle ne pensait pas mériter - entre elle et les petits. Ou bien peut-être qu'elle n'a qu'à s'en prendre à elle-même.

Quoi qu'il en soit, elle est là, maintenant, et moi je n'y suis plus. Et Solène a besoin d'elle, qu'elle le veuille ou non. Elles ne pourront pas vivre en guerre cinq jours sur sept, seules dans cette petite maison...

Les pas lourds dans l'escalier de bois tonnent au-dessus d'elle. Elle arrive.

– *Quoi ?*

Diane inspire. Elle a trop à se reprocher pour attaquer bille en tête mais, bon sang, ce n'est pas l'envie qui lui manque. C'est aux tibias de Solène qu'elle s'adresse, car son visage n'est pas encore visible - elle descend les marches aussi lentement que possible.

– S'il te plaît, ne commence pas comme ça. Je voudrais qu'on se parle, d'accord ?

Une marche. Deux. Visage. La dureté de ce visage !

En vérité, Diane n'en revient pas. Dans le petit monde secret qu'elle s'était fabriqué, du temps où elle n'était que fuites en avant et rêves de gloire, du temps où elle glissait sur la vie comme du mercure, elle aimait bien se voir comme une étoile filante fusant entre les planètes qui constituaient le cercle de son foyer - où elle venait se ressourcer. Aujourd'hui, elle conçoit ce que cette vision avait de profondément égoïste, mais bon, elle ne va pas passer sa vie à s'excuser, et d'ailleurs combien d'hommes célèbres ont vécu *toute leur existence* en cajolant des images de ce genre ? Personne ne leur a fait de procès, à eux, au contraire ! Voyageurs, écrivains, hommes politiques, aventuriers... eux aussi se pensaient comète et considéraient les leurs, qu'ils chérissaient sans doute mais à distance, comme des planètes accueillantes, où il faisait bon revenir en prenant garde de ne pas s'y ancrer !

Dans le petit monde de Diane, j'étais une planète feu, un brasier couvant sous le marbre apparent, et elle venait s'y consumer ; Cléo était une planète air, mouvante, vive, gracieuse ; César, une planète terre, dont il fallait gratter la surface avec ses ongles pour en tirer quelque chose, mais qui faisait socle ; et Solène, sans le moindre doute, était une planète eau, celle qui s'écoule et où l'on s'abreuve, sur qui les heurts n'accrochent pas.

– Tu veux quoi ? Je bosse.

Au temps pour sa belle métaphore ! Du reste, Diane doit bien l'admettre, cette vision était non seulement fausse, mais aussi d'un goût très douteux. Les gens ne sont pas des planètes, et surtout pas ses enfants. On ne marche pas sur ses enfants.

Parfois, à l'idée de l'ampleur de ce qu'il lui reste à apprendre, elle flanche. Est-elle la seule femme au monde pour qui ce soit si compliqué ? Elle est vaguement tentée de demander des conseils à Cléo, qui n'a que dix-huit ans... c'est dire la hauteur du mur qu'elle doit franchir !

Mais elle le fera ; pour elle, pour moi, et pour Solène.

– Viens, on va s'asseoir, toutes les deux. Je nous fais un thé ?

– Nan, ça ira, ricane Solène en se laissant tomber dans le canapé.

Ce ricanement aussi est nouveau, et la met mal à l'aise. Elle n'est pas naïve, elle sait ce qu'est l'adolescence, la sienne a été suffisamment orageuse pour qu'elle s'en souvienne (*surtout qu'elle ne s'est jamais vraiment terminée*, glousse une voix qui n'est pas sans lui rappeler celle de sa fille cadette), mais elle sent bien que quelque chose d'autre se joue, là, pour Solène. Quelque chose qui - sans tomber dans le mélodrame - est une question de vie et de mort. Quelque chose de terrifiant comme un homme qui se rompt la nuque en chutant d'une montagne.

Elle s'assoit avec lenteur, pour rassembler ses forces et ses idées, sur le fauteuil en face du canapé.

– Écoute. Je ne suis pour rien dans la mort de Paul. J'en souffre énormément, comme toi. Et je sais, je *sais* que je n'ai pas été assez... que je n'ai pas été là pour vous. Mais maintenant, nous allons bien devoir avancer ensemble, n'est-ce pas ?

Solène soupire, et répond :

– C'est sûr que c'est pas de bol pour toi qu'on se retrouve piégées ensemble. Mais t'inquiète, ça va pas durer. Dès que je peux, je me tire. Et d'ici là, je serai pas souvent ici.

– Non, attends... Où est-ce que tu « seras », comme tu dis ?

– Chez des copains. J'ai plein de copains, à Gap, à Sisteron, même en Italie. Ça manque pas, les jeunes qui s'emmerdent, dans le coin. Et ils ont leur permis.

Diane lève la main pour calmer le jeu.

– D'accord, d'accord. Rassure-toi, je ne compte pas te demander si ce sont de bonnes fréquentations, ce n'est pas mon genre. Je sais que tu as appris à te débrouiller, et je connais mes torts. Ce que tu dois savoir, c'est que je ne me retrouve pas « piégée » avec toi. Je veux être là pour vous, Solène... Cela coïncide simplement avec cet horrible drame qui nous frappe. Paul...

– Oui, oui, Cléo m'a briefée. Elle est super forte, ma sœur : elle arrive à te pardonner. Je ne sais pas où elle trouve une force pareille, tu vois. Parce que pour moi, c'est clair que ça n'arrivera pas. Je te dois rien, même pas de te croire. Si tu veux revenir, c'est juste parce que ta carrière a un coup de mou. Ou parce que t'assumes pas l'idée de te voir vieillir à l'écran.

– Non, ce n'est pas...

Solène souffle bruyamment, comme si elle rêvait d'être à mille lieues de là. C'est d'autant plus douloureux que Diane n'a aucun moyen de savoir si c'est une pantomime étudiée pour la faire souffrir ou si, ce qui est tout aussi plausible, c'est parce que la compagnie de sa mère l'ennuie à mourir.

Soudain, Diane a l'impression d'être un vieux meuble qu'on n'aime pas regarder, terne et encombrant. Tout ce qu'elle a toujours redouté, au plus profond d'elle-même.

Elle puise dans ses réserves pour repartir à l'assaut :

– Tu te trompes, je t'assure que tu te trompes. Oui, j'ai des torts, immenses, mais ce n'est pas ainsi que ça s'est passé... Non, écoute, si tu ne me crois pas, peu importe. C'est de *toi* que je voudrais parler.

– Oh là là, c'est vraiment du super jeu d'actrice.

Pour ponctuer sa réplique, Solène tortille une mèche de ses longs cheveux noirs - un geste qui rappelle à Diane celui de Cléo, mais qui lui inspire tout le contraire de l'attendrissement : de la fureur, une impression d'être prise pour une conne qui la met hors d'elle.

Si je pouvais, moi, je lui dirais d'attendre, de respirer un bon coup, de ne pas céder aux élans qui la traversent... mais bien sûr, je ne peux pas. Elle s'est déjà levée, hors d'elle.

– Arrête ça ! Je ne joue pas, là !

– « Là », triomphe Solène, gloussante.

Méchante.

Et elle se lève à son tour, mollement, pour faire face à sa mère.

– Allez, j'ai un devoir de philo à torcher. Je fais ça vite et je sors, c'est pas la peine de m'attendre pour dîner.

Dans un réflexe, Diane lui agrippe le bras.

Erreur.

– *Non*, bordel ! Tu me touches pas ! OK, on vit sous le même toit, on se dit bonjour si on se croise, on bouffera ensemble quand on n'aura pas le choix, tout ce que tu veux, mais tu me *touches pas*. T'as aucun droit sur moi. T'as sûrement pas le droit de t'inquiéter pour moi !

Et elle fonce vers l'escalier. Diane lui court après :

– Solène !...

Miracle, Solène s'arrête, un pied sur la première marche.

– Écoute juste ça. J'ai une chose, une seule à te dire, et ensuite on n'en parlera plus, d'accord ? On fera comme tu l'as dit, bonjour si on se croise, quelques repas, rien d'autre. Mais écoute ce que j'ai à te dire.

Solène laisse sa tête partir en arrière, comme sous le poids d'un incommensurable ennui.

– Allez, vas-y. Balance ton laïus.

Diane hoche la tête, tremblante, et se jette à l'eau.

– Je connais bien la colère. Tu crois que tu me détestes, et c'est sûrement vrai, ou que tu détestes ton père d'être mort dans un stupide accident - non, ne m'interromps pas, pas cette fois : tu as dit que tu m'écouterais. Laisse-moi finir. Je sais que tu aimais ton père plus que tout, et j'affirme aussi que tu crois le détester, en ce moment. Tout simplement parce que c'est humain. Mais ce que tu ressens, en plus, c'est une colère contre toi-même. Bien que tu n'aies aucune raison objective de l'éprouver, ça n'empêche pas qu'elle te ronge. Elle est multiple, cette colère. Elle a de nombreuses ramifications. Celle que tu éprouves contre moi, et celle que t'inspire le souvenir de ton père, tu sauras en venir à bout. Mais je voudrais que jamais tu ne te détestes toi-même, parce que je sais que ça *empêche de vivre*. On peut s'inventer des milliers de masques pour donner le change et faire croire que l'on vit, mais, en vérité, on passe à côté de son existence. On glisse dessus, comme... comme du mercure. Et crois-moi, ça ne rend pas heureuse.

Elle s'arrête, essoufflée. En elle se combattent le soulagement d'avoir confié un lourd secret - ce qu'elle avait de plus cher à offrir - et la peur d'avoir débité des âneries, des platitudes dont Solène ne fera qu'une bouchée. Oui, elle a été elle-même une ado difficile, et cependant elle découvre, face à l'adolescente, un sentiment de terreur, né de l'impression glaçante que sa fille évolue dans un monde à part, dont elle est exclue parce qu'elle n'a aucune valeur, aucun intérêt.

Désarmée comme jamais au cours de sa vie, Diane attend de voir si ses paroles ont porté ainsi qu'elle l'espérait. Elle l'espère terriblement.

Les yeux brillants, Solène se tourne enfin vers elle.

Puis elle lève les mains, non sans une certaine gravité, et fait mine d'applaudir.

Clap, clap, clap.

– Au moins, on sait que c'est pas à toi que je demanderai de l'aide en philo.

Elle monte une autre marche, un sourire en cutter au visage, puis s'arrête encore. À présent, ses yeux luisent véritablement, deux pierres précieuses. Diane a cru, au début, que c'étaient des larmes d'émotion, mais non : c'est seulement de la haine. Sa fille la déteste.

– Hé, « Maman ».

Les guillemets sont là, aucun doute. Diane s'arrache un « Oui ?... » grêlé de sanglots qu'elle ne peut retenir. Elle qui ne pleurait jamais, avant !

Solène monte une autre marche. À nouveau, son visage n'est plus visible et Diane doit l'imaginer tandis que les paroles lui parviennent, assassines :

– Tu te rappelles la fois où on a failli se noyer, avec Cléo ? La fois où tu m'as fait ton cirque, quand César nous a sorties de là, en me câlinant comme un doudou. Si tu t'étais vue jouer les mères-louves... Je te jure que ça t'allait pas bien au teint. Mais le truc important, c'est pas ça. Le truc important, c'est que tu t'es jamais demandé comment c'était arrivé, tout ça. Cléo et moi, on savait nager depuis l'âge de quatre ans. J'en avais sept, et je la connaissais très bien, cette rivière. J'étais pas assez débile pour me laisser prendre par le courant. Tu l'aurais su si tu avais été là quand on a appris à nager.

– De quoi est-ce que tu...

– J'ai fait exprès, « Maman ». J'ai fait exprès de me laisser emporter. Après, c'est vrai, je me suis accrochée à Cléo et on a failli se noyer. Mais au départ, je voulais juste voir si tu sauterais pour me sauver. Et ce jour-là, j'ai eu ma réponse.

– Solène... Solène...

– Ouais, c'est moi. Il paraît. Allez, bonne soirée !

En trois pas, elle sort du champ de vision de sa mère.

4

Simon sans manteau

22 avril 2017

Chaque membre de la famille en touche un autre. Au centre, il y a Louise, petit cocon elle-même, tirée au grand jour et tout enturbannée contre le froid et le soleil qui brille, pâle mais déterminé, au-dessus de la cour de la maternité. Elle dort entre les bras de Cléo, assise au milieu du banc, penchée sur sa fille comme sur un trésor qui pourrait disparaître en un clin d'œil si l'on n'y prenait garde. Un bras enroulé autour de sa taille, Théo est assis à sa droite, collé à elle et penché sur Louise, qu'il contemple d'un peu plus haut. Il tient contre lui, la main gauche posée sur sa tête blonde, une Camille debout telle une Veilleuse de temps très anciens, qui pose elle aussi une main sur la tête de Louise, comme pour la protéger du mauvais sort. Et si l'on part de cette main effleurant la tête du bébé et que l'on suit le fil invisible qui court à travers le petit corps emmailloté, on atteint la main de Simon, de l'autre côté, qui caresse les jambes grenouille de sa sœur, accoudé à l'épaule de Cléo et fasciné, lui aussi, par le trésor qui palpite au cœur de la famille.

Un, deux, trois, quatre, cinq : ils sont tous là, comme les doigts dans une main.

– Ne bougez plus… C'est bon !

Cléo et Théo se redressent, un peu gauches avec leur bonheur tout fragile entre eux, tandis que les deux grands s'égaillent de part et d'autre du banc pour aller jouer dans la cour.

C'est un joli écrin de vert sombre, dont on ne soupçonne pas l'existence depuis l'entrée de la maternité : un sol pavé de vieilles pierres, des buissons touffus, quelques arbres hauts et chargés de lourdes feuilles à travers lesquelles les rayons du soleil filtrent sans trop de peine. C'est là que tous les jeunes parents, mêmes sourires hagards et mêmes gestes gauches, viennent faire prendre à leur nouveau-né son tout premier bol d'air.

Face à eux, Solène, un genou à terre, démonte son appareil photo, range les pièces et l'objectif dans les différentes poches de sa sacoche, en quelques « zip » rapides. Cléo prend quelques secondes pour regarder sa sœur ; les cheveux hérisson, l'oreille au cartilage percé de trois anneaux, les mitaines et les Doc Marteens bordeaux. Pleine d'énergie, d'urgence… et toujours, de fureur. Sa sœur éternellement en guerre.

– Alors, lui lance Théo, on est beaux ?

– Comme des astres ! riposte Solène avec un sourire à la fois tendre et presque moqueur.

– On marche un peu, mon bébé ? chuchote Cléo à Louise. Je vais te montrer les arbres. Tes premiers arbres !

Elle se lève, la serrant contre elle pour la préserver du frottement de l'air, et puis pour la respirer encore plus, pour redécouvrir la joie folle de tenir sa fille, là, bien vivante, sa fille qu'elle va promener entre les arbres.

– So, tu nous accompagnes ?

– Allez-y, moi je vais voir ce que font les grands ! dit Théo, alerté par les piaillements de Camille, qui pleure pour une histoire de bâton qu'elle avait trouvé avant, ce que conteste son frère qui la traite de menteuse.

Théo file, les bras écartés en ailes, signe qu'il s'apprête à faire la grosse voix.

Restées seules, les deux sœurs se sourient. Solène risque un index joueur sous le menton de Louise qui gargouille dans son sommeil, une bulle éclose entre ses lèvres neuves.

– Elle est trop belle.

– Oui, elle est incroyable, dit Cléo - et elle sent un flot d'émotion l'envahir. Viens, on va lui montrer les arbres.

Elles marchent l'une à côté de l'autre, avec précaution.

Mes deux petites. Il y a longtemps qu'elles ne se sont pas vues. Cela fait sept ans que Solène vit en Italie, en périphérie de Turin, et elle n'est rentrée en France que quatre ou cinq fois, depuis. Elle a trouvé sa voie, envers et contre tout - surtout contre tout, mais enfin, elle l'a trouvée. Elle vit dans un appartement qui lui plaît, vend ses photos à des magazines, et même à quelques galeries. Ça ne lui fait pas beaucoup de sous, mais elle se contente de peu. Je suppose qu'elle aime l'idée d'être « bien la fille de son père », étrangère à la frénésie des grandes villes, s'abreuvant à d'autres sources que celles qui polluent le monde, les pieds ancrés dans la terre rouge des campagnes. Dans cet équilibre ténu, elle semble apaisée. Elle a même rencontré un garçon gentil, Antonio, qui a l'air de la traiter comme il faut. Les ténèbres se tiennent en retrait.

– C'est chouette de te voir. Ça fait...

– Ça fait trop longtemps, coupe Solène en soulevant une branche pour laisser passer la jeune maman.

Derrière le rideau de feuillages, elles se retrouvent entre trois lilas qui font un cercle étroit. Une odeur fleurie les assaille, elles l'inspirent d'un même élan, dans un réflexe qui leur évoque leur enfance commune.

– Respire, ma chérie, murmure Cléo à Louise. Respire à fond.

– Je sais pas comment tu fais pour vivre ici. Franchement, ça pue, Paris.

– C'est vrai, mais il y a plein de choses que j'aime. Et puis on a la maison, on est bien.

– Ouais, lâche Solène. Théo est sympa. Et les grands, alors ? Ça ne doit pas être facile, je veux dire, ils doivent t'en faire baver, vu que leur mère...

Cléo réprime un frisson agacé. Cette façon qu'a sa sœur d'aller toujours gratter là où ça pince... Elle aimerait bien, parfois, que ce soit plus doux. Comme quand elles étaient petites. Mais ça ne marche pas comme ça, elle le sait ; Solène a besoin de mordre, surtout quand elle voudrait embrasser.

Cela dit, elle a le mérite d'être franche, et donc de pousser à la franchise.

– Ça dépend des fois. Forcément, c'est une situation spéciale, ils ont vécu quelque chose de tellement horrible... J'essaie de faire au mieux. Ils fonctionnent en vases communicants, tu sais ? Camille est passée par des moments très durs, là ça s'améliore. Et du coup, c'est Simon qui vrille !

– Qui *vrille* ? frappe Solène - car c'est une attaque, pas de doute.

Prise de court, Cléo s'arrête de marcher. Elle resserre Louise contre elle par réflexe.

– Non, enfin, j'ai dit ça comme ça.

Mais c'est faux, évidemment que c'est faux. Ces derniers temps, c'est bien l'image qui lui vient quand elle pense à Simon : la mèche d'un tournevis, métallique, acérée, qui peut soudain échapper à tout contrôle en fusant sur elle-même si on le déclenche. Gare à qui s'y frotte !

Et pour tout dire, elle a bien l'impression que c'est à elle seule qu'il réserve ses colères, ses insatisfactions, ses bouderies. Que c'est *contre elle* qu'il vrille. Même si c'est aussi contre elle qu'il se réfugie, la nuit, quand un cauchemar le réveille - contrairement à Camille, il a avec le sommeil un rapport contrarié, chaotique. Et Cléo n'ignore pas que, depuis quelques semaines, cela s'empire. Elle n'ose pas penser à l'état de fatigue où ils seront, Théo et elle, si la situation ne s'arrange pas, maintenant que Louise sera à la maison avec eux. La vision d'une interminable nuit blanche lui donne un court vertige.

– Ça va pas ? lui demande Solène, inquiète tout à coup, reprenant aussi cette expression légèrement ahurie qu'elle avait petite, quand elle sentait que quelque chose n'allait pas au chalet, parce qu'elle était comme connectée au corps de la famille.

Cléo pique un baiser sur le bonnet de Louise avant de répondre :

– Si, si. Je pensais à des trucs.

Elles contournent le troisième lilas, débouchent sur une allée bordée de buissons, brusquement à ciel ouvert. Le soleil blanc les fait cligner des yeux et, immédiatement, Cléo place sa main au-dessus des yeux de sa fille.

Abrupte, elle reprend :

– C'est normal que Simon ait de la violence en lui. Sa maman est morte quand il avait sept ans.

Solène shoote dans un petit caillou, qu'elle regarde rouler avec amusement.

– J'ai jamais dit que c'était pas normal, sœurette. Je voulais pas te faire du mal, tu sais, c'est l'inverse.

Sentant que les mots sont pénibles pour Solène, et traîtres, Cléo s'adoucit. Et brusquement elle sait comment répondre à sa sœur, brusquement elle la comprend mieux que personne, comme à l'époque où elles partageaient la même chambre et se chuchotaient jusque tard le soir des secrets sans importance qui, à leurs yeux, étaient l'univers entier.

– Je sais, So. En plus, tu as raison : c'est pas « facile ». Ce qu'on vit tous les quatre - enfin, tous les cinq -, c'est beau, fou, c'est très émouvant et riche, et je n'échangerais ma place pour rien au monde... mais ce n'est pas « facile ». Ni pour les enfants ni pour moi, parce que j'ai quand même le rôle de cette salope de belle-mère et qu'en plus, leur maman est morte. Parfois, je me sens un peu seule, ou plutôt... Je ne sais pas comment dire. Parfois, j'ai du mal à trouver ma place.

Tout en prononçant ces mots, elle voit s'afficher dans son esprit, comme sur un écran de cinéma, le titre d'un souvenir : *Simon sans Manteau.*

C'était le mois dernier, à l'heure d'emmener les enfants à l'école. Tout le monde s'était préparé au pas de course, y compris elle, ralentie par ce gros ventre où barbotait une Louise qui commençait à préparer tranquillement son arrivée.

Au moment d'ouvrir la porte, Cléo avait fait son habituel « check » mental, cartables, chaussures, manteau. Camille avait le sien, mais Simon s'apprêtait à sortir sans rien d'autre qu'un pull.

– Ouh là non, mon grand, mets vite ton manteau !

Théo, derrière, nouait ses lacets.

(En y repensant, Cléo s'aperçoit qu'à cette seconde-là, en vérité, elle savait que la mèche allait se déclencher. Qu'elle avait posé le doigt sur la vrille. Au point de se demander dans quelle mesure elle n'en a pas été responsable... Cléo, ma Cléo, voudrait répondre de tout.)

Simon, d'abord, a fait mine de ne pas l'entendre.

À revoir l'enchaînement des séquences, c'est à se demander si, l'un comme l'autre, ils ne voulaient pas que la vrille s'active.

S'il y a bien une chose qui insupporte Cléo, c'est que son garçon (son fils, elle pense à lui en ces termes lorsqu'elle s'y sent autorisée) feigne de l'ignorer. Théo a eu beau lui dire à de nombreuses reprises qu'il ne fallait pas « le prendre contre elle », que c'était un réflexe d'enfant certes agaçant mais fréquent, elle vit ces rebuffades comme un affront personnel, une façon presque délibérée de la blesser.

Presque, seulement presque, parce qu'elle sait bien que ce petit garçon n'a aucune méchanceté en lui. Mais cela n'empêche pas la souffrance ni l'humiliation.

– Simon, tu m'entends ? Mets ton manteau.

Elle surprend dans son œil vif cette lueur qu'elle n'apprécie pas, et qui annonce le conflit. Le petit elfe, dans ces instants, semble animé d'un feu noir qui accélère ses gestes, durcit ses paroles, menace sans cesse de l'embraser.

– Nan mais c'est bon, il fait beau ! il réplique, les mains serrées trop fort sur les bretelles de son cartable.

Cléo se tend aussitôt, alertée par l'insolence du ton. Sans qu'elle s'en aperçoive, elle a posé une main en rempart sur son ventre… et elle va chercher le regard de Théo, qui se redresse.

Ce qu'elle lit dans ses yeux la désarçonne. « Et c'est reparti » ; c'est ce qu'il est en train de se dire. Il affiche une fatigue manifeste, de l'irritation, moins pour le ton qu'a employé Simon que pour « l'acharnement » dont il estime que Cléo fait preuve.

C'est leur principal sujet de conflit : il ne peut pas s'empêcher de défendre son garçon, comme s'il estimait que lui seul peut le comprendre, comme s'il pensait que toute autre autorité que la sienne risquait de le heurter, lui qui a déjà vécu tant de drames et qui l'a accompagné dans l'enfer… Souvent, il essaie de se raisonner, mais cela lui coûte, ce n'est pas naturel ; ça n'a rien de « facile ».

Dans la seconde, il envoie même un regard furtif vers la baie vitrée du jardin, pour laisser entendre à Cléo que, bon sang, c'est vrai qu'il fait beau, pourquoi faire tant d'histoires.

Elle persiste, cependant.

– Non, Simon, ce n'est pas « bon », comme tu dis. D'abord, j'aimerais que tu me parles autrement, et surtout que tu arrêtes de négocier. Mets ton manteau, c'est tout.

Simon la dévisage, chargé à bloc de ce feu noir qui crépite en lui. Et il pousse un long soupir - un soupir comme une vrille, exactement, qui met les nerfs de Cléo à vif. Elle entend Camille émettre un petit hoquet inquiet à côté d'elle, et ça l'énerve encore plus.

– Ne souffle pas, c'est un manque de respect *insupportable.* Je veux que tu mettes ce...

– Bon !

Le mot de Théo a claqué comme un éclair, ponctué par le bruit mat de sa paume se plaquant sur le mur. Tous se figent et le fixent, déroutés. Il tremble légèrement, furieux et très triste de voir que son monde parfait ne tourne pas comme il le voudrait. Théo a peur des failles, des glissements de terrain, il redoute souvent que la terre s'ouvre sous ses pieds et l'engloutisse, laissant ceux qu'il aime livrés à eux-mêmes. Il a peur aussi, souvent, que Cléo se lasse d'un coup de cette vie singulière qu'elle a embrassée en même temps que lui, et qu'elle les laisse un jour, comme ça, d'un coup.

Il faut dire que les histoires que Cléo lui a racontées sur Diane l'ont fortement impressionné.

– Mon amour, dit-il. Est-ce qu'on pourrait, là, tout de suite, se dire que ce n'est pas la fin du monde s'il sort sans manteau ? C'est le printemps, il fait beau, j'aimerais vraiment qu'on ne se prenne pas la tête pour une histoire de manteau ! Et toi, Simon, mets un manteau si on te dit de mettre un manteau, merde !

Cette fois, Cléo pose les deux mains sur son ventre, elle a très envie de répliquer que ce n'est pas encore le printemps, non, pas avant plusieurs jours, et que de toute façon ça n'a rien à voir avec le froid qu'il fait, et qu'elle aimerait un vrai soutien, pas un coup de gueule qui la vise autant que Simon, et...

Et puis, elle lâche tout.

– Tu sais quoi ? Laisse tomber. Simon, tu ne viendras pas te plaindre si tu as un rhume.

La bêtise de cette phrase lui écorche les lèvres, elle pense à ces mères débordées qu'elle croise souvent devant l'école, qui traînent dans leur poussette des mômes trois fois trop grands pour être dans une poussette et qui leur hurlent ce genre d'insanités parce qu'ils ont fait tomber leur paquet de chips, « Viens pas te plaindre si t'as faim ».

Comme son imagination est vive, elle se voit immédiatement semblable à elles, pour avoir relâché sa vigilance, laissé les choses s'envenimer. Comme à la suite d'un accident qu'elle n'aurait pas su prévenir.

Elle ouvre la porte, attire derrière elle une Camille médusée et s'élance vers l'école, suivie des deux garçons.

Elle entend Théo râler contre son fils - mais ça n'arrange rien, c'est tout l'inverse.

Lorsqu'ils arrivent à l'école, ils tombent sur Pauline, qui vient de déposer ses filles.

– Ben, mon loulou, t'as pas de manteau ?! demande-t-elle innocemment à Simon.

Et, face aux visages navrés de ses amis, elle porte la main à sa bouche en comprenant qu'elle a gaffé.

En définitive, ils avaient choisi de rire de toute l'histoire, qui est gentiment entrée dans la légende familiale. Mais Cléo en a gardé une certaine blessure, rendue plus cuisante par la honte - réelle à ses yeux - d'avoir été prise en flagrant délit d'échec maternel.

Un chevrotement humide la ramène sous le feuillage de la cour. Louise se tortille contre elle en tendant le cou pour happer l'air, sa bouche s'ouvrant et se fermant comme un clapet.

– J'y connais rien, mais tu crois pas qu'elle a faim ? dit Solène.

Ce serait un bon moment pour s'énerver mais, à la vue de son bébé, Cléo se calme instantanément. Sa fille a faim, il faut la nourrir.

– On va aller se rasseoir, je serai mieux pour lui donner le sein.

– Ouais, répond Solène.

Elles reviennent sur leurs pas. Et bizarrement, en cheminant, Cléo sent que ce souvenir désagréable ne lui a pas fait que du mal. Sans qu'elle comprenne pourquoi, elle s'aperçoit même qu'elle y a puisé une force nouvelle, qui rend son pas plus sûr.

– Tu vas descendre voir César ? demande-t-elle à sa sœur, qu'elle trouve soudain très belle, avec ses cheveux noirs en fouillis, sur ce fond vert émeraude qui les englobe.

– Je crois pas que j'aurai le temps. Avec Antonio, on a prévu un week-end au bord de la mer à la fin du mois… Faut que je bosse un peu avant, sinon je vais être à la bourre. Mais, tu sais, je le vois de temps en temps, on n'habite pas très loin. Et puis, j'aime bien rentrer chez Papa.

Cléo sourit. Pour Solène, le chalet sera toujours « chez Papa ». César y vit seul depuis que Diane s'est installée dans un appartement de la vallée, mais ce n'est pas chez César… c'est chez Papa.

– Et… Et Maman, So ?

Un temps. Froissement de feuilles.

– Nope. Pas question de m'infliger ça maintenant que j'y suis plus forcée.

Cléo soupire. Elle n'obtiendra rien de plus et elle le sait. Bien qu'elle répugne à l'admettre, certaines choses ne se réparent pas.

Elles arrivent au banc, où Théo, Simon et Camille sont perchés comme des oiseaux. Ils bavardent.

– Cléo !

D'un bond joyeux, Simon gambade vers elle.

– Elle s'est réveillée ? Pourquoi elle pleure ? Elle a faim ?

Cléo caresse sa joue bien rouge de garçon intranquille.

– Oui, mon chéri. Je vais lui donner à manger.

Il la récompense d'un sourire rassuré.

Et à cette seconde précise, Cléo sait pourquoi le souvenir des manteaux l'a emplie d'un afflux agréable, doux. Elle l'avait oublié, mais, le soir de cette journée qui avait si mal commencé, la meilleure amie de Théo, Léonore, était venue dîner à la maison. C'est la marraine de Simon, et il l'adore - d'ailleurs, s'il rêve de devenir comédien, c'est aussi pour faire comme elle.

Ce soir-là, Simon avait improvisé pour eux un spectacle de théâtre musical, embringuant Camille pour narrer la « légende du Prince-sans-manteau », qui serait mort de froid sans l'intervention de la Fée-des-montagnes.

– Alors la Fée, qui était sévère mais juste, cousut…

– *Cousit*, n'avait pu s'empêcher de rectifier Théo, récoltant un regard courroucé de Cléo et une taloche de Léonore.

– Alors la Fée *cousit* une couverture de mousse. Elle la mit sur les épaules du Prince, qui rentra dans son château juste avant la tombée de la nuit.

En se courbant dans une révérence un peu pitre, sous les bravos des adultes, Simon avait envoyé à sa belle-mère un coup d'œil gentil. Un coup d'œil que la nuit ne guettait pas.

5

Sauve-moi

24 décembre 2005

Salut ma So,

Je t'écris d'une terrasse de café à Buenos Aires, sous un ciel qui ressemble à ceux de nos plus jolis étés. Franchement, si le petit Jésus était né dans le coin, il n'aurait même pas eu besoin de l'âne et du bœuf pour se réchauffer. Tu me diras, l'histoire aurait été moins pittoresque.

Ça fait une drôle d'impression, tout ce vert dans une si grande ville, avec ces gens, les voitures, le bruit, la musique aussi, et puis ces palmiers plantés au milieu d'immenses places aux teintes ocre ou roses, et ces vieilles églises en pierre jaune calées au pied des tours de verre qui filent droit vers le soleil !

Ça fait surtout drôle quand je ferme les yeux pour penser à notre village, qui somnole gentiment, et à nos montagnes tellement moins hautes que de ce côté de la planète. En ce moment, elles doivent être « coiffées de coton », comme disait Papa...

Ce matin, ma So (l'après-midi pour toi), je ferme fort les yeux, pour penser à toi.

C'est le premier Noël qu'on ne passera pas ensemble.

C'est aussi le premier Noël sans Papa – et ça y est, de l'avoir écrit, je chiale.

Tu sais quoi ? En me voyant sangloter comme une pauvresse sur mon ordi, le serveur est venu me demander si j'allais bien, et il m'a offert un autre café.

Ça arrive souvent, ici. Les gens viennent naturellement te parler, ils sourient beaucoup. On n'a pas l'habitude, surtout nous. Et finalement, je me dis que c'est le genre d'habitude qu'il faut prendre : voyager, aller voir ailleurs si on y est, sauter par-dessus la barrière !

Il faut le faire, So. Avec tous ses défauts, Maman a raison là-dessus. Et non, je ne dis pas ça pour la défendre. Je dis seulement que ce n'est pas renier le souvenir de Papa que de s'éloigner pour quelques semaines, quelques mois, de ses chères montagnes – qui sont aussi les nôtres, bien sûr.

Pour prendre l'air.

Ma So, je ne voudrais pas que tu croies que c'est facile pour moi. Depuis que je suis partie, j'ai l'impression d'être une girouette à émotions : je ris et je pleure, alternativement, comme je respire. Dans les déserts chiliens, je n'étais que larmes, une fontaine, le guide croyait que c'était à cause du spectacle – et en fait, c'était un peu ça aussi, j'avais l'impression que les couleurs des dunes explosaient dans mes yeux et ça me bouleversait, toute cette beauté qui sortait en geysers, juste sous mes pieds, de la terre toute craquelée. Il me disait en rigolant de faire gaffe à ne pas me déshydrater parce qu'on n'avait qu'une gourde pour l'excursion. En Bolivie, dans la forêt tropicale, je n'arrêtais pas de rire, mais à un point où ça devenait flippant, tu vois ? J'avais l'impression d'être shootée.

Là, à un peu plus de la moitié de mon séjour, je suis à mi-chemin entre rires et pleurs. Je me sens un peu plus stable, un peu moins sur le bord de la corniche. Merde, j'aurais dû trouver une autre image, ça remonte...

Bref : non, ce n'est pas facile. C'est comme si j'avais besoin de vivre mille trucs très forts, très fous, de courir à fond la caisse pour faire sortir la peine et la douleur de mes poumons !

Une fois, dans la forêt, j'ai poussé le plus grand hurlement de ma vie. Bon, au départ, c'était parce que j'avais vu une araignée énorme (un monstre, je te jure !) - mais ça m'a fait un bien, tu n'imagines pas... J'ai tout laissé sortir, et après j'ai chialé, encore, et je me suis sentie apaisée. Je me suis dit que Papa aurait aimé bourlinguer dans la jungle si on l'avait parachuté là. C'était un beau moment.

Moralité : il faut hurler quand on peut le faire.

J'ai même rencontré un mec, figure-toi ! C'est un Argentin. Il s'appelle Emilio, il m'emmène partout, dans les bars, les soirées. Il est très, très, très beau, il a des yeux magnifiques - et il joue de la guitare, cerise sur le gâteau puisque c'est le truc qui me fait craquer à chaque fois.

Hier, il m'a présentée à toute sa famille : ils vivent tous ensemble, à treize, tu te rends compte ? La grand-mère, les parents, les fières et les sœurs, les cousins... Là-bas, ça ne choque personne.

L'*abuela* m'a serrée dans ses bras comme si elle me connaissait depuis toujours, et elle a insisté pour me garder à déjeuner. Emilio a été super, il me traduisait quand la conversation allait trop vite.

Ce n'est pas une histoire sérieuse, mais on s'entend bien et, j'avoue, je suis quand même sur un nuage. Si t'es sage, je te raconterai les détails à mon retour ☺.

Mais toi, ma So, comment tu vas ? Maman m'a écrit, elle m'a dit que c'était dur entre vous. Je ne te juge pas, je sais que tu as plein de raisons de lui en vouloir et que tu as décidé de ne pas lui pardonner. J'espère seulement que vous arriverez à trouver un terrain d'entente, et que tu fais attention à toi. Elle avait l'air plutôt inquiète, elle dit qu'apparemment tu sèches beaucoup les cours...

Encore une fois, je ne veux pas te juger ou te faire la leçon. Je m'inquiète pour toi, je pense à ma petite sœur que j'aime. Si tu as besoin de parler, je suis là pour toi, même à l'autre bout de la planète. De toute façon, je rentre dans deux mois.

N'hésite pas, d'accord ?

Je dois filer, Emilio arrive ! (Il t'embrasse. Je lui ai appris à dire « Plein de bisous », et maintenant il sort ça tout le temps - avec l'accent, ça sonne super sexy).

Ma sœur adorée, je te souhaite un joyeux Noël, même si ça a l'air absurde vu qu'on sait bien qu'on va tous être très tristes à minuit, en pensant à Papa.

Tu te souviens du sapin qu'il avait rapporté, il y a deux ans ? On ne pouvait même pas le faire passer par la porte ! C'était quelqu'un de très concret, de très manuel, mais en même temps, il avait souvent l'air de débarquer d'une autre planète. Notre père était un grand rêveur, et on tient de lui.

En ce moment, ma So, je crois que tu navigues dans des rêves qui ressemblent à des cauchemars. Je t'imagine sur une barque en plein orage, et ça me fait peur.

Voilà, c'est dit : j'ai peur pour toi. Je sais qu'il y a César sur qui tu peux compter, mais je sais aussi que ce n'est pas évident de lui parler.

Et il y a Maman, aussi.

Bon, tu as compris, quoi. Compte sur moi. Je serai toujours là pour te ramener à bon port, si tu veux bien me tendre la main. On n'est pas du genre à se noyer bêtement, ni toi ni moi, tu ne crois pas ?

Joyeux Noël, ma So, *cuidate mucho.*

Ta sœur qui t'aime.

*
* *

29 décembre 2005

Salut Cléo,

Merci pour ton mail. Excuse de pas t'avoir écrit avant, j'ai zappé. Mais arrête de t'inquiéter, ça va très bien ! Moi aussi je fais plein de trucs. Hier, on a tagué un hangar avec des copains (tu connais pas) et c'était mortel. Et moi aussi j'ai un mec, alors tu vois, on est synchro !

J'ai pas envie de parler de Maman, qui ferait mieux de s'occuper de ce qui la regarde (qu'est-ce qu'on s'en fout si j'ai séché le cours de physique, le prof est hyper chiant et j'ai la moyenne partout sauf là).

César va bien en ce moment, il s'éclate en ferronnerie, ça fait marrer de le voir à fond dans son délire. Il m'a même offert une pièce qu'il a faite tout seul, c'est une sorte de vautour de métal, je l'aime trop, je l'ai mis à côté de mon lit pour faire genre mon oiseau de compagnie (trop folle). Même, je lui parle, des fois, je lui dis « Va crever les yeux de mes ennemis, ô mon vautour ! » (trop trop folle).

C'est cool que tu t'éclates. Franchement, j'ai la haine d'être coincée là quand je lis tes histoires de jungle, tout ça.

Allez, à bientôt. C'est peut-être toi qui devrais t'inquiéter si tu te mets à pleurer dans les cafés ! Moi tu sais, je suis costaude, je suis comme Papa.

So-Ln

6

Tout ira bien

27 octobre 2017

Un bêlement de chèvre fuse en pleine prise d'otages. Un peu plus tôt, Théo se cachait dans la foule menacée par les Kalachnikovs de trois hommes cagoulés ; accroupi, il slalomait entre les jambes des civils terrifiés en cherchant Cléo, Simon, Camille.

Il savait que, comme dans un jeu vidéo, il suffirait qu'il les touche pour qu'ils disparaissent dans un « plop » lumineux et réapparaissent aussi loin que possible de ce centre commercial, à l'abri, sauvés.

Il avait d'abord trouvé Camille, grelottante et en larmes, l'avait touchée - *plop,* sauvée -, puis Simon, la bouche ouverte dans un cri silencieux, l'avait touché aussi - *plop,* sauvé -, puis, après un long moment de terreur, Cléo ; il l'avait touchée également - *plop,* sauvée !

Mais alors qu'elle disparaissait, il avait lu dans son regard quelque chose de terrifiant, un appel d'une urgence démente, dont il n'avait pas compris le sens.

Et puis, à l'instant précis où le bêlement de chèvre a jailli au milieu de la foule, faisant sursauter les trois hommes cagoulés, Théo a eu un flash.

Louise !

Son bébé, son tout petit bébé de six mois, où est-elle ? Il l'a imaginée comme une tortue renversée sur le dos, par terre quelque part, et il tremblait à l'idée qu'elle se mette à hurler, attirant sur elle les hommes cagoulés qui, à cause de cette foutue chèvre, tournaient déjà leurs armes en tous sens...

Putain de chèvre !

Le bêlement l'arrache à son cauchemar. Il ouvre les yeux, trempé de sueur, les coudes plantés dans son matelas : ce n'est pas un bêlement de chèvre, c'est un cri de bébé.

C'est le cri de son bébé. Louise s'est réveillée.

Encore.

– Oh non..., gémit Cléo, à côté de lui, en se fourrant la tête sous son oreiller. Je venais juste de me rendormir, non...

– J'y vais.

Elle lui répond par un grognement et se rendort tandis qu'il s'extirpe de sous la couette.

Il se lève. Des souvenirs de foule en panique roulent dans son esprit et, au loin, le cliquetis d'une arme résonne.

À l'étage, Louise s'époumone, il se dépêche de gagner l'escalier.

Je n'ai pas connu Théo. La roche m'a pris ça : je n'ai pas vu ma fille tomber amoureuse et devenir trois fois maman en à peine deux ans. Dans sa tête de jeune homme romantique, lui, il me voit comme un bloc de force, un père courage, peut-être une figure paternelle supplémentaire dans ce monde d'adulte dont il s'est longtemps vanté de ne pas faire partie, et auquel il oppose encore une fougue de gamin, par bravade...

Il ignore que dans ces heures nocturnes, je le regarde avec affection, en complice, accomplir les gestes du père.

Je le regarde faire.

Ouvrir la porte, se pencher sur le lit à barreaux, prendre l'enfant. La consoler, chuchoter, la bercer. Frotter contre son menton la tête ronde et blonde, si douce. Chanter. Les gestes sont à la fois familiers et neufs ; il sait faire et il a tout oublié.

Au fond de lui, il s'en veut de ressentir un agacement plus vif pour les cris de Louise que pour ceux de Simon et Camille, d'arriver plus vite à bout de nerfs. La fatigue des premiers mois, « avant », lui semblait moins intense. Il accuse un peu l'âge - il faut dire qu'il approche des quarante ans là où, pour Simon, il n'en avait pas trente.

Et puis bien sûr, il y a tout ce qu'il a vécu durant la fin de vie de Sarah, les allers-retours à l'hôpital, le combat, la peur constamment accrochée aux tripes avec le quotidien étalé par-dessus comme une couverture inconfortable... enfin, cette immense épreuve qu'il a surmontée en portant tout à bout de bras, animé d'une énergie insensée qu'il a aussitôt réinvestie dans sa rencontre avec Cléo, dans leur amour neuf et dans la grisante impression de revivre, de *renaître* même, puis dans la famille à reconstruire - et, pour finir, à agrandir, avec la venue de cette petite Louise.

Son troisième enfant ; son premier bébé avec Cléo.

Louise dont les bêlements de chèvre, bientôt, perdent en vigueur, à mesure qu'il la berce en chantonnant l'air de *Old Black Joe* :

> *Gone all the days*
> *When my heart was young and gay*
> *Gone all my friends*
> *In the cotton fields away*

Par chance, elle n'a pas eu besoin de biberon : la berceuse a suffi. Il la repose du bout des ongles par crainte qu'elle ne se réveille, mais, autre coup de chance, elle ne se réveille pas.

Il la regarde. Il l'aime tellement qu'il n'ose pas s'avouer à quel point. La vérité est aussi que, dès qu'il pose les yeux sur elle lorsqu'elle dort, le mot *MORTE*, en capitales, vient tonner dans son esprit avec un « plop » lumineux. Et c'est plus fort que lui, c'est un sale réflexe qui l'irrite et l'horrifie - alors, comme à chaque fois que ça se produit, il secoue vivement la tête et étouffe la méchante voix qui le nargue, lui promet le pire, le tient intranquille.

Dans le noir de la chambre, il maudit le sort qui l'a ainsi marqué au fer, à lui faire redouter d'être à nouveau capable de se réjouir sans être effleuré par l'aile noire de l'angoisse. Il rêve à l'insouciance qu'il a perdue, et prie pour que Louise ne souffre pas, plus tard, d'avoir été bercée par un père qui connaît assez la mort pour la craindre vraiment.

– Bonne nuit, ma chérie, il chuchote.

Un sourire lui vient en la voyant froncer le nez dans son sommeil. Toute insouciance n'est peut-être pas perdue.

D'un pas titubant, il regagne la chambre où Cléo dort, non sans jeter un regard sur l'horloge lumineuse du four qui indique 2 h 37.

Dors, mon garçon. Dors, maintenant !

*
* *

– Papa... Cléo... Papa...

Théo sent Cléo qui se redresse à côté de lui. Froissement de draps. Il sursaute, émerge à peine du sommeil qu'elle s'est déjà levée. Il la voit tituber vers la frêle silhouette qui se dresse sur le seuil de la chambre.

– Simon ?... Mais mon grand, qu'est-ce que tu fais là ? C'est la nuit, file te coucher !

Simon. Il s'est réveillé. En plissant les yeux, Théo discerne les contours de la silhouette sombre, voit apparaître le nez fin, les cheveux en bataille, les sourcils joliment dessinés, les bras longs et un peu raides, cette posture d'elfe bancal qu'il chérit tant. D'habitude.

– Oh putain, c'est pas vrai...

Il jette un coup d'œil à son téléphone posé au pied du lit, certain qu'il y trouvera une bonne raison d'alimenter sa fureur croissante.

Et ça ne manque pas. Il est 4 h 12. Une cascade de chiffres lui dégringole sur le crâne. Ils ont couché Louise à 20 heures, puis ils se sont couchés deux heures après, elle s'est réveillée à minuit, Cléo l'a allaitée puis rendormie au prix de quinze minutes de berceuse, elle s'est à nouveau réveillée en pleurant et Théo l'a rendormie à 2 h 37 (flash de l'horloge du four)... et voilà que Simon, neuf ans - pas trois, pas quatre, non, *neuf ans, bordel !* - les réveille une *troisième fois* à 4 h 12.

Et ça fait six mois que ça dure. Six mois que Louise les réveille deux ou trois fois par nuit, ce qui est fatiguant mais, au fond, serait supportable, c'est le lot des jeunes parents, s'il ne fallait *en plus* qu'ils se cognent les insomnies du grand !

Ça a commencé peu de temps avant la naissance de Louise, et ça semblait tellement sortir d'un manuel de psychologie pour les nuls qu'ils ont pensé, naïvement, qu'ils viendraient vite à bout du problème.

Ils ont parlé à Simon, beaucoup, expliqué, mis les choses en perspective, contextualisé, rassuré, accompagné, réconforté. Théo était convaincu que la situation s'arrangerait d'elle-même - il reprochait même ses mouvements d'humeur à Cléo, lui rappelant sans cesse que Simon était un garçon en deuil et qu'on ne pouvait pas lui en vouloir d'être perturbé par l'arrivée d'une petite sœur, en lui répétant aussi d'être patiente, compréhensive, d'avoir confiance. Simon avait affronté le pire, il surmonterait ce cap. Tout ce qu'il fallait faire, c'était être là.

Cléo, en retour, lui a parlé de César et du psychologue que Diane lui avait fait voir ; Théo refusait d'écouter.

Au bout du troisième mois, pourtant, sa conviction avait commencé à vaciller et il était parvenu à entendre le conseil de Cléo.

Ils avaient pris rendez-vous avec une psy.

Fidèle à son tempérament impatient, Théo avait compté sur une amélioration immédiate, une unique séance qui agirait comme une illumination pour Simon.

Là, il comprend que les choses prendront du temps, et ça ne le ravit pas.

– Y en a marre, putain !

Il n'est pas armé pour ça. Les yeux brûlants de fatigue, il s'assoit en soufflant sur le bord du lit, face à Simon qui a un mouvement de recul.

– Qu'est-ce que tu as !? Qu'est-ce que tu as *encore* ?

– Je... J'arrive pas à dormir... Ça m'angoisse que tout le monde dorme sauf moi. S'il se passe quelque chose de grave, vous pourrez rien faire...

Théo se frotte le visage. Il aperçoit Cléo, qui s'est agenouillée devant Simon pour l'apaiser – et il se voit crier avant même de commencer à le faire :

– Il ne va *rien* se passer de grave, bon Dieu ! Le seul truc grave, là tout de suite, c'est que tu viennes nous réveiller à quatre heures du mat' alors qu'on a dormi deux heures, et qu'on est crevés, et qu'on ne peut *rien* te dire d'autre que : « Dors ». Alors, *s'il te plaît*, va te recoucher, dors ! Tu as neuf ans, tu n'es plus un bébé – on en a un, de bébé, et on ne peut pas en gérer deux en même temps, c'est compris ?

La pièce lui semble tanguer quand il s'arrête. Il s'en veut aussitôt d'avoir été si dur... En même temps, il se dit qu'il fallait bien que ça sorte.

Et c'est vrai. Il fallait bien que ça sorte, Théo, mon garçon...

Il valait mieux que cela ne reste pas en toi.

Mais à cet instant, Simon tord les lèvres d'une façon que ses parents lui connaissent bien. C'est un tic discret qui lui vient quand il a une bêtise à confesser, ou une idée saugrenue dont il n'ose pas faire part.

– Quoi ? reprend Théo, en s'efforçant de tempérer sa voix.

– Ben... dans mon lit...

Cléo s'avance pour faire signe à Théo qu'elle prend le relais. Elle encourage Simon à poursuivre :

– Dis-nous, mon grand. Qu'est-ce qui se passe ?

– Ben, je m'ennuie dans mon lit.

Le choc encaissé, Théo bondit :

– Tu T'ENNUIES ? Tu es en train de nous dire que tu T'ENNUIES et que c'est pour ça que tu débarques à quatre heures du...

– Mon amour, moins fort, tu vas réveiller Louise !

Théo se fige. Il se rend compte qu'il tremble de colère. Toujours agenouillée, Cléo l'implore du regard.

Et à vrai dire, ce regard - si doux soit-il - n'aurait sans doute pas suffi à le calmer si Théo ne s'était pas aperçu de quelque chose d'autre, dans ce même instant. Quelque chose qui le déroute mais le charme aussi, et vient à son secours.

Simon, dans sa confusion, est tombé dans les bras de sa belle-mère. Il gémit doucement contre elle.

Or, si la seule possibilité d'avoir fait peur à son fils l'horrifie, Théo chérit tellement l'idée que Simon trouve un abri en Cléo, un refuge, qu'il est prêt à assumer le rôle du croque-mitaine pour quelques secondes.

Il se rassoit sur le lit, vaincu mais loin d'être à bout d'espoir. Il y a une lueur, il le sait, il suffit de la garder en ligne de mire. Cette lueur, à ses yeux de papa éreinté, c'est le petit losange blanc qui se découpe entre les ombres emmêlées de Simon et Cléo, et qui se loge précisément entre son front à lui et son menton à elle ; ce petit losange blanc contient toute la dévotion que Cléo a pour Simon, et toute la confiance qu'il a pour elle.

Ce petit losange blanc est le lieu possible de leur apaisement, leur refuge à tous.

Je sais que ma Cléo a toujours eu une certaine difficulté à occuper les espaces qui l'entourent ; mais dans celui-là, elle comprend d'instinct qu'elle est la bienvenue. Tandis que Théo s'adosse à l'oreiller, s'assumant en spectateur, elle caresse les cheveux de Simon et l'assoit tout contre elle, non pour l'endormir - ce n'est plus un bébé qu'on endort sur ses genoux, c'est un enfant tourmenté qui a besoin qu'on l'écoute -, mais pour l'apaiser afin qu'il puisse faire sortir de lui le venin qui le ronge, le tracasse... qui l'ennuie, en effet.

Une fois qu'elle le sent plus calme, et ce sont ses bras de mère qui savent cela, elle murmure :

– Mon grand, dis-moi : tu ne sais plus trop où est ta place, c'est ça ?

Depuis son siège de spectateur, Théo fait la grimace. Avec la meilleure volonté du monde, il doute que Simon comprenne quelque chose à cette question d'adulte. Il trouve d'une façon générale que les parents d'aujourd'hui barbotent trop souvent dans une grande marmite psychologisante où se mêlent les incitations à « respecter le territoire de l'enfant », les manuels d'éducation bienveillante et d'innombrables méthodes toutes faites censées conceptualiser les différentes étapes du parcours de vie des petits.

Ces histoires de « place », franchement, ça le dépasse. Et d'ailleurs, il serait très surpris que Simon...

– Oui ! Je sais plus où est ma place !

Et le petit elfe de fondre en larmes dans les bras de ma Cléo. Laquelle envoie à son homme un regard étonné mais heureux.

– Eh ben, dit-elle, c'est un début, ça. Allez, en attendant, pleure, ça fait du bien. Fais sortir.

Fais sortir, mon grand.

7

Solène en suspension

7 juillet 2006

Il suffit de peu pour que l'on glisse. De bien peu. J'ai payé, et les miens aussi, pour le savoir. Un instant d'inattention, une absence ou un écart - qu'on impute au hasard et qui en vérité naît de l'accumulation de mauvaises habitudes... des habitudes que l'on a toujours su nocives, mais qu'on laisse s'entasser à l'intérieur de soi parce que mille sources noires coulent en nous, qui tout à la fois charrient ces habitudes et nous empêchent d'y arrêter notre regard ; et ces sources se nomment *peur*, *colère*, *défiance*, et ces sources accélèrent le temps tragiquement, et ces sources font le lit de notre vie solitaire puis la conduisent vers des abîmes rocheux, jusqu'au moment où le drame (pourquoi là et maintenant, on l'ignore) frappe ; et où vient la chute, qui guettait, qui attendait son heure.

Mais bien sûr, personne ne peut passer son existence à regarder par-dessus son épaule pour prévoir le danger : personne ne peut cheminer en gardant les yeux fixés sur les sources noires qui l'escortent, c'est bien là le drame de l'existence ; on ne peut qu'accueillir la chute quand elle surgit, faute de courir à côté de sa vie en prétendant veiller sur elle.

Les erreurs d'estimation, on les fait seul. Nos sources noires ne sont qu'à nous, elles sont incommunicables.

La chute, en revanche, on peut l'affronter à plusieurs. Et l'unique chose à faire, quand l'un des nôtres est frappé, c'est d'être *là*, avec lui ; pour lui. Si possible à plusieurs, et si possible soudés ensemble afin de faire bloc, de composer une masse de granit assez solide pour offrir une prise à celui qui dérape.

Le 7 juillet 2006, au point le plus sombre de la nuit, c'est ma Solène qui a chuté.

Cléo, la première, a entendu l'alerte. C'était un de ces cris silencieux qui viennent jaillir en stridulant sous la surface de l'air, et que nous savons si rarement entendre, à force de les confondre avec le brouhaha du monde...

Elle était en train de réviser sur son lit, allongée à plat ventre, mâchonnant son crayon, les mollets lui battant les fesses. Pour une fois qu'il y avait un peu de silence à la maison, elle en profitait pour bosser - après ses six mois en Amérique du sud et les six mois suivants employés à *faire le point* sur la suite de ses études, décision prise avec une nonchalance qui avait ébahi son entourage (« Je trouverai quand le moment sera venu ! », répondait-elle joyeusement aux regards inquiets et aux questions inquisitrices), elle s'était mise corps et âme à préparer Sciences Po Lyon. Pas par amour pour la politique, plutôt dans l'idée de travailler plus tard dans la culture, pourquoi pas dans le domaine du spectacle...

Diane s'était félicitée de la résolution de sa fille.

– En fait, lui avait dit Cléo, un matin au petit déjeuner, c'est un peu toi qui m'as donné envie de m'orienter dans cette voie.

Sur le coup, Diane avait redouté le piège tendu, l'occasion trop belle de recevoir un sac de sarcasmes au visage. Mais ce n'était pas le genre de Cléo.

– Tu veux dire... avec ma carrière ?

Cléo avait pouffé sur son bol de café, ça lui avait fait une bouille très mignonne. La bouille que j'aimais bien faire naître sur son visage en lui donnant un petit surnom ridicule...

– Ben non, je suis quand même pas maso ! Pardon Maman, mais tu avoueras, ça pouvait difficilement me donner une impression de bonheur, ta carrière. Même si ça a fait de beaux films, hein ! Mais moi tu sais, je suis moins exigeante que toi, je tiens ça de Papa : j'ai surtout envie d'être heureuse, dans la vie.

– Tu as raison, ma chérie, avait murmuré Diane en se raidissant imperceptiblement.

Sans rien remarquer, Cléo s'est levée pour ranger son bol dans l'évier. Elle avait prévu d'aller passer la journée à la bibliothèque. Elle a lâché comme ça :

– Non, c'est ce bouquin que tu m'as donné quand j'étais gamine. Enfin, j'avais douze ans, mais j'étais clairement trop petite pour lire ça : *Le Théâtre et son double* d'Artaud. Seulement... je l'ai trouvé tellement beau, Antonin - il y avait sa photo en couverture -, que je me suis accrochée. Je l'ai lu et relu et relu, pendant trois ans. À une époque, je le connaissais carrément par cœur - je ne comprenais rien, mais j'aurais pu le déclamer comme un poème, et d'ailleurs c'est un peu ce que c'est, non ? Et puis, je ne sais pas, ça a infusé en moi. Aujourd'hui encore, quand je découvre un livre qui me plaît, ou un spectacle, ou un morceau de musique, j'ai souvent des bribes d'Antonin qui me reviennent. Je lui ai même inventé une voix dans ma tête...

– Tu pourrais entendre sa vraie voix, tu sais. Il a fait des enregistrements radiophoniques superbes.

– Oh là non, pas question ! J'aime mieux la voix de mon Antonin. C'est mon guide ! Quand je pense à lui, je vois ses mots s'inscrire dans ma tête, et en même temps, je l'entends qui me parle comme à une amie, ou une petite sœur... Par exemple, là, tiens, j'ai une phrase de son livre qui me vient : « *On peut également précipiter, ralentir et rythmer sa pensée. On peut réglementer le jeu inconscient de l'esprit »*... et hop, dans la seconde, je l'entends, lui, qui me dit : *« Prends ton temps, ma grande, les choses se feront d'elles-mêmes, parce qu'elles doivent se faire et parce que tu l'as décidé. Ainsi donc, tu travailleras un jour pour un festival de théâtre génial, au milieu de gens passionnants et pour un salaire plus que correct ! »*

Diane a éclaté de rire.

– Tu es bête ! J'ai bien failli marcher !

Après avoir posé un baiser furtif dans les cheveux de sa mère, Cléo a mis son sac sur son épaule.

– Le plus beau, c'est que tout est vrai, Mamounette Paupiette.

Et elle a filé vers la vie qui l'attendait, grande ouverte, dehors.

En fait, elle allait souvent à la bibliothèque parce qu'elle savait que, quand Solène était dans les parages, ça finissait toujours par barder. Diane et elle avaient beau, l'une et l'autre, se répéter qu'elles se contentaient de *cohabiter* dans cette maison, en une sorte de paix armée où la politesse serait leur seul lieu d'échange, il y en avait toujours une pour craquer.

Le plus souvent, c'était Diane, qui ne pouvait s'empêcher de tenter « une dernière fois » de convaincre sa fille de lui donner une chance, ce qui rallumait aussitôt la mèche des hostilités. Mais parfois c'était Solène, qui se mettait à asticoter sa mère, je ne dirais pas par méchanceté, peut-être pas, mais sur une impulsion brûlante qui y ressemblait rudement. Il fallait qu'elle l'agace, qu'elle aille voir si sa mère, indigne et coupable de tout, pourrait résister à la prochaine provocation.

Les premiers temps, lorsqu'elles s'étaient retrouvées seules au chalet - avec ce pauvre César qui tombait entre elles tous les week-ends -, elles étaient à peu près parvenues à s'ignorer. Depuis le retour de Cléo, c'était infernal. Six mois de cris, de pleurs et de portes claquées. Six mois au bord de la crise de nerfs...

Cléo goûtait donc tout particulièrement le silence, en ce samedi soir si paisible. Jusqu'à ce que ce silence, justement, commence à faire une sorte de bruit dans sa tête, une petite alarme aiguë. Elle a relevé le nez de son cahier. Et elle s'est mise à penser à sa sœur.

So était sortie, forcément ; cela expliquait le silence. Diane était en bas, en train de peindre (nouvelle marotte), César bricolait dans la cuisine. Et Solène, elle était allée... où ça, déjà ? Tout à l'heure, elle lui avait parlé d'un endroit super que ses copains et elle avaient découvert, un nom en « us »...

Cléo secoue la tête, agacée. Ça n'a pas beaucoup d'importance, le nom de la boîte où sa sœur est en train de traîner avec sa bande, mais ça l'irrite de ne pas s'en souvenir. Il y a aussi qu'elle s'en veut un peu de ne pas l'avoir mieux écoutée. Il faut dire que Solène est tellement compliquée, ces derniers temps... C'est une bourrasque, qui énerve, inquiète son entourage sans arrêt. On ne sait jamais ce qu'elle va dire ou faire - mais on sait que ce sera un embêtement supplémentaire.

Solène elle-même l'admet : « Je suis une emmerdeuse », elle en tire une bizarre fierté. Elle assume d'être perdue, « larguée » comme elle dit, sauf qu'elle n'affiche aucun désir de revenir à bon port. Tout passe et lasse, dans sa vie. Elle se lance dans une direction, puis elle envoie tout valser. Les noms de ses copains changent tout le temps, les fidèles d'hier se voyant détrônés par de nouveaux élus qui, soi-disant, vibrent de la même douleur qu'elle, de la même rage... puis sont également remplacés.

Il y a tout de même un nom qui émerge de ce brouhaha (« *Le brouhaha du monde fou de Solène* », pense Cléo, et cela lui arrache un frisson sans qu'elle sache pourquoi). Un nom qui survit à toutes les mues de Solène, semblant même s'incruster un peu plus fort à chaque fois qu'elle le prononce au détour d'une conversation.

Alex.

Quand elle pense à ce nom, Cléo entend la voix de son Antonin lui chuchoter qu'elle ferait bien de se méfier, mais il n'en dit pas plus. Et, à vrai dire, elle n'est pas allée plus loin, parce que Solène accapare trop souvent l'attention de son entourage, et qu'elle doit bien avouer que ça la gonfle un peu.

Alors voilà, l'impression désagréable que provoquent en elle les évocations de cet Alex par sa sœur, elle ne s'y est pas attardée.

Mais maintenant, dans le silence stridulant de l'absence de sa sœur, elle n'a pas d'autre choix que de s'y arrêter. Son Antonin n'a même pas besoin de lui parler : il se contente de faire naître en elle, lorsqu'elle formule dans sa tête le nom « Alex », une série d'images glaçantes, cœur battant percé d'une lame mouchetée de rouille, gant noir courant sur la peau nue d'une très jeune fille en pleurs, reniflement humide d'un mufle d'animal dans sa bauge, hurlement solitaire se cognant aux parois d'une pièce entièrement vitrée...

Stop. Elle ignore pourquoi elle associe ces images au nom de ce garçon, ce n'est sans doute rien d'autre qu'une lubie de son esprit qui joue à se faire peur, et elle s'en voudra très certainement d'avoir fait monter en épingle tout un fatras d'angoisses à cause d'une vague – *intuition ? prémonition ?* elle ne saurait même pas nommer ce qui l'anime –, et pour finir cet Alex est probablement un type inoffensif, au pire un de ces mecs nazes dont Solène s'entiche en ce moment, zonard sur les bords ou apprenti délinquant, pas de quoi s'affoler...

Seulement, l'alarme a commencé à hurler en elle, impossible de l'ignorer. Solène a dû lui dire quelque chose à un moment ou un autre, qui est venu se loger dans une part cachée de son cerveau, et qui désormais grésille pour lui dire qu'un danger menace sa sœur. Un danger nommé Alex.

C'est soit ça, soit une bête erreur, soit de la magie pure. Et à vrai dire, elle ne repousse pas complètement la troisième option.
Elle attrape son téléphone, compose le numéro de Solène.

*
* *

Au troisième appel sans réponse, elle est allée fureter sur son compte Facebook. Aux grands maux...
Rien trouvé.
Après le cinquième texto, elle décide d'écrire à Cynthia, une fille avec qui Solène traîne parfois, un peu moins chtarbée que les autres.
Dans son cœur, l'angoisse monte comme un nuage.

Hello Cynthia, tu sais où est ma sœur ?
Elle ne répond pas, je m'inquiète un peu.

Elle clique sur envoi, se fige. Voit passer en songe l'image d'un immense réseau de câbles et de tuyaux par lequel passe son message. Ça ne la rassure pas. *Si elle répond dans cinq secondes exactement, c'est que tout va bien. Un, deux...*
Quand son téléphone tinte dans sa main, elle sursaute. S'aperçoit que ses pouces moites dérapent sur le clavier du portable.

Elle è avc Alex

Cléo soupire. Moins chtarbée que les autres mais pas une flèche, Cynthia. Elle inspire pour reprendre son calme, écrit :

Oui, mais où ? Chez un copain, dans un bar ?

Envoi. Attente.

C'est un drôle de truc, vraiment, la peur. Vous posez le pied sur la roche, elle vous mordille vaguement le talon, comme un chiot. J'ai vécu ça cent fois. Vous grimpez, allègre, elle volète autour de vous sans faire plus de bruit qu'un papillon. Et puis, il y a cette seconde où vos pensées se braquent, à la manière d'un projecteur, sur un recoin sombre de vous-même que vous aviez oublié - une source noire - et soudain, c'est un orang-outang qui pèse sur vos épaules, et qui vous tire en arrière avec ses longs bras puissants ! Et alors, il suffit de si peu pour que l'on dérape...

Tintement de portable. Cléo cligne des yeux, clique sur ouvrir.

A l'orphus c une boite a Aiglun

Une boîte. À Aiglun - pas très loin de Gap, donc. Avec Alex. Elle rassemble les informations, se calme. Peut-être qu'elle est « partie en vrille », comme dirait So, un peu vite...

Tintement : nouveau message de Cynthia.

Cléo

Elle se raidit en voyant les points de suspension danser sur l'écran, tandis que Cynthia rédige un nouveau message.

El fè n'imp

Son cœur s'arrête, tout agrippé aux points de suspension qui, de nouveau, dansent sur l'écran. Elle imagine Cynthia pianotant.

Alex il a pri des trucs et elle è seule là-bas avec ses copain et lui

Il a pris des trucs.

Sur tout un tas de choses, ma Cléo a conservé des naïvetés de fillette - elle les cultive, même, tant elle préfère opposer au monde brutal un esprit innocent ; mais cette fois, elle comprend tout de suite. Bondissant de son lit, elle se rue vers l'escalier :

– Maman ! César !

Les deux accourent en bas, alertés par ce qu'ils reconnaissent dans sa voix.

*

* *

Concentrée sur la route, Diane affiche un visage de marbre. Les phares de la voiture percent le noir d'encre à grands traits de pinceau, tandis qu'elle négocie la descente en lacets jusqu'à la vallée. Cléo, assise à côté d'elle, entend sa respiration hachée, seul indice de son angoisse.

À l'arrière, César marmonne une bouillie de mots.

Le frein à main est à peine serré qu'ils jaillissent de la voiture. Marchent en rangs serrés jusqu'à la boîte de nuit - une sorte de gros cube d'obsidienne planté au milieu de rien, entouré de terre nue et de rochers. Le bâtiment évoque un container de paquebot qu'on aurait largué là par erreur.

– Une belle horreur, lâche Diane sans ralentir le pas.

Elle a dit pour faire diversion, mais ça n'a pas eu l'effet escompté.

– J'espère que tout va bien..., murmure Cléo, pas loin des larmes. On s'inquiète sûrement pour rien, c'est juste qu'elle, enfin que je...

– Tout va bien, ma chérie. On ramène ta sœur à la maison, c'est tout.

Cléo cherche l'appui de César ; il hoche la tête. Dans la pénombre, avec son blouson zippé jusqu'au menton et ses bras qui pendent le long du corps, il ressemble à un golem.

De l'entrée s'échappe une pulsation rapide de techno hardcore qui arrache une grimace à Diane.

– Au moins, ça s'accorde bien avec le décor, dit-elle en adressant au videur le signe de tête des gens habitués à entrer partout.

De fait, le gorille s'écarte, mine blasée. Cléo et César la suivent, et plongent avec elle dans un orage de noir et de rouge fluo, qui leur hurle aux tympans et les bombarde de flashs lumineux. Le sol colle sous leurs pieds. C'est une boîte assez cradingue, mal fichue, à la fois tortueuse et basse de plafond. Il n'y a pas foule : une soixantaine de jeunes dans un local qui pourrait en contenir le triple.

Ce sont principalement des garçons, et ils n'ont pas l'air d'humeur à s'amuser ; des regards d'impatience brillent dans le noir, les bouches happent l'air et les épaules se heurtent rudement. Un rire féroce éclate parmi les éclats de voix qui émergent du vacarme. Quelques types se retournent en fronçant les sourcils sur le passage de Diane, qui a placé une main recourbée sous son nez. Une violente odeur de sueur surplombe les autres - détergent, vague effluve de vomi.

– Elle n'est pas sur la piste ! crie-t-elle à Cléo pour se faire entendre.

Cléo acquiesce tout en regardant avec désolation les types placés en cercle, les poings au fond des poches, qui donnent des coups de menton en rythme avec les gigotements hilares de trois filles soûles.

– Par là, lance Diane.

Passé le premier cercle que forme la piste, un couloir serpente entre huit alcôves, elles aussi circulaires, garnies de bancs qui tournent autour de tables rondes. Les murs ont été recouverts d'un enduit de couleur glaise censé évoquer une caverne, ou peut-être une abbaye.

On dirait surtout une enfilade de tanières d'ours ; la puanteur y est encore plus forte.

Les trois inspectent chaque alcôve. La première est vide, les six suivantes peuplées de garçons maussades qui boivent des shots ou des mètres de bière, la septième est vide encore, et...

– Solène !

Le cri qui a jailli de Diane, c'est celui qu'elle n'a pas poussé lorsque sa fille a eu sa première chute de vélo - tout simplement parce que ce jour-là, elle était à l'autre bout de la France, à courir je ne sais plus quel miroir aux alouettes. Moi qui, en revanche, ai vu Solène faire son soleil, lancée à toute vitesse, petite tête brune de six ans fusant dans l'air après avoir buté sur une pierre (une pierre pas plus grosse qu'une pomme), je peux dire l'impression terrible du cœur qui se broie alors que l'on assiste à la chute ; ça, et cette conscience persistante du grotesque logé jusque dans le drame, et qui provoque un rire torve sous le sanglot qui pointe.

C'est tout cela que Diane a dit dans un seul cri.

Solène était étendue sur les genoux d'Alex, entre deux autres garçons qui ont sursauté, pris en faute, et ôté leurs pattes de son ventre et de ses seins.

Il faisait noir comme dans un four, ici, mais Diane avait tout vu.

– M-Maman ?... bafouille laborieusement Solène.

Ses yeux roulent d'avant en arrière, au bord du vertige, et sa lèvre pend sur une baveuse tentative de sourire. Diane a vu pas mal de gens dans cet état sur les plateaux, elle sait que Solène n'a pas fait que boire - ou alors, ils ont mis quelque chose dans son verre.

Les sales petits enfoirés. Ils lui ont roulé son tee-shirt jusque sous le menton et déboutonné le pantalon ; on voit sa culotte, une culotte de toute jeune fille.

Solène se redresse, rouge et haletante à cause de la chaleur, trop défoncée pour saisir ce qui se joue, se rue tête baissée dans cette rage noire qui est devenue quelque chose comme une ombre l'escortant partout.

– C-casse-toi, t'as r-rien à foutre là !

– Solène..., répète Diane, sous le choc.

– Casse-toi, putain !

Au fond d'elle-même, Solène sait qu'il faudrait fuir cet endroit et ces mecs dégueulasses. Elle sait aussi que Diane, et Cléo qu'elle aperçoit derrière à travers le brouillard, pourraient l'y aider. Hélas, elle ne *peut pas* : il y a cette rage-ombre qui, non contente de la suivre, s'est mise à la cerner de toute part, la tient prisonnière. Sortir du cercle noir, elle ne peut pas, c'est au-dessus de ses forces. Sortir, c'est terrifiant.

Tout à coup, une poigne de métal s'abat sur la peau tendre de son bras, et elle se sent enlevée au sol et à la peur.

Elle relève la tête. C'est son frère qui l'a arrachée aux mains des salopards, c'est son frère qui l'a placée hors d'atteinte. C'est César qui la sauve.

Avec des gestes très doux, il la confie aux bras de Cléo, où elle se niche. Et son visage redevient celui d'une toute jeune fille qui a besoin de repos et d'attention.

– Vous lui foutez la paix ! crie Cléo aux trois types, Alex en ligne de mire.

Pour une fois, ma fille aînée inspire tout sauf la douceur : son regard guerrier suffit à les pétrifier. Diane se joint à elle pour entraîner Solène loin de là. Elles s'en vont.

César s'apprête à les suivre... et puis, même s'il sait qu'il ne devrait pas - la tentation est trop forte -, il se retourne.

– Raclures.

Un grognement. Ses poings tremblent au bout de ses bras rigides et ses yeux sont atrocement fixes. C'est Alex qu'il dévisage, cet Alex qui joue les chefs de meute, les deux coudes sur les épaules de ses potes, se permettant déjà de lui lancer un sourire de défi.

D'une certaine manière, Alex est tout ce que César n'est pas. C'est un très joli garçon, le visage fin, des cheveux bouclés et noirs, jusqu'à la fossette mutine qui plaît tant aux adolescentes. César l'a croisé quelquefois. Il l'a entendu parler, toujours parler, pour se vanter, ou pour humilier, ou pour provoquer, ou pour nuire. Il a du bagout, il aime plaire et il sait qu'il prend très bien la lumière. Il n'y a sans doute pas grand-chose, dans l'existence, qui inquiète Alex ou le fasse douter.

D'ailleurs, c'est avec un sourire radieux qu'il réplique :

– Hé mon pote, me regarde pas comme ça, j'y suis pour rien si ta sœur aime se faire troncher par trois mecs en même temps !

César encaisse. Il ne proteste pas, il n'a pas de riposte bien sentie en réserve. Ce sont ses mains, ses deux mains rendues plus dures et plus massives depuis qu'il travaille le métal et le bois, qui parlent à sa place. Elles s'élèvent devant lui sans qu'il ait prononcé un seul mot, viennent s'agrafer au col du polo rouge d'Alex - un vêtement voyant que César n'oserait jamais porter, il mourrait de honte à l'idée d'attirer ainsi les regards.

Mais en cette seconde, il ne pense pas à ses innombrables limites et frustrations : ce sont ses mains qui pensent pour lui, qui *sont* lui alors qu'elles sortent Alex de sa chaise, lui faisant heurter la table du genou.

– Aïe, putain ! Lâche-moi, espèce de débile !

Sans prononcer un mot, César l'attire jusqu'à lui. Les deux autres se redressent, fidèles à leur chef, pour l'intimider, mais il ne les voit pas : ce sont ses mains qui voient pour lui. D'un coup sec, il envoie son front percuter violemment le joli visage d'Alex.

– Merde ! gueule un des sbires, couvrant le bruit gélatineux du nez qui se casse.

Le menton ruisselant de sang, Alex s'écroule en travers de la table. Ses deux potes font mine de lui venir en aide, pour éviter le regard du taré qui vient de lui bousiller la tronche.

Alors seulement, César revient à lui.

Il regarde ses mains avec l'expression étonnée qu'il avait, petit, quand il venait de terminer une maquette. Puis il secoue la tête et part rejoindre Diane et les filles, qui ont franchi le cercle des danseurs.

En les rattrapant, il entend Diane dire à Solène quelque chose comme *« sombrer ne serait pas faire honneur à ton père »*, et il entend Cléo lui chuchoter qu'elles vont s'occuper d'elle, que tout ira mieux.

À vrai dire, César ne sait pas si ça ira mieux. Il l'espère. Entre Diane et Solène, sans doute pas. Mais peut-être que pour Solère, quand même, oui, ça ira mieux après ça. À la réflexion, c'est plus qu'un espoir : c'est une intuition. Sa sœur *trouvera* un morceau de lumière dans son tunnel, comme il l'a fait lui-même il y a tout juste dix ans de ça, dans la cabane puante où j'étais venu le chercher.

Parler comme Diane, il ne sait pas, ni aimer comme Cléo. En revanche, *voir les choses*, il y arrive parfois. Il suffit qu'il laisse faire ses mains.

– Ça va aller, il dit, pour lui, pour se consoler de cette scène, de la douleur aussi qu'il sent monter tout en haut de son nez, pulsant en rythme avec la musique.

Il l'ignore, mais il en gardera une petite cicatrice.

Avant de sortir de l'Orphus, et même s'il sait qu'il ne devrait pas, il ne peut retenir un nouveau regard en arrière - vers l'alcôve du fond, où Alex se tamponne le visage avec une serviette en papier.

Pas de doute, ce mec est tout ce qu'il n'est pas. Et pour une fois, ça lui va très bien.

8

À mon fils

1er janvier 2018

Mon chéri.

Nous y voilà, c'est l'année de tes dix ans.

Tu te souviens de cette nuit où tu m'as dit que tu ne savais plus où était ta place ? Je crois que, depuis, tu l'as trouvée, dans le joyeux désordre de notre petite famille atypique, entre Camille qui s'affirme de jour en jour et Louise qui pousse comme une fleur entre nous. Et je sais que c'est le résultat d'un combat difficile ; un des si nombreux combats que, du haut de tes dix ans, tu as menés déjà...

Mais tu as fait quelque chose de bien plus incroyable encore, mon chéri, mon garçon, que de trouver ta place. En déposant ta colère entre mes mains, ce soir-là, tu m'as offert, à moi, ma place de mère.

Souvent, je le sais, tu te reproches de ne pas avoir sauvé ta maman. Tu aurais voulu l'arracher à la maladie, à la mort, tu aurais voulu être ce héros-là, qui n'existe pas. Et tu souffres parce que tu t'en veux - même si, au fond de toi, tu dois bien savoir que c'était impossible.

Souvent aussi, je le sais également, tu te reproches de m'avoir si vite adoptée. Tu crains de m'avoir laissée la remplacer dans ton cœur.

Tu t'en veux si souvent, mon chéri, et de tant de choses... Il faut que tu cesses de t'en vouloir.

Je ne remplacerai jamais ta maman, et sache même je ferai tout pour que son souvenir vive en toi ; pour que les images que tu as gardées d'elle guident tes pensées et tes actes tout au long de ta vie, et que les gestes que tu as hérités d'elle - je ne l'ai pas connue, mais je reconnais toujours ceux qu'elle t'a transmis comme en creux, à rebours de ce que je sais de toi - accompagnent le chemin que tu te traceras.

Sois-en sûr, mon chéri : je ferai tout pour que ta mère reste toujours à tes côtés.
Et si tu es d'accord, je viendrai m'asseoir, moi, à la place que tu m'as offerte une certaine nuit à 4 h 23, pour te regarder vivre et grandir, tout près de toi et pas si loin d'elle.
En alliée.

Si tu es d'accord, de cette manière, je pourrai t'adopter comme tu m'as adoptée, et je prendrai le relais.

Ainsi ta maman restera ta maman, mais tu seras mon fils également.

Pour bien te connaître, je suis convaincue qu'il y a, dans ton cœur d'elfe chantant, de la place pour nous deux.

Cléo.

Troisième partie

Maman dans le désordre (Louise)

*

– Cléo –

1

Jour de départ

8 septembre 2009

Je prends le large. C'est drôle : cette phrase s'est mise à tourner dans ma tête quand je me suis penchée pour refaire mes lacets, et c'est comme si elle avait pris possession de moi, comme si elle s'était changée, à force de tourner et tourner, en une sorte de vaisseau mental, excédant bientôt les parois de mes tempes puis flottant dans l'air et m'englobant entièrement, pour me prendre et me porter là où je vais aller.

Loin de chez moi.

Une fois mes lacets noués, j'ai eu la vision brève de deux petites chevilles d'enfant empaquetées dans de grosses chaussures de rando, avec en contrechamp, baigné de lumière, le vaste torse de mon père, un talon fiché dans la roche d'une de ses chères montagnes.

Je prends le large, papa, j'ai pensé encore, *et c'est aussi de toi que je m'éloigne.*

Une équation farfelue a aussitôt poussé dans mes pensées, à la façon d'un arbuste. La hauteur, c'était mon père qui la prenait - jusqu'à la chute ; la longueur appartenait à ma mère, toujours dans l'élan ; à moi le large. À César j'ai attribué la profondeur, j'ai trouvé que ça lui allait plutôt bien, lui qui passe sa vie à creuser la matière, tailler le bois ou forger le métal. Mes faibles aptitudes en géométrie ne m'ont pas permis de déterminer ce qu'il restait à Solène. J'ai interrogé mon Antonin, sans trop y croire vu qu'il y a un bout de temps qu'il ne me répond plus.

De fait, pas de réponse pour ma sœur, qui reste en flottement. Solène va mieux, depuis peu, elle a au moins décidé de réfléchir à sa voie plutôt que de continuer à foncer dans tous les culs-de-sac, mais elle est loin de l'avoir trouvée. « Je végète », elle répond quand on lui demande ce qu'elle pense faire maintenant qu'elle a eu son bac (de justesse, au terme d'une année de redoublement chaotique qui s'est conclue par trois mois de bûchage intensif et miraculeusement payant, alors que pour tout dire, aucun de nous n'osait l'espérer).

Tout en pensant à elle, je contemple le désordre de ma chambre, mise sens dessus dessous, envahie de piles de cartons, de tas de vêtements disséminés par terre en attente d'une valise-radeau et de bibelots ficelés dans du papier bulle. Je me dis qu'elle est à l'image de ma sœur : en chantier.

Et moi, alors ?

Moi, je prends le large. Cette phrase magique me sauve de la peur qui, déjà, pointait. Jusqu'à aujourd'hui, j'ai seulement taquiné les frontières, repoussé les rives de mon petit monde de relief vert et brun, mais sans me risquer à sauter vraiment. J'ai fait deux ans à Sciences Po Lyon, pris ce qu'il y avait à prendre, appris et lu beaucoup, eu quelques flirts et deux copains (quatre mois pour le premier, un Michael tout mou et très gentil, six pour le second, un Louis beaucoup plus sexy mais nettement moins gentil, avec une « rechute » de quinze jours et une ultime dispute retentissante en pleine place Bellecour), enchaîné les soirées, discuté dans des bars jusqu'à pas d'heure, accumulé les expos et vu des centaines de spectacles au théâtre, eu d'immenses coups de blues et des joies tout aussi immenses, connu une mémorable première cuite, contracté quelques mauvaises habitudes, noué des amitiés toutes neuves, déçu des gens, été déçue.

Et, quand j'ai pu, j'ai savouré mes rares moments de solitude.

Bref, j'ai nourri mon histoire et j'en ai collecté d'autres, mais je restais en sûreté. J'avais une chambre dans ma résidence étudiante, je rentrais quasiment tous les week-ends, et puis, au fond, je n'étais qu'à un grand jet de pierre de la maison - disons, une de ces pierres qui peuvent atteindre des hauteurs de plusieurs dizaines de mètres lorsqu'elles dévalent une pente raide. Je me tenais loin du bord.

Demain, je pars pour Paris. Je me sens très Rastignac ! En moins assurée...

Maman m'a aidée à chaque étape. On a choisi ensemble l'école de communication où je voulais aller, j'ai passé et réussi le concours. Elle s'est souvenue d'un de ses amis producteurs qui avait une chambre de bonne à louer, un 12 mètres carrés passablement défraîchi dans un quartier chic et vieillot, sous les toits, avec un lavabo servant aussi d'évier, une cabine de douche plantée au fond de la pièce et les toilettes sur le palier. Je m'y vois, comme dans un refuge...

Un coup de gros scotch, je referme un énième carton, me rassois sur mon lit pour souffler.

Ce soir, je dormirai ici pour la dernière fois. C'est Solène qui va récupérer ma chambre.

Cette pensée me fiche un peu le cafard.

Au fil des heures, le bazar s'organise. Mon regard glisse sur les inscriptions que j'ai tracées au marqueur, de cette jolie écriture d'écolière qui a toujours fait rigoler ma sœur. *« Fringues »*, *« Books »*, *« CD/DVD »*, *« Cours »*, *« Papiers admin »*, *« Écrits et poèmes »*... Rien de très excentrique. Je crois que je ne suis pas une fille très excentrique. Est-ce que ça veut dire que ma vie est ennuyeuse, sans surprise ?

Je ne sais pas. Je ne me suis jamais posé ces questions-là. Depuis toute petite, à vrai dire, j'ai l'impression d'être privilégiée ; par rapport à César, avec ses démons et son passé sordide ; par rapport à Solène qui semble *entravée*, depuis la mort de Papa. Je crois aussi, même si c'est quelque chose dont nous ne parlons jamais, qu'elle en souffre d'autant plus qu'il n'est pas son père biologique. Son géniteur, elle ne le connaîtra jamais, et je pense qu'en voulant porter à elle seule tout le deuil de notre père, elle espère qu'il soit un peu plus à elle qu'à moi...

Parfois, je me dis que si j'avais le courage d'en parler avec elle, de me confronter à elle et de lui dire ce que Papa pensait de l'idée d'enfant « véritable », elle irait mieux. Notre père avait mille qualités, mais il jugeait parfois inutile d'expliquer certaines choses, sous prétexte qu'elles lui paraissaient évidentes.

Et moi, je n'ose pas. J'ai beau m'en vouloir, ça ne change rien à l'affaire, et je ne suis d'aucune aide à ma sœur. Peut-être qu'au bout d'un an seule à Paris, loin de tout, loin des miens, j'y arriverai ? En secret, je rêve de me voir devenir presque malgré moi, par magie, une femme plus forte, plus aventureuse, une qui n'hésitera pas à pousser les portes fermées.

La porte de ma chambre s'ouvre pile sur cette pensée, et je souris à l'image de Papa jouant les marionnettistes, où qu'il soit, pour faire résonner nos pensées enfouies avec ce qui nous entoure. À ceci près que ce n'est pas Solène qui entre ; c'est César.

En le voyant piétiner sur le seuil, je comprends qu'il s'en veut d'avoir oublié de toquer. Les mains nouées devant son ventre, il attend que je le libère.

– Entre, César, assieds-toi, je dis en lui montrant un pouf rescapé de l'exode.

Avec un soulagement visible, il s'écroule dessus. Ses mains toujours nouées viennent pendre entre ses jambes. Je fais très attention à ne pas sourire de sa drôle d'attitude, sur ce pouf beaucoup trop petit pour lui, avec ses genoux qui remontent très haut comme deux ailes de rapace autour de son corps recroquevillé, ses sourcils qui se froncent et se défroncent nerveusement et sa bouche en chiffon.

Entrer dans ma chambre à l'improviste lui a coûté un effort terrible, je sais bien qu'il faut en prendre la mesure, sous peine de l'effaroucher.

– C'est le bazar, il dit, de sa voix rauque.

Je lui envoie un regard aussi accueillant que possible. Gamine, je n'ai pas toujours été tendre avec mon frère, il m'agaçait et, surtout, il m'ennuyait. J'avais très peur qu'il essaie de me parler quand on se retrouvait seuls, parce que je ne voyais vraiment pas ce qu'on aurait eu à se dire. On se moquait un peu de lui, avec Solène - mais c'était toujours elle qui arrêtait les frais, elle qui disait que ce n'était pas sympa, qu'il fallait comprendre. Le comprendre. Sur ce point, elle avait une patience dont j'étais bien incapable.

Avec le temps, ça s'est arrangé, mais j'éprouve toujours, en sa présence, un mélange de gêne et d'ennui par anticipation. Je réponds :

– Ben oui, c'est normal. Mais je commence à en voir le bout. J'ai fait tous les bouquins, j'ai vidé les étagères, la commode, et j'en suis à mon quatrième carton intitulé « *Trucs* », et qui contient... euh, des trucs, que je ne sais pas trop où ranger. Au moins, je n'ai pas besoin de les classer par pièce, vu que je n'en ai qu'une seule, là-bas !

– Une seule..., il marmonne d'un air perdu - et je ne sais pas si c'est parce que l'idée de vivre dans une seule pièce le terrifie ou parce qu'il n'a pas compris ma réponse.

– Oui, c'est cher, Paris, mon appart' est minus. Mais bon, j'y serai surtout pour dormir !

Il hoche la tête avec une régularité de métronome. Parce qu'il n'a aucune idée de ce que je peux vouloir dire par là. Sortir avec des gens, se promener dans une ville aussi gigantesque que Paris (ou du moins, ce qu'il en imagine), ça relève de la science-fiction pour César. De toute façon, il ne comprend pas ce que je vais y faire : quand j'évoque mon école, mes études, il se contente d'acquiescer prudemment. J'ai essayé de lui expliquer que je comptais faire de la communication culturelle, de préférence dans un théâtre, mais c'est trop loin de son univers. Il a déjà du mal à admettre qu'on se déplace pour aller voir des spectacles ; alors, que des gens soient payés pour faire en sorte qu'on en choisisse un plutôt qu'un autre... ça le dépasse. Je ne crois pas qu'il ait jamais lu un livre en entier.

À cet instant, je m'aperçois qu'on a laissé durer un silence de plusieurs secondes, et un petit frisson de panique m'envahit. Je retombe sur son regard fixe, ce visage si peu expressif sous ses cheveux taillés n'importe comment. Pourquoi est-ce qu'il est venu me voir, d'ailleurs ? On est tellement différents. Ce ne sera jamais facile, entre nous.

– Enfin, je suis contente. J'ai peur, forcément, mais c'est hyper excitant de partir, et puis l'école a l'air...

Je m'arrête. Au mot « hyper », je l'ai vu tressaillir comme s'il avait reçu un caillou dans l'œil.

– Sinon, tu voulais me dire quelque chose ?

Deuxième caillou dans l'œil. Il se redresse sur son pouf, encore plus raide qu'il n'était.

– Non, non, j'venais voir, enfin, si ça allait, tes cartons.

Je souris :

– Mes cartons vont bien, merci.

Il s'arrache un grand rire que ma plaisanterie ne mérite pas, et je ris moi aussi un peu trop fort. Et puis je remarque ses yeux, qui fuient mon regard, comme s'il s'en voulait d'avoir fait du bruit, ou d'être encore là, pesant, à m'empêcher de finir de ranger. Je devine qu'il va très bientôt marmonner « Bon, ben j'te laisse » et filer sans qu'on ne se soit rien dit.

On a grandi comme ça, lui et moi, on a même réussi à s'aimer comme ça.

Mais aujourd'hui, perchée sur ma rive, j'ai envie de tenter plus.

– Et vous, ça va aller ?

Ça m'a échappé : je voulais lui demander comment *lui*, il allait, et je l'ai noyé dans ce « vous » familial. En me donnant, en plus, des airs de capitaine de navire abandonnant son équipage. J'aimerais tellement ne pas être aussi condescendante avec César ! C'est à se donner des gifles. Solène a beau être pénible avec tout le monde, elle ne fait jamais ça.

Une fois, elle était en train de dessiner dans le canapé, la mèche sur l'œil, et je me souviens que César était venu se pencher par-dessus son épaule, chose qu'il n'aurait jamais faite avec moi. Il lui avait demandé :

– C'est quoi que tu dessines ?

J'avais senti mon ventre se serrer. À l'époque, So était dans sa « période Soulages », elle passait ses journées à tartiner du Canson de grosses couches de peinture noire qu'elle sculptait ensuite à coups de couteau pour former des sortes de vortex, des nébuleuses censées exprimer l'infinie profondeur de son chaos intérieur. Je me suis vue, à sa place, lui répondre d'un air embarrassé que ce n'était pas de l'art figuratif, qu'il ne s'agissait pas de représenter quelque chose de concret, et puis me décourager à l'idée de faire comprendre un truc pareil à César.

Solène n'avait pas du tout eu l'air embarrassée. Elle s'était étirée en laissant sa tête partir en arrière sur le bord du canapé, pour le fixer de ses yeux cernés de noir, et elle avait dit :

– Bah en fait, là, je sais pas trop ce que je suis en train de peindre... mais je me dis que c'est un genre de pays pour Melchior.

Melchior, c'était le nom qu'elle avait donné au vautour de métal qu'il lui avait offert, un machin que je trouvais assez moche, pour être franche, mais qu'elle adorait.

Je les épiais, depuis la cuisine, attentive au silence qui s'était étiré entre eux et qui ne les séparait pas. Au contraire, c'était un silence doux comme un nid d'oiseau.

– Ouais, ça lui irait bien, avait dit César avec un petit sourire fier.

Et il était reparti en faisant ce drôle de hululement qui est sa manière de chantonner. Elle s'était remise à dessiner. J'avais envié Solène ; j'aurais voulu, moi aussi, savoir faire avec mon frère.

– Ça va aller.

– Hein ?

Je reviens à moi, retombe sur ce regard fixe qui s'est, je crois, teinté d'une très légère lueur d'amusement.

– Nous. Diane, Solène et moi. Ça ira. On pensera à toi, mais on va s'en sortir quand même.

Il sourit franchement, ce qui me rend confuse et, cependant, me rassure. Mon grand frère me charrie un peu, il a bien le droit. J'aime qu'il fasse ça. Et tout naturellement, encouragé par sa petite victoire, il reprend la conversation :

– Diane parle de prendre un appart' pas loin de la maison, je sais pas si elle t'a dit.

– Oui, elle me l'a dit... Enfin, elle m'a dit qu'elle y pensait. Je crois qu'elle n'a plus beaucoup d'espoir de renouer avec Solène. Et comme tu...

J'ai failli dire « Comme tu gagnes ta vie, maintenant », mais je me suis arrêtée avant d'être trop humiliante, de lui donner le sentiment qu'il n'est qu'un enfant qui a drôlement tardé à grandir. Cependant, il acquiesce avec une certaine gravité, et pendant une seconde je crois voir Papa, dans sa façon de détendre les épaules et de redresser le menton - même s'il reste ce gars balourd mal assis sur un pouf trop petit pour lui.

– Je pense que vous serez bien ensemble, toi et Solène. Et puis, Maman ne sera pas loin.

Son sourire s'accentue. Ça m'autorise à lui sourire en retour, sans me poser de question.

– Ouais, il répond. J'crois que Diane a envie de ça. En plus, j'ai l'impression qu'elle a, euh, un homme dans sa vie, quoi.

Sur ces derniers mots, il est redevenu le César embrouillé, pris dans sa gangue de peur et de timidité. Parler de relations amoureuses - ou pire, sexuelles - lui reste un obstacle infranchissable. En revanche, il parvient à admettre que ça existe. Pour les autres.

Maman m'a en effet confié qu'elle avait rencontré quelqu'un, « un mec sympa » qu'elle voit de temps en temps, même si elle n'a pas voulu m'en dire plus. Quoi qu'il en soit, il fallait bien se douter qu'à un moment ou un autre, elle aurait besoin de retrouver son indépendance.

Je m'apprête à dire quelque chose lorsqu'il se lève de son pouf, brutalement.

– Bon, j'te laisse.

Il s'enfuit vers la porte. Mais au moment de sortir, il ajoute :

– Je ferai gaffe à Solène. T'en fais pas pour ça. Elle a encore besoin d'temps, mais elle va s'en sortir. Faut juste attendre. Et être prêt.

– Pour le jour où elle tendra la main, je murmure en le regardant, troublée.

Ce sont presque les mots de Papa. Les mots qu'il a eus pour me parler de lui, César, quand j'étais petite. Il croyait que je ne l'écoutais pas, perchée sur mon rocher, mais en fait, si.

Et d'une manière que je ne m'explique pas, César l'a entendu aussi.

La porte se referme. Dans mon esprit, une autre s'ouvre ; je me souviens brusquement que, sous mon lit, il reste deux cartons - ou plutôt deux trésors. Je me glisse dessous à plat ventre, le nez dans la moquette dont l'odeur me pique les yeux et me rappelle mille jeux d'enfance avec ma petite sœur, toutes deux accroupies autour de nos armées de Playmobil.

Et je farfouille.

Le premier trésor est un grand rectangle cartonné, que je déballe fébrilement. Il contient une toile de Papa, une des rares dont il était content. C'est une scène nocturne ; un sous-bois au crépuscule nimbé d'un bleu marin, au cœur duquel se tient un homme étrange - bleu, lui aussi, et nu, aux yeux de nacre et aux cheveux longs et si fins qu'on dirait des filaments d'argent. Sur son corps circule tout un réseau complexe de veines et d'artères que la lune rend translucides. Seule la main qu'il pose sur sa poitrine cache aux yeux du monde le spectacle de son cœur battant.

À ses côtés se tient une mariée fantomatique, vêtue d'une robe diaphane, la tête voilée de blanc. On célèbre leurs noces funèbres, dans un concert bruissant de femmes-insectes disséminées partout autour d'eux ; femme-grillon, femme-papillon, femme-araignée. À leurs pieds, dans l'humus des feuilles mortes, poussent des fleurs coiffées de têtes de femme, qui arborent fièrement leurs colliers de pétales. L'une d'elles a fané, et le visage est devenu un crâne de squelette qui semble rappeler aux convives que toute chose a une fin.

Je regarde longtemps le tableau, que je tiens à bout de bras, et je me dis une nouvelle fois : *Je prends le large, Papa.* Je ne sais pas si j'ai jamais autant aimé mon père qu'en cet instant-là, à le chercher des yeux jusque dans la mort.

Puis je me penche et tire le second trésor de sous mon lit. C'est un très, très gros carton, floqué d'une inscription que j'y ai faite il y a plusieurs années : *Dessins Solène.*

Il sommeille là depuis la mort de Papa.

Solène ne l'a jamais su, mais j'étais là, ce jour où, de rage, elle a dévasté sa chambre, détruit tout ce qu'elle contenait et rassemblé tous ses dessins, jusqu'alors conservés précieusement, pour les fourrer dans un grand sac-poubelle.

J'ai attendu qu'elle sorte de la maison, et j'ai tout récupéré. J'ai patiemment lissé les feuilles froissées avant de les ranger dans ce carton.

Mon cœur bat la chamade tandis que j'en extirpe ses dessins pour les examiner un à un, pendant de longues minutes. Puis je me lève, avec une raideur qui me rappelle celle de César, et je me mets à l'ouvrage.

Quand j'ai terminé, je me penche par-dessus la rambarde de l'escalier.

– Solène !

– *Quoi ?* elle me répond d'en bas - elle est en train de manger un morceau à la cuisine.

– Viens voir, s'il te plaît.

Elle monte sans discuter, ce qui relève du miracle... et elle entre.

– Merde, elle dit, une main sur la bouche.

Exactement le geste qu'elle avait, petite, devant quelque chose qui l'étonnait. À l'époque, ça arrivait souvent.

Je la surveille du coin de l'œil, haletante. Sur tous les murs de ma chambre, jusqu'au plafond, j'ai accroché ses dessins, qui composent une fresque tapageuse, riante, folle, comme si l'enfance de Solène était venue se déverser dans notre présent avec un hurlement sauvage.

Monstres, avions, ciels nuageux, soleils clairs, montagnes et rivières courent autour de nous dans une ronde endiablée. Il n'y a qu'un seul coin de la pièce que les dessins ne recouvrent pas : celui où j'ai accroché le tableau de Papa, dont le bleu nocturne et silencieux semble vibrer plus fort que jamais, au milieu de cette débauche de couleurs.

Elle me regarde, et elle murmure :

– Merde...

– Euh, c'est un « merde » de colère ou d'autre chose ?

Elle tourne vers moi ses beaux yeux noirs, que j'ai si souvent vus brûler de rage, ces derniers temps. Son mascara dégouline sur ses joues. Elle n'essaie pas de cacher ses larmes ; elle m'en offre le spectacle avec gratitude.

– D'autre chose. Cléo, putain, c'est... c'est génial. J'en reviens pas que tu les aies récupérés. C'est fou.

Elle s'arrête, réprime un sanglot de petite fille.

– Merci de l'avoir fait.

– Il faut que tu saches à quel point tu es douée, sœurette paupiette. Et puis, tu as remarqué comme vous allez bien ensemble, toi et Papa ? On a toujours su que tu étais une artiste. C'est quelque chose que tu tiens de lui.

Elle dodeline vaguement de la tête. D'une voix enrouée, elle chuchote :

– Ça fait longtemps que j'ai pas dessiné...

Je m'approche de ma petite sœur qui a besoin de moi. Entre nous deux, le contact a toujours été simple, y compris quand rien ne l'était dans nos vies. Malgré tout, la tendresse est restée. Je pose une main sur son bras, comme Maman le fait quand elle veut s'assurer qu'on l'écoute.

– Mais tu n'as jamais arrêté de créer, c'est ça qui compte. Le graff, tes explorations, tous ces trucs... bizarres que tu vas voir ! Je sais que c'est ce qui t'anime. C'est ça qui te fait vibrer. Papa n'a jamais eu envie de se lancer dans cette voie, mais toi, qu'est-ce qui t'en empêche ?

Elle inspire, s'avance de deux pas dans la pièce, comme une ballerine soûle. Les yeux sur le tableau de Papa, elle répond :

– J'ai repéré une école de photo. J'en ai parlé à personne. C'est à Turin, mais ils ont une section francophone.

Dans une volte brusque, elle se tourne vers moi.

– Je crois que ça me plairait.

Sur son visage ovale, cerné de longs cheveux noirs, ma sœur me fait le présent d'un superbe rictus de victoire.

2

Une fête

22 avril 2019

Il y a ce que je vois et ce que je ne peux pas voir. Il y a ma fille au centre, irradiante, et il y a tout ce qui nous entoure. Le jardin décoré de rubans de papier et de ballons rouges, verts, bleus accrochés aux branches du figuier ; et la jolie banderole qui claironne « Joyeux anniversaire, Louise ! » d'un bout à l'autre de la terrasse.

Les amis, Pauline et Lou, Léonore, Benjamin et Marie, Jérémy et Julia, Clément, Nat' et Véro, qui trinquent au champagne ou fument une cigarette, répartis dans l'herbe en petits groupes bavards. Il y a leurs enfants, éparpillés et piaillant dans tous les coins, qui jouent à cache-cache, se courent après, envoient fuser dans l'air printanier des cris heureux, excités. Il y a le parfum du chèvrefeuille qui flotte jusqu'à nous.

Entre deux courses-poursuites, Simon engloutit une poignée de chips, Camille lape un verre de grenadine qu'elle tient à deux mains, le front rose comme un bonbon.

– Rassemblement, les amis !

Debout derrière la chaise haute où s'agite Louise, il y a Théo qui tape dans ses mains pour battre le rappel des troupes.

Et enfin, il y a le gâteau au chocolat que j'apporte sur une grande assiette, coiffé de deux bougies dont la flamme tremblote gentiment. Le chant s'élève :

– Joyeux aaaaa-nni...

– Non, non, non ! coupe Théo en agitant les mains. La version traditionnelle, les amis ! La version traditionnelle !

Tout le monde s'arrête, on souffle et on pouffe de rire. Pendant que je pose l'assiette devant ma reine de fille, son père prend une pose de chef d'orchestre. Louise sursaute quand le chant reprend, plus chaotique mais plus doux, aussi :

Bon anniversaire
Nos vœux les plus sincères
Que ces quelques fleurs
Vous apportent le bonheur

La voix ourlée de Léonore perce au-dessus de celle des autres - elle chante souvent dans ses spectacles. Je lui envoie un clin d'œil quand elle s'empêtre sur « ces quelques fleurs » ; elle rit, hausse les épaules en signe d'impuissance :

– Chez moi on dit « ce beau gâteau »...

– Chut, gredine ! la gronde Théo. Pas de variante !

Que l'année entière
Vous soit douce et légère
Et que l'an fini
Nous soyons tous réunis

Le « i » final s'offre un long tour de montagnes russes au milieu des chanteurs, puis s'évanouit dans un fatras de bravos et d'éclats de rire. Les copains se dispersent après avoir pioché une part du gâteau, Louise applaudit toute seule, heureuse d'être au cœur des attentions. Dans l'élan, je la mange de baisers en murmurant :

– Deux ans, ma chérie !

Je reste pelotonnée au-dessus de son crâne tout rond, couvert de boucles blondes qui lui font presque des anglaises, pour ne laisser voir à personne que je suis au bord des larmes.

C'est bête, mais tout ce qui touche à ma fille me chamboule. Mon troisième enfant et mon premier bébé. Mon premier bébé. D'elle à moi, tout est évident ; ses mains qui s'enroulent comme un lierre pulpeux autour de mes pouces, sa voix pimpante qui m'appelle au secours dès qu'elle me perd de vue, ses yeux qui me cherchent et me trouvent toujours, sa bouche qui inspire cet air qui est aussi l'air où je vais boire, car il me semble que nous sommes reliées l'une à l'autre par un fil, de son cœur battant au mien, qui guette le moindre de ses battements.

Ce fil, j'ai pu apprendre à le distendre, en me disciplinant. Je peux aussi feindre de ne pas le sentir se resserrer sur moi quand je fais mine de m'occuper d'autre chose que d'elle. Je peux même le rendre plus transparent qu'une aile d'insecte, par égard pour Théo, qui me répète sans cesse de « prendre un peu de distance ». Mais je ne peux en aucun cas le couper. Ce serait comme me sectionner une artère, celle qui charrie le sang au cœur.

– Allez ma chérie, on descend !

J'attrape Louise sous les aisselles, je l'extirpe de la chaise et la pose sur les lattes de la terrasse, où elle s'aventure d'un pas bancal. Puis elle s'élance vers le tas de cubes colorés qui l'attend, cadeau de Pauline et Lou, et je dois me retenir pour ne pas pousser un cri de frayeur lorsqu'elle chute - et se relève aussitôt.

C'est bête, mais je n'y peux rien.

– J'étais exactement pareille.

Une main sur mon épaule, Pauline me tend une coupe de champagne.

– Avec mes deux grandes. J'étais exactement comme toi.

– Comment ça ? je demande, prise en faute.

– Tu sais bien, à m'inquiéter tout le temps, et surtout à avoir l'impression que j'étais la seule à savoir ce qu'il fallait faire pour elles.

Un sourire en coin, elle avale une gorgée de champagne.

– Faut dire que ce n'était pas complètement faux.

Je jette un coup d'œil coupable - malgré moi, coupable - vers Théo, qui est en plein débat avec Léonore, une histoire de groupes de metal.

Je déteste l'idée d'avoir l'air de me plaindre, alors que tout va bien dans ma vie et que je ne me suis jamais sentie autant à ma place… mais Pauline est si compréhensive, si douce, que j'ose rebondir sur sa petite phrase.

– C'est bizarre, en fait. À la fin du congé maternité, je pétais les plombs, je rêvais d'avoir juste un petit moment rien qu'à moi, tu vois ? Théo faisait de son mieux, mais j'avais un vrai sentiment d'injustice, comme si c'était sur mes épaules que tout reposait, comme s'il n'y avait que moi qui devais penser tout le temps aux couches, à l'inscription à la crèche, à tout ça… Et en même temps, je vois bien que j'ai du mal à lâcher du lest.

– Charge mentale, ma vieille.

On sourit, et elle hoche la tête en levant très haut les sourcils, manière de dire qu'on n'est pas sorties de l'auberge. Du coin de l'œil, je regarde Louise qui s'est accroupie devant ses cubes. Boucles d'or dans son petit monde de bois. Elle tient un cube dans chaque main, et elle les secoue comme des hochets tout en se babillant une historiette pour elle-même. Je pourrais me mettre à chialer, là, de la regarder, de la voir si innocente et formidable.

Louise est un îlot de rires, un puits de force et de lumière. Elle est cernée d'amour depuis sa naissance, choyée par nous tous. Son père, son frère, sa sœur et moi. Tous fous d'elle, tous l'entourant. Ses premiers pas ont été acclamés, ses premiers mots célébrés par nous quatre. Elle est celle qui réunit, sans même le vouloir, sans en être consciente ; par sa seule énergie grisante. Elle est celle qui échappe à tous les conflits possibles, celle qu'on chérit quoi qu'il advienne. L'édifice gigotant auquel chacun veut apporter sa pierre.

Elle est aussi celle dont l'arrivée en fanfare a fait bouger tous les repères autour d'elle, de sorte que chacun a dû s'adapter au joli séisme qu'elle fut dans nos vies. Elle est à la fois mon premier bébé et, d'une certaine manière, notre famille entière recomposée en un seul petit être, qui s'est assemblé dans le désordre et se nourrit de nos forces comme de nos fragilités. Elle est notre noyau.

Benjamin passe à côté d'elle d'un pas rapide et je sursaute - j'ai la vision très nette de ses énormes chaussures écrasant les ongles de ma fille. Je détourne la tête pour revenir à Pauline.

– Oui, c'est sûr que ça joue. La répartition des rôles... mais il y a autre chose.

Je m'arrête, gênée.

– Nan mais tout va bien ! C'est juste que, enfin - non, rien.

Pauline fait mine de balayer une poussière dans l'air.

– T'inquiète, ma belle, je connais. Avec Lou, on se prend souvent la tête parce que je lui reproche d'être plus dure avec les deux grandes qu'avec Manon... C'est un peu inévitable. Les familles recomposées, c'est compliqué, même quand on s'aime ! Voire surtout quand on s'aime !

J'acquiesce, et j'ose à nouveau :

– Voilà. C'est juste que Théo, ce n'est pas son premier bébé. Il me dit de prendre de la distance avec Louise, mais moi, je voudrais bien qu'on soit plus... plus « raccord ». Quand elle était petite et qu'elle se réveillait la nuit, il disait toujours qu'il fallait la laisser pleurer, et moi je ne *pouvais pas*, je ne pouvais pas du tout... et je ne comprenais pas qu'il puisse ! D'un côté, il a raison, il faut qu'on se préserve, qu'on pense à nous. Il parle beaucoup de ça, du couple, du temps qu'on doit se garder. Mais j'ai l'impression que lui, justement, il arrive beaucoup mieux que moi à se libérer du temps pour lui. Ça ne lui coûte pas *d'efforts*, tu comprends ? Ce n'est pas un jeune papa tout fébrile, qui découvrirait tout en même temps que moi. Il la couche, et si elle pleure, il dit « T'inquiète, elle va finir par tomber »... J'aime pas quand il dit ça. « Elle va finir par tomber. » Je sais qu'il est fou d'elle, c'est pas la question mais...

– Tu voudrais qu'il s'investisse plus ?

– Non ! Enfin, peut-être. Je ne sais pas. Quand je le vois avec Simon et Camille, parfois, je me dis... Non, ce n'est pas exactement ça. Peut-être que je ne lui laisse pas suffisamment d'espace. Il faut dire qu'il s'est occupé d'eux tout seul pendant plus d'un an, quand Sarah était à l'hôpital. Il avait l'habitude de tout gérer de A à Z. Toute leur éducation... Là, on doit prendre les décisions ensemble. C'est différent.

Je m'arrête, remarquant que Pauline m'écoute avec une gravité presque intimidante. D'un coup, j'ai peur d'en avoir trop dit, ou d'avoir mal dit. Il y a aussi que Pauline est plus âgée que moi - elle a bientôt quarante ans, comme Théo - j'ai souvent le sentiment qu'elle sait des choses que j'ignore. Il y a ce que je vois et ce que je ne peux pas voir... Je m'empresse de conclure :

– Bon, et puis on est crevés, forcément. Trois enfants, dont une petite, c'est du boulot.

– Ça, c'est sûr. Nous voguons dans des années aussi difficiles que passionnantes !

– Oui, c'est bien ça. Aussi difficiles que passionnantes.

Elle me surveille du regard avant de reprendre, prudemment :

– Mais pour vous, Cléo, c'est encore un peu plus particulier que pour nous. Tout s'est enchaîné tellement vite ! Avant de te rencontrer, Théo ne pensait pas qu'il serait papa une troisième fois. En fait, il était persuadé que ça n'arriverait jamais... Ça fait une grosse différence. Votre rencontre l'a sauvé, mais en même temps il a vécu un tel choc !

Je relève la tête vers elle, grave à mon tour. J'acquiesce.

– Oui. La vie est revenue très fort, d'un seul coup. C'est génial, et c'est comme ça qu'on est, lui et moi. Seulement, ça ne peut pas être toujours parfaitement fluide.

Une longue minute s'étire, durant laquelle on ne dit rien. On se laisse bercer par le brouhaha de la fête, les éclats de voix, l'odeur de chèvrefeuille et la douceur de nos regards qui se cramponnent l'un à l'autre, se comprennent, s'aiment.

– On reboit un coup ? dit Pauline en attrapant la bouteille de champagne sur la table.

– Allez.

Au fond du jardin, les enfants tournent en courant autour de la piscine gonflable - Théo a absolument tenu à ce qu'on la remplisse dès les premiers rayons de soleil, alors qu'il fait à peine vingt degrés.

– Simon, moins vite ! je crie.

Et je m'en veux, agacée de rejouer encore le rôle de la marâtre pas marrante. Théo a beau m'inciter à avoir plus de légèreté, plus de désinvolture, ça m'est impossible. Et le fait que ce soit impossible est bien ce qui me met en colère.

– Le boulot, ça va ? relance Pauline.

Je hausse les épaules.

– Ça va. Je ne suis pas à fond dedans, je t'avoue. La comm', je crois que j'ai fait le tour... J'aime bien notre programmation, y a de super spectacles, mais c'est un peu comme si je faisais tout en automate. Ça ne m'excite plus beaucoup.

– Peut-être que t'as besoin de faire autre chose ?

Elle me lance un coup d'œil tout pétillant de champagne.

– Un boulot plus *excitant*, par exemple ?

– Oh, je ne...

Un cri m'interrompt - et me sabote un battement de cœur, comme s'il avait tranché l'artère qui le relie au reste de mon corps. C'est Louise qui crie ! Son menton...

– Elle saigne !

Je ne vois rien de ce qui m'entoure tandis que je me rue sur ma fille, ni le verre que Pauline me prend des mains juste avant qu'il ne se fracasse par terre, ni les autres qui accourent, ni la table contre laquelle je me cogne dans ma course ; je ne vois que le menton rouge de Louise, rouge du sang qui coule de mon cœur mutilé.

Tant pis si c'est bête, je ne vois rien d'autre.

Mes mains se tendent vers elle - et le grand corps de Théo fend alors mon champ de vision. Il s'agenouille devant Louise.

– C'est rien, c'est rien...

Il la prend et, leste, se relève avec elle. Mais elle se débat dans ses bras en hurlant :

– Non ! Non, Papa !

J'arrive, à bout de souffle. Il me dit :

– Elle s'est cogné le nez sur le pied de la table.

Et il me regarde, troublé par la terreur qu'il lit dans mes yeux. Je voudrais me retenir, mais c'est plus fort que moi : je lui arrache ma fille.

Et bien sûr, elle se calme aussitôt en collant son front contre mes seins. De même que mon sang retrouve, à son contact, le chemin de mon cœur.

– Maman ! Je veux Maman ! elle sanglote.

– Tout va bien, ma chérie… Maman est là.

Et je m'en veux, voyant l'air peiné de Théo qui se tient derrière Louise, un peu gauche. Pour se rendre utile, il essaie de lui tamponner le nez avec un mouchoir, mais elle le repousse.

– Non, Papa ! Non, Papa !

L'air peiné se double d'une grimace d'agacement. Ce « Non, Papa » est devenu un fragment récurrent de notre mythologie familiale. Louise l'assène régulièrement à son père, sans qu'il comprenne pourquoi, et Théo a cherché mille façons d'y réagir. Les câlins, la grosse voix, l'insistance, la bouderie… en vain. Et puis un jour, nous étions tous à table, couverts en main, il venait d'essuyer un nouveau « Non, Papa ! » pour un bisou offert et refusé, et il s'est soudain mis… à chanter.

– Non Papa, non Papaaaaa !!!

Un chant furieux, sur un air de samba au rythme des couverts frappant la table, qui nous avait tous fait sursauter.

– Non Papa, non Papaaaaa !!!

Un chant qui, peu à peu, avait fait naître un sourire sur nos visages, alors que montait la ritournelle tonitruante. Simon avait empoigné ses couverts, Camille aussi, et ils avaient joint leurs voix à la sienne en riant, un œil tourné vers Louise, qui ouvrait une bouche grande comme un tunnel.

– Non Papa, non Papaaaaa !!!

À mon tour, j'avais accompagné la sarabande en battant des mains et en chantant. Louise avait fini par battre le rythme pour nous accompagner.

Théo m'avait adressé un sourire, comme pour dire qu'il préférait s'amuser de ces petites rebuffades plutôt qu'en souffrir.

Mais il en souffre quand même. Je le vois bien.

Ce que je ne vois pas, ce que je ne peux pas voir, c'est la peur de Théo. C'est le manque de *confiance* qu'il a, non pas en sa fille ou même en lui, mais en la vie elle-même, qui ne l'a pas épargné et qu'il soupçonne toujours, bien qu'il ne l'avoue à personne, de lui réserver un sale coup de derrière les fagots.

Ce que je ne vois pas, c'est la mort que Théo traîne toujours sous ses paupières quand il met Louise au lit ; ce que je ne vois pas, c'est cette chose en lui qui le maintient éloigné de notre bébé, notre bébé qui est sa fille mais aussi notre famille rassemblée en un petit être ; or il ne redoute rien autant que de voir Louise disparaître brusquement, lui échapper, emportée par un torrent qu'il n'aurait pas su sentir arriver, avalée par un gouffre qui se serait ouvert sous ses pieds.

Ce que je ne vois pas, c'est que Théo reste à distance prudente de Louise tout simplement parce qu'elle est *la vie même*, à ses yeux ; la vie qui l'a rattrapé par le col, sauvé du pire mais aussi trahi, frappé, malmené, assailli. Aimer Louise comme il l'aime - éperdument - lui coûte plus que je ne saurais voir.

Ces derniers mois, sans qu'il me l'ait avoué, d'étranges peurs sont venues se tapir en lui, comme des serpents qui auraient fait leur nid dans les recoins de son corps. Il les entend de plus en plus souvent bruisser sur le sol de son ventre, leurs sifflements résonnent jusqu'aux sommets de la voûte que forment ses côtes. De plus en plus souvent, entre deux conversations anodines, il guette les palpitations de son cœur, une nausée inexplicable, le souffle plus court qu'avant, mille signes qu'il n'a justement pas su remarquer chez Sarah lorsque la maladie s'emparait d'elle, et qu'il croit déceler chez lui, qu'il attend, espère même à force de les craindre. Car le pire vaudrait mieux, à ses yeux, que d'être à nouveau pris en traître.

Sur ses ongles, dernièrement, il a noté des petites stries qu'il n'avait pas vues apparaître ; et il sait bien que ce n'est rien du tout, ou une bêtise, un truc sans importance - mais la seule idée que cela puisse être les prémisses d'une autre catastrophe le pétrifie de l'intérieur. Et sans rien laisser voir, il regarde de temps en temps ses ongles striés en s'imaginant face à un médecin qui lui jetterait un regard consterné après les avoir examinés, et lui dirait :

– Ce n'est pas bon...

Dans ces moments, il secoue la tête, s'ébroue comme un chien fou, souffle très fort et se traite d'imbécile, en reléguant au grenier de son crâne ces peurs sans fondement.

Hélas, elles s'accrochent, et il sait qu'elles reviendront l'assaillir dès qu'il relâchera sa vigilance. De ce cercle vicieux, il est prisonnier. Il a déjà cent fois imaginé le spectacle de son propre enterrement, il a même répété en pensée le discours de courage qu'il tiendrait à Cléo sur son lit de mort. Il se dit parfois qu'il est peut-être en train de devenir dingue sans même s'en rendre compte.

Pendant que je repose ma fille à terre, il jette justement un regard furtif à ces ongles qui le terrifient. Je ne m'en aperçois pas. Il y a ce que je vois et ce que je ne peux voir... Puis il s'agenouille devant Louise. Il effleure du bout des doigts le petit morceau de coton qu'on lui a mis dans une narine.

– Bon, ça va mieux, ma chérie...

– Non, Papa ! elle réplique joyeusement, marchant déjà vers ses cubes.

Je m'approche de lui, l'embrasse pour le consoler, et aussi parce que je le trouve très beau, là, accroupi dans la lumière du soleil pas très chaud mais radieux. Ses lèvres sont douces, notre baiser nous requinque tout à fait. C'est alors qu'il passe une main sur ma joue, et chuchote :

– Mon amour, c'est l'heure de plonger.

– De quoi ?

Et avant que j'aie pu protester, il me prend par la main et m'entraîne vers la piscine gonflable, où nous allons gaiement nous jeter, tout habillés.

3

L'amie de Cléo

5 février 2012

If I was scared
I would
And if I was pure
You know I would
And if I was yours
But I'm not
Now, I'm ready to start !

C'est l'un de ces moments. L'un de ces moments où on vit si fort qu'on peut très nettement se *voir vivre* à travers les yeux d'un autre, qui nous envierait notre joie - soit qu'il ne soit plus en âge d'être aussi léger, soit que sa nature ombrageuse l'en empêche -, et ainsi il nous est donné de jouir doublement de l'instant, à la fois pour nous-mêmes et pour cet autre malheureux qui le goûte par procuration.

Ce matin-là, je trimballe le soleil de mes vingt-quatre ans dans un Paris plus lumineux qu'une cathédrale, à travers les rues inhabituellement vides, bizarrement silencieuses ; les mains serrées sur le guidon de mon vélo, le menton haut et le chignon triomphant, je fends le froid qui a dissuadé les riverains de mettre le nez dehors. Mais moi, rien ne m'effraie, rien ne m'arrête !

Il est huit heures et demie, Paris n'est pas tout à fait éveillé mais moi, si.

Now I'm ready to start ! me hurle le chanteur d'Arcade Fire, et je réajuste mes écouteurs pour me mettre en phase avec la montée rythmique du morceau. Un coup de pédale, je vire au tournant en laissant ma tête partir en arrière, comme quand j'étais gamine, et j'inspire et j'inspire. Entre les immeubles, j'attrape du coin de l'œil des morceaux d'un ciel si bleu, si pur, que je pourrais en faire des glaçons pour les boire.

Un restau pas encore ouvert, une boutique de fringues pour bébés, un bijoutier, un troquet vert pomme, une épicerie bio... tout me plaît. Tout me donne envie d'applaudir. Pour la peine, j'envoie un coup de sonnette en l'air, *dreling dreling*, histoire de faire chanter mon vélo aussi !

Chouette, une pente. Tout schuss !

Now I'm ready to start !

Est-ce que c'est vrai, au fait ? Est-ce que je suis « prête à commencer » ? Je ne sais pas bien expliquer, au fond, cette quiétude grisante qui m'anime ce matin. Ça m'a saisie au réveil, comme un souffle qui aurait enrobé chacun de mes gestes et chacune de mes pensées, matelassant tout de chaleur et d'énergie, à croire qu'un bon génie veillait sur moi. J'ai pensé à Papa, bien sûr, mais pas longtemps.

Les yeux à peine ouverts sur ma petite chambre en bazar (elle m'avait rarement paru aussi coquette), j'ai sauté du lit, et je me suis dit : *« Tiens, et si j'allais boire le premier café de la journée en terrasse ? »*

À mon arrivée à Paris, c'était mon fantasme ultime, cette idée d'un café bu à l'aube, toute seule, en terrasse d'une brasserie faisant l'angle d'un grand boulevard. Le chic absolu, très Anna Karina ; je m'y voyais, les cheveux ficelés à la va-vite mais jolie quand même, un imper passé juste comme ça sur les épaules, pas de chichi, et même des lunettes noires - c'était mon rêve, j'avais bien le droit.

Je jaillissais du porche de l'immeuble haussmannien où j'habitais et hop, je faisais signe à Gaston (peu de gens le savaient mais le patron s'appelait Gaston), qui me souriait, « Le café du matin pour ma première cliente préférée ? », et je disais oui d'un hochement de tête, en m'asseyant.

Bien sûr, je ne l'ai jamais fait, depuis plus de deux ans que je vis ici. Entre l'école, les soirées, les spectacles, les expos... je n'ai pas touché terre. J'ai pris tout ce que cette ville, si différente de l'endroit où j'ai grandi, pouvait m'apporter, à pleines rasades.

Au début, je rentrais à la maison tous les trois ou quatre mois, et puis Solène est partie vivre en Italie avec sa copine Cynthia et son appareil photo en bandoulière, et j'ai espacé mes retours. Maman m'appelle régulièrement pour s'assurer que je suis à jour dans mes loyers, mes papiers, mes études, j'appelle ma sœur de temps en temps pour voir si elle s'en sort, et j'envoie quelquefois des SMS à César qui m'en envoie aussi, pour les occasions spéciales ou pour me demander si ça va, si le village ne me manque pas trop. Il finit toujours par ces mots-là, *« J'espère que le village ne te manque pas trop ».*

Dans l'ensemble, ils vont bien. Diane trouve toujours mille manières de s'occuper ; elle a fait entièrement refaire son appartement et, dans la foulée, a décidé de se séparer du type qu'elle voyait - je n'aurai jamais su son nom, le pauvre. En ce moment, elle parle de voyager à travers le monde. Plus étonnant, Solène a réussi à vendre ses premières photos à un magazine de mode ! Ça nous a tous soufflés. Et César... César reste César.

Ils se sont tous un peu éloignés de moi. À moins que ce ne soit le contraire ? Je suppose que c'est normal. Et d'ailleurs, même si je ne suis pas encore autonome, puisque je ne gagne pas ma vie (ça me terrifie, cette expression, « gagner sa vie », comme si la vie était un manteau très cher qu'il fallait se payer en s'esquintant la santé !), je sens bien que j'ai moins besoin d'eux qu'avant. Je suis parfois triste de ne pas les voir, je suis heureuse de savoir qu'ils existent, mais, comme on dit, je fais ma vie.

Rue de Turbigo, je saute de selle, puis je vais accrocher mon vélo à un poteau. J'ai envie de marcher ! Oui, marcher d'un pas claquant mais vif dans Paris qui bâille autour de moi de toutes ses façades blanches ou beiges, de tous ses pavés irréguliers, de tous ses toits de tôle posés en biais comme un béret sur le front. Jouer les ballerines citadines !

Le soleil a l'air décidé à s'installer, je souris à un rayon qui me taquine la pommette tout en ôtant mes écouteurs de mon portable.

Un SMS : c'est César, justement.

Anniv Diane

Cher Prince bizarre, tu n'as décidément pas ton pareil. Depuis plusieurs années - depuis la mort de Papa -, César se fait un devoir d'être le premier à nous souhaiter notre anniversaire, et d'avertir les autres membres de la famille pour qu'ils ne l'oublient pas. Il connaît les dates de naissance de tout le monde par cœur, y compris de cousins que je n'ai rencontrés qu'une fois ou deux. En cet instant même, il doit être en train de prévenir Solène (qui ne réagira pas), et Mamie Belcore, et les parents de Maman, et les oncles, et jusqu'à certains voisins, ceux qu'il appelle « les proches ». C'est son rôle, qu'il prend très au sérieux.

Je range mon portable dans mon sac, surprends mon visage dans une vitrine. Par réflexe, je me tire la langue. Je réarrange mon chignon, qui a souffert de la descente tout schuss. Coquette, je ne l'ai jamais été, mais je fais plus attention à moi depuis que je vis ici, c'est sûr. Les gens se regardent tellement, et les regards sont souvent durs, supérieurs… Alors je me suis adaptée, en bonne renarde des montagnes. Je me suis fondue dans la faune des bars de nuit, avec les amis rencontrés au fil des mois. J'ai fait la fêtarde, j'ai enchaîné les soirées – et bien sûr, il y a eu Justin, avec qui je suis restée une année entière.

Mais là encore, j'ai « fait ma vie ». Justin n'a jamais bien compris ma passion pour le théâtre, il m'a accompagnée quelquefois à des spectacles et puis il a lâché – comme un peu tout ce qu'il faisait, en vérité ; à mon avis, c'est quand même son principal problème dans la vie.

Parmi les copains de l'école, pas de théâtreux non plus. Ils veulent plutôt bosser dans la pub ou dans l'édition, et se moquent gentiment de moi en m'appelant « Roxanne » ou « Antigone » quand je m'étends trop sur ma passion.

Tant pis. Les plus beaux spectacles que j'aie vus de toute mon existence, je les ai découverts seule, et je riais parfois, dans ma jubilation, de me trouver là, toute bouleversée, pleurant comme une fontaine sur mon pauvre strapontin dans une salle bourrée de couples et de groupes d'amis… La vraie petite vieille !

Eh bien, voilà ma vie : jeune et en meute, vieille et sans personne.

Ça me va très bien. Je me sens forte, légère et libre. Il y a quinze jours, j'ai largué Justin, juste après avoir terminé mon stage à l'Athénée… *Now I'm ready to start !*

Enfin, il faudrait que je trouve un boulot, justement pour « commencer ». À cette idée, le manteau coûteux de la vie refait surface dans mon cerveau et couvre d'ombre cette matinée qui démarrait si bien…

Et c'est alors que mes yeux font la mise au point sur la vitrine dans laquelle je me regarde. C'est une librairie – les lettres de son nom, LA PRODIGIEUSE, dansent comme des croches dorées sur une partition invisible, bardée de métal noir.

Je ne l'avais jamais remarquée avant. Elle n'est pas très grande, mais l'intérieur est attirant, avec ses grosses ampoules nues suspendues au bout de câbles comme dans un bar rock. Tiens, je pourrais prendre un bouquin pour Maman...

J'entre.

– Bonjour ! me lance la libraire.

Elle est jeune, à peine un ou deux ans de plus que moi.

– Bonjour, je murmure, toujours intimidée en entrant dans un endroit nouveau - et toujours étonnée de ne pas m'être débarrassée de cette bête habitude adolescente.

Elle s'approche de moi d'un pas assuré, et je la détaille sans m'en apercevoir. Plutôt petite, cheveux taillés à la garçonne avec une frange qui lui tombe sur un côté du visage, un sourire en lame de couteau, un grain de beauté en haut de la joue gauche et des yeux, des yeux noisette qui flamboient pour m'accueillir !

Comme si elle n'avait qu'une hâte, venir à ma rencontre. Comme si j'étais vraiment super intéressante, plus que toute autre chose.

J'aime bien son style. Son pull vert tout simple, finement côtelé. Son jean un peu grunge. Ses Stan Smith blanches flambant neuves. Dans la même seconde, je comprends que j'ai très envie de devenir son amie. Je ne sais pas pourquoi, c'est comme ça.

Elle dit :

– Laissez-moi deviner... vous cherchez un cadeau pour votre mère ?

J'en reste ébahie.

– Mais... Mais oui, en fait. Comment vous avez deviné ?!

Elle éclate de rire - une vraie grenade, son rire -, repousse sa frange. Et instantanément, j'ai envie de rire avec elle.

– Y avait une part de bluff, mais je ne sais pas, je t'ai vue regarder la nouvelle édition de Virginia Woolf... Je me suis dit, « Ça sent le cadeau pour Maman ! »

Je baisse les yeux sur la table. En effet, j'ai remarqué le coffret Virginia Woolf en entrant, avec l'illustration aux couleurs sable et bleu ciel sur la couverture, et puis mon regard a glissé ailleurs.

Je m'aperçois aussi qu'elle m'a tutoyée, et je devine - sans savoir comment - que ce n'est pas dans ses habitudes avec les nouveaux clients. Alors j'ose :

– Tu as vu juste, c'est pour ma mère. C'est une grande lectrice, ce n'est pas évident de lui faire découvrir des bouquins... Je sais qu'elle a lu *Mrs Dalloway*, en tout cas.

Elle se frotte le menton, un geste presque viril, un peu comique. Ce geste me plaît bien.

Et puis elle tape dans ses mains.

– Bon ! Normalement, je demanderais : « Qu'est-ce qu'elle aime lire, votre mère ? »

Et je rougis, flattée de ne pas être traitée normalement.

– Là, je vais plutôt te demander : « Elle *est comment*, ta mère ? »

C'est à mon tour de rire. Comment est ma mère ? Il y a tout un roman derrière cette question !

À une époque, j'aurais pu répondre : « Pas souvent là ». Ou : « Spéciale ». Ou « Pas hyper maternelle ». Et ç'aurait été vrai. Sauf que ça ne l'est plus. Pas tout à fait.

Je me mordille les lèvres.

– C'est le genre de femme qui aime la lumière. Elle est faite pour briller, c'est quelque chose qu'elle aime. Mon père était fou d'elle, il a passé toute sa vie à la regarder danser autour de lui, et il...

Je m'arrête, confuse de m'être autant confiée à cette inconnue. Elle hoche la tête en m'offrant son beau sourire scalpel.

– Il s'occupait des enfants en attendant qu'elle rentre au port, c'est ça ?

Elle sait, elle comprend. Elle sait même qu'il y a « des enfants ».

– C'est incroyable ! je dis en mettant ma main sur ma bouche. Comment... Comment tu sais ça ?

Elle hausse les épaules.

– J'en ai aucune idée ! Faut croire que le courant passe bien.

J'acquiesce avec joie.

– Il faut croire, oui. Ma mère était souvent absente, c'est vrai, notamment parce qu'elle a eu une carrière d'actrice, même si ça n'a duré que quelques années. Je la vois un peu comme Gena Rowlands dans *Opening Night*, parfois.

– Je vois, dit ma libraire, et ses yeux noisette pétillent. Mais ça ne nous dit pas ce que tu vas lui offrir ! Alors...

Elle se tourne vers les rayonnages de la bibliothèque derrière elle.

– On va éviter *Le Livre de ma mère*, c'est trop tarte à la crème. On veut un roman puissant, avec une femme de lumière, donc. Il faut une Italienne, c'est sûr !

Et tandis que je me demande comment cette sacrée nana peut savoir que j'ai des origines italiennes, elle forme un poing avec sa main gauche et l'envoie cogner dans sa paume droite.

Je savoure ce qui va suivre.

– OK, je l'ai ! elle annonce d'une voix canaille.

Et elle se met sur la pointe des pieds pour extirper un très gros bouquin, sur l'étagère la plus élevée. Elle me le colle entre les mains dans un « plof » réjouissant.

Je me penche sur le trésor... Le visage suave et farouche d'une femme aux cheveux noirs, prise de trois quarts, inscrite dans un cadre rouge. Le grain de la photo, la coiffure de cette femme, et peut-être mille autres choses que je n'identifie pas m'évoquent l'Italie des années 1930, une promesse d'épopée ample, brute. Solaire. Le visage de cette femme irradie littéralement, il est lumière, à me brûler les mains.

Goliarda Sapienza. Un nom beau comme une énigme. Je déchiffre le titre :

– *L'Art de la joie.*

Elle acquiesce et on se regarde, complices.

– On y est, non ? elle demande.

– On y est.

Et c'est bizarre, je vois bien qu'on est presque émues d'avoir trouvé.

– Merci du conseil, je dis.

Et j'ajoute :

– Je m'appelle Cléo.

– Moi c'est Nat', elle répond.

On se sourit.

– En fait, je vais en prendre deux. Un pour ma mère, un pour moi.

– C'est parti ! elle répond en empoignant un deuxième exemplaire. Tu verras, c'est un livre extraordinaire. Et une femme extraordinaire. Elle a vécu mille vies - d'ailleurs, elle a été comédienne, comme ta mère. Enfin, elle a surtout fait du théâtre.

– Du théâtre ?

Retour du sourire.

– Ah, j'ai mis le doigt sur quelque chose...

Dans ses mains, les deux exemplaires de *L'Art de la joie* nous font de l'œil.

– On peut dire ça. Je suis dingue de théâtre.

– Genre, contemporain ?

– Oui, je m'intéresse pas mal aux performances d'Angelica Lidell, par exemple - oh, et puis bien sûr, à tout ce que fait Pommerat. Enfin, il y a tellement d'auteurs que j'aime !

Elle se frotte le menton.

– Je vois ça. T'as l'air assez calée, murmure-t-elle.

– Vaut mieux : je veux bosser dans un théâtre. Je viens de terminer mon école.

Je m'arrête, déconcertée par son expression amusée. Et soudain, Nat' m'offre une nouvelle version de son éclat de rire.

– Tu le crois si je te dis que ma copine bosse à La Colline et qu'ils cherchent quelqu'un à la comm' ?

Comme je n'en suis plus à un miracle près, je me contente d'offrir à Nat' un sourire d'amie. Dans cette ville de bruit et de mouvement, j'ai trouvé une amie véritable...

Il se pourrait même que j'aie trouvé un boulot. *Now, I'm ready to start.*

4

Louise et le cafard

3 mai 2019

Ce matin-là, Théo cherche ma main dans le lit et ne la trouve pas. Les yeux fermés, il palpe le matelas du bout des doigts ; rien.

Je ne suis pas là. Je n'ai pas dormi à côté de lui.

Ou plutôt, non : c'est lui qui n'a pas dormi dans notre lit.

D'ailleurs, ce n'est pas notre lit. Sous ses orteils, il sent du métal froid, or notre lit n'a pas de barreaux, et puis celui-là est un matelas une place. Et ce contact rêche sous son dos, il ne le reconnaît pas, c'est celui d'une alèse, un truc de ce genre, oui, le genre de chose que l'on trouve dans...

Un hôpital. Il ouvre les yeux et se souvient, avec un mélange d'effroi et de soulagement, qu'il a décidé d'aller dormir à l'hôpital cette nuit. Parce qu'il n'y a que là qu'il se sent rassuré, il n'y a que là qu'on peut le prendre en charge, dresser entre lui et la Mort, qui le poursuit, un cercle protecteur. Comme ces barreaux de métal qu'il effleure avec ses orteils.

Il pense à moi, qu'il a laissée seule avec les trois enfants à la maison. Ça lui pince le cœur mais il n'avait pas le choix, ce n'était plus supportable.

La porte de sa chambre s'ouvre sur une infirmière - une rousse potelée à l'air sévère mais juste.

– Vous êtes réveillé ? Bien. On vous a accueilli pour la nuit parce que ce n'était plus supportable, mais vous ne pouvez pas rester, vous savez. On a besoin des lits pour les vrais malades.

Dans le cirage, Théo sourit, fait signe qu'il a compris. Il sort du lit, s'habille en un clin d'œil.

– Allez allez, avant que les médecins n'arrivent ! Votre femme vous attend. Et vos enfants, vous y pensez ?

Du couloir lui parviennent des sons divers : le bruit des chariots qu'on fait rouler, le claquement des grosses sandales que portent les soignants... tout ce charivari matinal de l'hôpital, qu'il a appris à identifier durant les longs séjours qu'y a passés Sarah - avant de mourir dans cette même chambre.

Comme il ne veut pas y mourir à son tour, il s'élance à toute allure vers la porte entrouverte. Vite, fuir de là !

Raté : un médecin (blouse blanche) surgit dans la chambre.

Ce n'est pas « un » médecin. C'est *le* médecin. Barbe de trois jours, cheveux en pétard, les yeux bleus malicieux, le sourire-rictus flottant au bord des lèvres... C'est le médecin de Sarah, celui qu'ils surnommaient « Dr House ». Le ponte en oncologie qui les a accueillis dans son service un terrible 23 décembre 2010, alors que Sarah était enceinte de Camille et - elle l'ignorait encore - atteinte d'un cancer.

C'est le médecin qui les a accompagnés, soutenus, malmenés, réconfortés au fil des tempêtes et des éclaircies. C'est l'homme qui, malgré tous ses efforts, n'a pas pu la sauver.

– Docteur ! s'écrie Théo, ébahi de retrouver cet homme qu'il ne pensait plus jamais revoir (mais pas si surpris, en vérité).

– Tout juste, Auguste ! répond le docteur d'un ton à la fois irrité et rieur. Bon, vous avez dormi là, c'est ça ? Je suppose qu'il fallait que ça arrive.

Théo hausse les épaules en signe d'impuissance. Il ne sait plus très bien comment il a atterri dans cette chambre d'hôpital - celle où Sarah est morte ! -, ça lui semble de plus en plus absurde. Comment a-t-il pu nous laisser, les enfants et moi, pour...

– Allons, tant qu'on y est, je vais vous ausculter, bougonne Dr House. J'ai cru comprendre que vous aviez des inquiétudes, en ce moment ? Une histoire d'ongles ?

– Oui ! exulte Théo, au comble du soulagement parce qu'enfin, enfin quelqu'un voit qu'il a peur, *sait* qu'il a peur, comprend que la Mort le harcèle et qu'il faut l'éloigner, pour l'arracher à ses griffes - et préserver au passage sa santé mentale, qu'il sent vaciller. Oui, il y a mes ongles, ils sont tout striés et ça ne part pas, j'ai lu des choses sur Internet, j'ai tapé « ongles striés » et...

– Tiens donc, souffle Dr House, plus irrité que rieur. Je vous croyais plus malin que ça, quand même ! Quoi d'autre ?

– Euh... Rien, enfin... Parfois, mon cœur... mon cœur bat trop vite, ou plutôt...

Théo s'arrête. Il ne sait plus très bien ce qu'il voulait dire. Il ne sait plus très bien ce qui l'inquiète tant, depuis des semaines *(des mois)* ; il sait seulement que ce qui, au début, s'exprimait uniquement par de vagues pensées crispantes est devenu un foyer d'obsessions morbides, terrifiantes.

– Vous comprenez, ce dont j'ai peur, surtout, c'est de mourir en laissant les enfants à la charge de Cléo - Cléo, c'est mon amoureuse, vous ne la connaissez pas mais...

Le docteur se gratte la barbe, pensif.

– Mais si, je la connais. Oui, bon. C'est classique, vous savez, après ce que vous avez vécu. Et bien sûr, la petite, vous avez peur qu'elle meure ?

– La petite...

– Oui, mon vieux ! Votre petite dernière. Louise. Vous vous souvenez d'elle ?

Théo vacille. Le visage joyeux de sa fille le traverse et il s'apprête à répondre quelque chose lorsque le docteur, dont les épaules sont brusquement devenues plus massives - on croirait un lutteur ! - lui fait signe de se calmer.

Puis, se grattant toujours la barbe, il va se placer derrière lui.

– Je vais vous ausculter « à la russe ». C'est le plus simple, dans votre cas.

Et avant que Théo puisse protester, il lui inflige une solide clef de bras, d'une seule main. De l'autre main, il lui palpe le ventre.

– Voyons voir, je suppose que vous avez des peaux mortes sur le tibia ?

– Non, non, c'est seulement mes ong...

Mais à cet instant, Théo baisse les yeux vers ses jambes, qui flottent sous sa chemise d'hôpital trop courte (quand a-t-il enfilé ça ?)... Horreur : de longues et profondes écorchures jaunes courent sur ses tibias, la peau est ravagée, mise à vif comme sous l'effet de griffes de fauve, et sèche comme si elle avait été exposée à un soleil brûlant. Théo réprime un sanglot.

– Calmez-vous, lui dit House. Regardez : pour vous, je vais affronter ma peur des bêtes !

D'un mouvement souple, le docteur plie alors ses puissantes jambes de lutteur et se met à genoux. Baissant les yeux, Théo découvre avec stupeur une énorme bestiole agrippée à son tibia gauche. Une sorte de cafard d'un noir métallique, gros comme un hamster, qui a planté ses pinces dans sa chair et agite ses antennes avec des cliquetis répugnants.

– On ne bouge pas, dit le docteur. On tient bon...

Enfin, les doigts du docteur décrochent le monstre du tibia.

Instantanément, Théo respire mieux.

– Là ! sourit House. Maintenant, ça va aller.

Et il balance la bestiole sur le lino vert de l'hôpital, sans même regarder où elle atterrit.

Théo, lui, voit tout : elle se rétablit rapidement sur ses pattes agiles, crapahute un moment et va disparaître dans un coin sombre.

Le docteur tape dans ses mains.

– Bon ! Et maintenant, les « vies courtes », vous allez arrêter vos bêtises ! La vie est longue, mes amis. Même si, parfois, elle ne dure pas assez longtemps.

« Mes » amis ? Pourquoi « mes » ? se demande Théo. Il tourne la tête et c'est alors qu'il voit, debout à côté de lui, vêtue d'une chemise d'hôpital qui la recouvre jusqu'aux orteils, sa petite Louise. Elle le dévisage, légèrement hagarde.

– Louise ? Ma chérie, qu'est-ce que tu fais là ?

Ses cheveux bouclés lui font une couronne d'or, qui tranche sur l'obscurité ambiante - car la chambre s'est transformée, comme par l'effet d'un maléfice, en une caverne de glaise souterraine. Louise écarquille les yeux sans répondre.

Et puis, sans crier gare, elle sort en trottinant dans le couloir - où elle va rejoindre l'agitation du matin.

– LOUISE !

Théo se redresse, en pleine panique. C'est le contact de ma peau sous sa main crispée qui lui fait prendre conscience qu'il est bien là, dans son lit, dans notre lit. À côté de moi.

Ce n'est pas son cri qui m'a réveillée, c'est le fracas de sa peur. Encore engluée dans le sommeil, je l'enlace et caresse ses cheveux trempés de sueur. Il tremble contre moi, et s'il savait pleurer, je crois que mes joues seraient imbibées de ses larmes. Je ne l'ai jamais vu aussi mal.

– Mon amour... Mon amour, je suis là. Ça va aller, je suis là.

– Oui... Oui...

Il halète, revient à lui.

– Excuse-moi. J'ai fait un cauchemar, c'était... C'est rien du tout.

Je crois bien que c'est la pointe du mensonge, ce « du tout » bravache posé comme un chapeau sur l'évidence, qui me fait réagir. Ces derniers jours, je l'ai surpris plusieurs fois en train de s'inspecter dans le miroir pour chercher des taches suspectes sur ses pommettes ou sur son front, j'ai vu ses yeux se fixer sur ses ongles dès qu'il se croit à l'abri des regards. Il n'a jamais été à l'abri du mien, mais jusque-là, je n'ai pas osé franchir la barrière inédite qu'il établissait entre nous - comme entre Louise et lui. C'est-à-dire entre lui et celles de notre famille qui n'ont pas vécu la tragédie, qui n'ont pas été « *frappées* ».

Celles qui, dans son esprit, sont du côté de la vie.

Simon et Camille, à ses yeux, font figure de vétérans. Et de ce seul fait, ils ne lui inspirent pas les mêmes peurs - précisément parce qu'ils ont déjà été frappés par le deuil de leur mère. Il a étrangement confiance en ce que la vie leur réserve, à eux, parce que quelque chose en lui estime qu'elle ne serait pas assez vicelarde pour cogner deux fois au même endroit. En revanche, il se dit qu'elle pourrait très bien, la garce, me meurtrir moi, qui ai pris la place de Sarah. Soit en le faisant mourir, soit en faisant mourir notre bébé.

C'est absurde, évidemment. Déraisonnable. Incompréhensible.

Mais je m'aperçois soudain qu'il ne s'agit pas de comprendre, seulement d'écouter.

Et par miracle, il ose me parler. Il me dit les peurs qui sont venus l'assaillir une à une, sans qu'il les voie venir. Alors même qu'il les sait sans fondement.

Il raconte. Notre rencontre qui l'a sauvé, en le projetant sur les rives de la vie au moment où il allait s'enliser dans le désespoir, mais aussi cette impression qu'il a toujours eue, dans un coin de sa tête, d'avoir berné la Mort...

Or, ce n'est pas le genre d'adversaire qui se laisse impunément rouler dans la farine.

Bien sûr, elle s'est faite discrète. Elle s'est si bien tapie dans les ténèbres que, les premiers temps, il l'a oubliée. Elle a commencé à émettre un ricanement à mesure que les enfants de Théo devenaient aussi les miens, mais ce bruit était trop ténu pour qu'il y prête attention.

Et puis, lorsque Louise est née - et qu'un flot de vie nouvelle et riante a éclaboussé Théo au visage -, la Mort a mis un pied dans la porte de la chambre de notre bébé. Elle s'est réjouie en l'épiant, tout occupé de son stupide bonheur de jeune père bien trop naïf.

Et à présent qu'il sait que, s'il arrivait quelque chose à sa fille, il ne s'en relèverait pas, elle triomphe ; elle lui dicte ses quatre volontés. Quoi qu'il tente pour la repousser, la Mort s'accroche à lui comme une saleté de cafard répugnant.

Il s'arrête, épuisé par sa longue confession. Je le regarde à travers les lacets d'ombre. Dans le noir, nos souffles chauds s'entremêlent ; je lui caresse toujours les cheveux, et la nuque, plus lentement.

– Saleté de cafard, il murmure.

Mais cette fois, je l'entends sourire.

C'est fou, la force qu'il a en lui. C'est fou comme il se régénère vite - un peu à la manière des enfants, dont la peau cicatrise plus rapidement que la nôtre. Il a gardé suffisamment d'enfance pour se relever de toutes les épreuves, voilà ce que je crois.

Papa l'aurait vraiment adoré, me chuchote une voix qui me rappelle celle de mon Antonin d'adolescente. Et moi aussi, je souris.

– Tu sais, je crois que tu as surtout besoin de temps. Il faut que tu prennes le temps de te rassurer, de constater qu'aucune catastrophe ne nous tombe dessus... que tout va bien.

Tout en murmurant ces mots, je caresse sa barbe courte, je le picore de baisers. Je sens son sexe durcir contre ma cuisse et je l'enlace plus fort en me disant qu'il est mon amour, que je l'aime. Que je suis là pour lui.

– Tu as raison, il répond. Il me faut juste un peu de temps... Il faut que j'arrive à me projeter sans avoir peur.

– Il faut que tu aies confiance.

Je ne précise pas en qui, ou en quoi. Confiance, c'est tout. À cet instant, ça me frappe comme une évidence : nos peurs sont contraires. J'ai connu l'accident, la bascule irrémédiable, le coup de téléphone qui tombe du ciel et arrête tout, et je suis souvent angoissée à l'idée de provoquer un nouvel accident en agissant trop vite ou mal. Me lancer, *intervenir*, cela me coûte toujours même si c'est ce que je souhaite faire. Théo, inversement, voudrait passer sa vie à courir d'un projet à l'autre, sans jamais s'arrêter, tant la simple possibilité de remettre le pied dans le marécage qu'il a traversé le terrifie. Il a connu la lente torture de voir son aimée dépérir, il a vécu l'amour cabossé et flétri, nourri le secret espoir - espoir atrocement honteux, coupable - que s'arrête enfin cette insupportable agonie.

Et je comprends soudain qu'en ce moment même, il voudrait déjà en avoir terminé d'une épreuve qu'il doit d'abord affronter, en la prenant pour ce qu'elle est : un mal nécessaire. Car elle lui permettra, ensuite, d'accorder à nouveau sa confiance au temps qui dure. Comme Papa l'avait compris, on peut faire du temps un allié, pour peu qu'on lui confie ce rôle.

– Je t'aime, murmure Théo en m'embrassant.

Ses lèvres répondent à mes baisers, ses mains à mes caresses. Demain, je lui dirai ma décision d'adopter légalement Simon et Camille. J'y pense depuis plusieurs mois, et cette nuit, subitement, je sais que je suis prête.

Je lui proposerai aussi de les emmener tous les deux en week-end chez ma mère, pour passer quelques jours avec eux, et pour qu'il ait Louise juste pour lui. Sans que je sois entre eux.

Tandis que nos corps s'échauffent et dansent, dans le délicieux froufrou de nos gémissements, tandis que le désir monte avec un grondement félin, je me rappelle ce que j'ai dit à Pauline à propos de mon travail, la dernière fois : *Y a plus beaucoup d'excitation.* Un rire gamin me chatouille la gorge, comme je mordille joyeusement la peau de mon homme, et je décide que s'il est capable de réapprendre à se projeter sans peur dans l'avenir, je peux bien, moi, décider de changer de boulot !

Après tout, il y a un moment où il faut se lancer, dans la vie.

5

Sauve-moi

14 avril 2015

« Ce soir, je vais à la fête de Nat' et Véro. »

C'est une petite phrase anodine, n'est-ce pas ? Une phrase comme pourrait en prononcer n'importe quelle jeune femme de vingt-sept ans qui sort quasiment tous les soirs. Un week-end comme un autre, une soirée qui promet d'être réussie, mais pas forcément plus que celle de la dernière fois, ou que la prochaine.

Rien d'extraordinaire - *a priori*. Ça fait trois ans que Nat' et Véro font partie de ma vie, qu'on écume les bars et les soirées ensemble. Nat' est ma libraire, et Véro ma collègue à la Colline. On a mélangé nos copains, et on forme une chouette petite bande.

Debout face au miroir ovale accroché à l'entrée de mon studio - j'y ai récemment emménagé et je l'aime d'autant plus que je paie le loyer avec mes sous, comme une grande -, je me maquille, juste un peu. Nat' m'a dit en rigolant que Salim serait là ; on s'est vaguement dragués, lui et moi, à une autre soirée... mais bon, je viens juste de rompre avec Loïc et je n'ai pas trop la tête à ça.

Un trait de noir sur les yeux, un peu de rouge à lèvres, ça ira bien. Je tire la langue à mon reflet, et c'est parti. *Si la lune est pleine, la soirée sera belle...*

Ce soir, mais je ne le sais pas encore, je rencontre Théo.

*
* *

Comme d'habitude, les filles ont soigné les choses. Buffet campagnard, coupes de fruits, tables assorties. Ça danse déjà dans le salon. Nat' m'accueille de son traditionnel « salut bichette », une main passée sur ma nuque pour me planter une bise sur la joue, Véro m'offre un de ses fameux « câlins express » si doux, puis je me fonds dans la masse.

Sur le dancefloor, les premières mesures de *And we danced* de Mackelmore résonnent. Je ne vois pas du tout comment je pourrais résister à ça !

Il est tard quand Théo sonne à la porte. Je l'aperçois parce que, justement, je viens de quitter la piste pour me faire une assiette. Je meurs de faim ! J'ai les joues rouges d'avoir dansé et chanté, et je sens poindre cette amorce de fatigue qui n'en est pas encore, et qui fait se sentir merveilleusement bien.

Théo, je l'ai vu à quelques soirées, en coup de vent. Véro et lui se connaissent depuis un moment ; la dernière fois, j'ai remarqué qu'il était pâle et qu'il avait l'air épuisé, et elle m'a expliqué que sa copine, Sarah, était victime d'une rechute cancéreuse.

– C'est horrible, elle a dit, parce qu'ils ont vraiment cru qu'ils étaient tirés d'affaire. Et nous aussi, on l'a cru. Ça faisait plusieurs années qu'elle était en rémission, ils ont deux enfants... Là, elle ne va pas bien du tout. Et lui non plus.

Malgré moi, je le suis du regard tandis qu'il repousse doucement mais fermement l'étreinte de Véro, salue Nat', avance en tanguant un peu, puis saisit un verre de vin qu'il siffle d'une traite. Il a maigri depuis la dernière fois que je l'ai vu... Et il n'avait pas ce rictus amer.

Gênée à l'idée de l'épier, je repose mon assiette sur la table, pour détourner l'attention (mais de qui ?), et je me sers un verre.

Ouf, il est sorti de mon champ de vision. C'est vraiment un beau mec, d'ailleurs, mais...

– Aïe !

On me cogne le bras : mon verre m'échappe, j'en renverse la moitié. Merde, mon tee-shirt préféré !

– Désolé, il marmonne, j'étais ailleurs.

Ses yeux tombent dans les miens. Il se frotte le coude pour dire qu'il ne l'a pas fait exprès. Moi, je le regarde et j'ai subitement l'étrange, la confondante sensation de percevoir tout ce qu'il veut cacher au reste du monde. Sa douleur qu'il trimballe sous ses vêtements froissés ; sa peur, sa fatigue ; il me livre tout alors même qu'il pense le déguiser. Je sais qu'il est plus âgé que moi et qu'il me voit sûrement comme une gamine, mais là, face à lui, je me sens emplie d'une assurance étonnante.

– T'inquiète, je dis, c'est un tee-shirt que m'a prêté ma sœur, elle le déteste.

Et je prends une serviette sur la table pour m'éponger. Pourquoi est-ce que j'ai dit ça, moi ? N'importe quoi. Je ne vois pas Solène assez souvent pour qu'on se prête des fringues et, de toute façon, on n'a pas du tout le même style... et surtout, c'est *mon* tee-shirt, mon tee-shirt préféré ! Je ne sais pas, c'est sorti tout seul. Peut-être que je n'avais pas envie de le mettre mal à l'aise, avec tout ce qu'il traverse.

Il a dû le sentir - qu'il m'en ait été reconnaissant ou que ça l'ait agacé -, car il se met à me fixer avec une attention neuve. Je peux même voir, à son sourire naissant en coin, que je lui plais... et je peux sentir aussi qu'il n'a aucune intention de me le faire savoir.

Tant mieux. Mais comme il me scrute, et comme je me sens décidément pleine d'assurance, je lui rends la pareille. Je détaille son visage long, sec, le nez franc, ce sourire de côté agaçant mais mignon, les cheveux noirs et bouclés. Le pull qu'il porte est déchiré sous l'aisselle, ça n'a pas l'air de le gêner.

Il y a quelque chose en lui, malgré l'embarras que je ressens à me trouver face à quelqu'un qui traverse une telle épreuve, qui me donne envie de le... taquiner. C'est vraiment bizarre, ça ne me ressemble pas du tout. Dans le même temps, je sens toute sa détresse et je voudrais pouvoir l'éteindre, parce qu'il n'est pas juste qu'il souffre autant. Pas juste du tout.

Je pioche un morceau de fromage dans mon assiette.

– Tu manges pas ? je lance. Les filles ont encore préparé un super buffet, tout est délicieux !

Pour être franche, je ne sais pas si je lui ai dit ça par gentillesse, pour lui proposer un truc sympa, ou pour une autre raison. Pour provoquer quelque chose que je sens couver sous son regard vibrant.

Ça marche, en tout cas. Son sourire, de très légèrement charmeur qu'il était, se teinte d'une nuance sombre.

– Nan, je mange pas en ce moment.

Et ce n'est pas moi, pas exactement, qui réponds ensuite, au fil d'un échange qui s'accélérera de plus en plus. C'est la Cléo *d'en dessous de moi*, celle qui sait les choses à l'instinct, qui fait ce qu'il faut et qui est là où elle doit être sans savoir comment ; celle qui savait où se trouvait César le soir où il avait disparu, celle qui a crié de douleur au moment précis où son père tombait en montagne, celle qui a compris que Solène était en danger la nuit de l'Orphus.

– Ah ? Tu fais un régime ?

Je sais très bien que non, mais je dois aller le piquer là où ça fait mal, pour le faire sortir de lui. Pourquoi ? Ça, je n'en sais rien. Je reprends :

– Moi, j'aime beaucoup trop manger.

Je pose mon assiette, puis j'allume une cigarette. Et je lui souris en lui criant en pensée « *Parle-moi* » - et le pire, c'est que je ne sais toujours pas pourquoi je fais ça. Ça n'a pas de sens de chahuter ce garçon qui souffre tellement, ce garçon que je connais à peine et que je ne reverrai sûrement pas de sitôt...

Il retrousse la lèvre supérieure sur un sourire de caïman. Je l'ai énervé.

– Je fais pas un régime, nan. Je ne mange pas parce que j'ai pas le temps de manger, en ce moment. Ma copine, elle... est en train de mourir.

À cette seconde, je comprends qu'il est en train de faire la même chose que moi, d'une manière différente : piquer là où ça fait mal. Je l'ai bien vu à la façon dont il a appuyé sur le mot « mourir », comme pour me renvoyer à ma réalité superficielle de gamine sans problème.

Je ne sais pas pourquoi il fait ça, mais là aussi, ça marche. Bien qu'on ne se connaisse pas, je suis atrocement désolée qu'il souffre. Comme je le serais pour n'importe qui. Peut-être un peu plus, maintenant, après quelques minutes de conversation au milieu du brouhaha.

– Véro m'a dit. Je suis désolée, vraiment.

Il a un vague geste de la main pour dire que ce n'est pas grave, ou qu'il se fout de ma compassion. J'ai envie d'ajouter que c'est sincère, et notre discussion s'apprête à échouer dans un échange de platitudes - profondément navrées pour moi, poliment reconnaissantes pour lui.

Mais à cet instant, on entend quelqu'un parler de « Cabu et les autres », dans un petit groupe derrière nous.

Théo lève les yeux au ciel.

– Oh putain, non, pas Charlie.

Du tac au tac, je réponds :

– Ben, c'est normal que les gens en parlent. C'est tellement triste...

J'ai dit ça parce que je le pense - l'attentat de Charlie Hebdo date de trois mois, mais reste une blessure à vif -, et aussi parce que je ne veux pas lui céder un pouce de terrain sur cette voie de désespoir. (Mais *pourquoi* est-ce que c'est aussi important pour moi ? Ça, je l'ignore.)

Il fonce tête baissée :

– Oui, oui, j'entends bien, mais tu sais - pardon si ça te choque -, je me réveille chaque matin en me disant que ma nana va mourir et que je vais me retrouver seul pour élever nos deux mômes, alors tu vois, ça peut paraître égoïste mais j'y arrive pas, désolé. J'arrive pas à éprouver de la peine, et je trouve même que les gens se racontent des histoires quand ils disent qu'ils pleurent en pensant à Cabu ou à Tignous. Même si c'est horrible, évidemment.

Du regard, il me défie d'oser répondre quelque chose à ça.

Et à vrai dire, je me serais arrêtée là, en d'autres circonstances. Je n'aurais pas eu envie d'aller au conflit, j'aurais laissé tomber.

Seulement, face à lui, c'est différent. Je sens brusquement une fantastique colère monter en moi. Une colère comme j'en ai rarement ressenti, qui me dépasse et, cependant, me fait du bien. Une colère qui m'embrase et me charge de vigueur. De désir ?

– Pardon aussi, mais ça n'a aucun rapport. Aucun rapport. J'ai perdu mon père dans un accident quand j'avais dix-sept ans (il sursaute au mot « accident »), j'ai eu ma part de souffrance. Et ça ne m'a pas empêchée de chialer pendant quinze jours, chaque matin, après les attentats de Charlie Hebdo.

Je m'arrête, tremblante de rage. Sans que je m'en rende compte, mon regard s'est agrippé à ses lèvres, que je vois trembler - et instantanément, j'ai peur de lui avoir fait du mal.

J'ai envie de lui présenter des excuses, ou de... Je ne sais pas.

Mais qu'est-ce qui me prend ? Qu'est-ce qu'il m'a fait, ce mec, pour que je me mette dans des états pareils ?

À bout de souffle, je lui dis :

– Je n'ai aucune idée de l'épreuve que tu traverses, mais je crois vraiment que ça n'a pas de rapport.

Et je m'enfuis avant que ça ne dérape.

Je mentirais si je disais que je ne sens pas son regard s'attarder sur moi, tandis que je me mêle à la foule, cœur battant. Je mentirais si je disais que je n'espère pas être rattrapée par lui.

6

Tout ira bien

9 mai 2019

Assise les genoux en dedans, Louise joue devant une maison de poupée deux fois plus grande qu'elle. C'est un cadeau de César. Au départ, on a trouvé ça un chouia incongru. Mais depuis quelques semaines, impossible de l'en décoller.

C'est une maison en bois peint, à deux étages, avec un petit hall d'entrée, une petite cuisine, cinq petites chambres, deux petites salles de bains, un petit grenier et même un petit cabinet de toilette. César a fabriqué les meubles miniatures avec du bois, du tissu, des allumettes, du papier mâché. Tout y est, jusqu'aux casseroles en cuivre suspendues au-dessus des plaques de cuisson qui rougeoient si on enclenche l'interrupteur caché derrière la cloison. Jusqu'aux lampes qui s'allument, jusqu'à la cheminée qui crache de la vapeur d'eau. Un vrai rêve d'enfant, une merveille.

– Et il y avait la maman de Manon, et il y avait Lou et Célia et Éloïse, et il y avait Maman et Papa, et Simon, et Camille, qui disaient « Joyeuuux aaanniversaire, Louise ! » Mais moi je joue ! Je joue dans la voiture !

Louise trifouille dans sa boîte de Playmobil. Théo la dévore des yeux, depuis le canapé où il bâille tranquillement. Il voudrait tout capter des gestes méticuleux, des mots qu'elle enfile comme sur une guirlande de sa voix claironnante, tandis qu'elle force un Playmobil chevalier (censé incarner Camille, s'il a bien suivi) à s'asseoir dans un fauteuil club. Elle est entièrement absorbée par son jeu.

– Maintenant, tu vas au dodo ! Siii, tu vas au dodo, tu es malade ! Alors je te soigne, tu prends ta limonade ? Voilà, et maintenant tu vas au dodo !

Il n'y a aucune raison que le jeu s'arrête. Ça pourrait durer éternellement et, d'une certaine manière, tout serait parfait ; c'est ce que Théo se dit, là, à la regarder jouer. Il s'extasie encore une fois de voir à quel point sa fille ingurgite le monde qui l'entoure. Il en est venu à penser, parfois, que les enfants détiennent un savoir absolu, universel, une prescience des événements dont ils ne peuvent malheureusement rien faire, et qu'ils perdent en grandissant. Mais qui les anime, habite et habille chacun de leurs gestes.

– Siii, tu es malade ! Tu arrêtes de pleurer, il faut faire dodo !

Le Playmobil indien (alias Papa) en prend pour son grade, finit jeté sur un lit.

– En parlant de malade, murmure Théo, il en est où, le docteur ?

Il consulte son portable. OK, il devrait arriver d'ici une dizaine de minutes. Théo l'a appelé parce qu'il a remarqué, hier, que Louise avait un début de conjonctivite. Ils devront sûrement éviter de sortir. Mais en fait, l'idée de passer une autre journée à la maison avec sa fille, sans s'aventurer plus loin que dans le jardin qui renaît de jour en jour, lui plaît beaucoup. Il goûte ces instants-là comme s'ils lui étaient rendus... Comme s'il était un tout jeune papa.

Il le comprend en sentant son cœur se froisser à la manière d'une fleur de papier lorsque sa fille éclate de rire toute seule, tout à son jeu ; il renaît lui-même en la regardant grandir.

(Au même moment, je prends la route du retour avec Simon et Camille, qui râlent parce que les lacets leur donnent mal au cœur. Alors je roule aussi lentement que possible.)

– Ça va, ma chérie ? dit Théo à Louise.

– Ouiiiii ! elle crie en serrant les poings sur deux Playmobils qu'elle secoue vivement (Théo a l'image fugace d'un Hercule nourrisson étouffant entre ses poings les serpents qui se préparaient à le tuer, et cette image lui arrache un gloussement ravi).

– On se met un peu de musique ?

– Ouiiii, mu-sique, mu-sique !

Galvanisé, Théo se lève d'un bond, plante ses deux pieds sur le canapé et cherche un CD sur l'étagère.

– Ah, ça, ça va nous mettre la pêche !

Il appuie sur « Start ».

Dès que résonnent les premières notes de guitare, dessinant dans l'air une mélodie à la fois lyrique et martiale, il va chercher le regard de Louise.

Elle lui offre un sourire excité et pousse le cri qu'il espérait, et qui le comble de fierté :

– Ronmaiden ! Ronmaiden !

I am a man who walks alone
And when I'm walking a dark road
At night or strolling through the dark

When the light begins to change
I sometimes feel a little strange
A little anxious when it's dark

Fear of the dark...
Fear of the dark...

Il monte le son pour faire hurler Iron Maiden ; tous deux se fixent avec joie et malice, elle agenouillée au sol et lui debout sur le canapé, attendant l'accélération... Quand le riff éclate, Théo la rejoint en un grand saut, l'attrape sous les aisselles et la fait tournoyer au-dessus de lui, se régalant des piaillements qu'elle pousse en rythme avec les trilles de Bruce Dickinson.

La sonnette retentit.

Il s'immobilise et va ouvrir, sa fille sous le bras comme un paquet hilare.

– Bonjour docteur Abensour, entrez !

– Oh là, oh là ! Qu'est-ce que c'est que cette musique de sauvages ?!

– Je vais éteindre, rassurez-vous !

Et d'un autre bond, se sentant très jeune homme, Théo court éteindre la chaîne hifi, Louise toujours roulée sous son bras.

Le docteur entre dans le salon en grommelant, pose sa mallette de cuir sur la table. Théo l'aime bien. C'est le médecin de la famille depuis la naissance de Simon, un médecin tel qu'on en voit dans les films des années 1950 : bougon, rouspéteur et totalement dévoué à ses patients. Sa salle d'attente ressemble à la cour des miracles, il engueule ceux qui refusent de prendre leur traitement et doit sans doute avoir un lit de camp dans son cabinet, vu le temps qu'il y passe - il n'en sort que pour donner des visites à domicile, le matin.

Avec ses cheveux poivre et sel frisés, ses lunettes rondes, son grand nez et son corps compact, ramassé sous son manteau duveteux, il a des allures de Père Fouettard qui aurait changé de camp. Pour Théo, il n'y a pas le moindre doute, cet homme-là est du côté du Bien.

Pour Louise, en revanche, c'est moins évident... En le voyant enlever son manteau, elle se met soudain à brailler, car elle comprend qu'il est là *pour elle*.

– Ah, tu m'as reconnu, hein ? Allons, allons, calme-toi ! Tu sais que je ne vais pas te faire de mal !

Mais elle couine de plus belle et s'agrippe à son père, qui s'en réjouit.

– Je suis désolé, docteur...

– Oui oh, j'ai l'habitude, répond le médecin de sa voix pincée, aigrelette, qui chantonne pourtant. Tenez, enlevez-lui son gilet, on va regarder ça.

– C'est juste une conjonct...

– Oui, oui, on va regarder ça, enlevez-lui son gilet.

Théo abandonne la bataille, habitué aux manières expéditives du docteur. Il obéit docilement, cale Louise entre ses genoux et s'efforce de la calmer. Elle hurle quand le stéthoscope vient toucher sa poitrine, hurle quand le docteur se saisit d'une cuillère pour ausculter sa bouche, hurle quand Théo la rhabille en lui répétant que c'est fini.

Lorsqu'il la pose dans le canapé, elle cesse enfin de hurler mais n'en reste pas moins sur ses gardes, tenant à l'œil le bon docteur qui lui adresse un sourire malicieux avant de commencer à ranger ses affaires.

– Alors, votre femme est avec les deux grands ?

Théo relève la tête au-dessus du chéquier qu'il était en train de remplir.

– Euh, mais oui... Comment vous le savez ?

– C'est elle qui me l'a dit ! assène le docteur. Je l'ai appelée tout à l'heure, je ne savais plus votre adresse et elle m'a dit que vous étiez seul avec la petite.

– Oui, elle rentre dans l'après-midi.

(Je jette un œil au rétroviseur : après trois bons quarts d'heure de chamailleries, Simon et Camille se sont endormis. Elle a posé sa joue sur l'épaule de son frère et lui, sa tête contre celle de sa sœur.)

– Bon ! C'est bien de séparer les fratries, de temps en temps. Ça permet de s'accorder des moments privilégiés avec chacun.

Tout en détachant le chèque du carnet, Théo acquiesce, un sourire aux lèvres. Quand le bon docteur se laisse aller à une conversation d'ordre privé, il a toujours un peu l'impression de converser avec un mage - un de ces personnages de vieux illuminés, dans les films, dont on ne sait pas s'ils ont perdu la raison ou si, au contraire, ils détiennent un savoir absolu, universel... le savoir des enfants...

Assise dans le canapé avec les genoux en dedans, Louise babille, tout à fait calme. C'est alors que le docteur se rassoit face à Théo, comme pour en venir aux choses sérieuses.

– Et vous, alors ?

– Euh... moi ?

– Oui, vous. Votre femme m'a dit que vous traversiez une phase pénible, non ?

Le premier réflexe de Théo est de balayer la remarque d'un geste. Et puis il se ravise, décide de lâcher du lest. Après tout, cet homme-là le connaît bien. Il a vu ses enfants naître et grandir, il a connu Sarah, aussi. Il sait tout ce qui s'est passé dans sa vie.

– Ça va mieux, mais ç'a été dur, c'est vrai. Je n'ai rien vu venir... J'ai l'habitude de me sentir assez invincible, après tout ce qu'on a affronté, et puis j'ai rencontré Cléo et tout est allé si vite, tout a été si facile... Enfin, bref, il y a quelques mois, j'ai commencé à avoir des inquiétudes, à me surveiller tout le temps. J'ai aussi eu des vertiges, des nausées, ce genre de choses... Je me suis fait peur. Je me suis un peu torturé moi-même, je crois.

Il jette un œil sur ses ongles, légèrement honteux, puis il poursuit :

– Je me suis même imaginé que j'avais un cancer des ongles !

Et il baisse la tête, gêné.

Mais le docteur ne sourit pas, et ne fronce pas non plus sourcils ; il conserve la belle gravité qui est la sienne en toutes circonstances, y compris quand il râle ou bougonne. De son côté, Théo regarde Louise les regarder, depuis son canapé ; il jurerait qu'elle comprend absolument tout ce qui se passe.

Sans un mot, le docteur tend la main par-dessus la table. Théo se demande s'il ne va pas lui frotter les cheveux comme à un môme, mais au lieu de ça, il lui saisit les doigts, les attire doucement vers lui et les inspecte du regard.

– Hmmmm... Bon !

En cette seconde, et en dépit de tout ce qu'il s'est répété ces derniers jours, Théo sent son cœur s'accélérer. Il ne peut s'empêcher de voir le docteur tordre soudain la bouche et annoncer une catastrophe.

– Pour vos ongles, ça doit être un lichen ou un psoriasis, je ne sais pas au juste. Il faudrait voir un spécialiste. En tout cas, ce n'est rien de grave. Pour les nausées et les vertiges, c'est tout simplement que vous avez enfin commencé à faire votre deuil. Vous accusez le choc - nerveusement. Et j'allais dire : il était temps.

Les yeux fixés sur le visage immuable du docteur, Théo pousse un long soupir de soulagement.

– Votre femme - je veux dire, Cléo –, elle a bien fait de me parler de ce qui vous arrivait. Parce que, vous voyez, ça va me permettre de vous dire deux choses. La première, c'est qu'il est parfaitement normal que vous passiez par une phase comme celle-là, étant donné ce que vous avez vécu. C'est le contraire, à mon avis, qui serait alarmant. Ça remonte à cinq ans, maintenant, mais en tant que médecin, j'y pense encore souvent. Alors je ne pourrais pas concevoir que votre corps n'y pense pas aussi, même si votre cerveau s'y refuse. Ça ne veut pas dire qu'il faut passer votre vie à ressasser, hein !

– Non, non, murmure Théo en rougissant, trop soulagé pour songer à une réponse plus élaborée.

– Bon, déclare le docteur. Alors...

– Et la deuxième chose ?

– Comment ?

– Vous vouliez me dire deux choses...

– Ah, oui ! Vous faites bien de me le rappeler, marmonne le docteur en réajustant ses lunettes rondes. Je voulais vous dire aussi, par rapport à ce que vous avez pu redouter pendant vos phases d'angoisse... disons, les *trucs emmerdants*. Eh bien, voilà : les trucs emmerdants, ça ne commence pas du tout comme ça.

Théo acquiesce, presque sonné.

Les trucs emmerdants, ça ne commence pas du tout comme ça.

Et, comme ça, d'un coup, dans l'écho de la voix pincée du bon docteur, Théo sent ce qu'il restait de poids s'envoler de ses épaules. Il s'autorise une gigantesque bouffée d'air.

Satisfait, le médecin se lève, range le chèque dans sa mallette, enfile son manteau.

– Au revoir, docteur !

Depuis le canapé, Louise lui adresse un grand signe victorieux qui, pour Théo, prouve de façon indubitable qu'elle a tout compris de la scène qui vient de se jouer. À moins qu'elle ne soit seulement contente que le méchant monsieur s'en aille.

(À la minute où la porte se referme sur le dos rond du bon docteur, Simon et Camille rouvrent les yeux, à l'arrière de la voiture.

– On est arrivés ? s'exclame Simon.

Je souris et réponds :

– Encore un peu de patience.)

*

* *

Quand les enfants ouvrent la porte de la maison, *Highway To Hell* d'AC/DC leur hurle aux oreilles. Ils se précipitent dans les bras de leur père.

Je les suis d'un pas tranquille.

Théo les embrasse, puis ils accaparent Louise et se lancent à trois dans un *air guitar* synchronisé, pendant lequel Camille enseigne à sa sœur l'art du *headbanging*. Je me serre contre mon homme.

– C'était bien, ce petit week-end à deux ?

Il me gratifie d'un sourire très doux.

– C'était parfait. On a passé plein de super moments. Oh, et merci d'avoir parlé au docteur, au fait... Ça m'a fait du bien.

Sans répondre, je me blottis contre lui en regardant nos enfants brailler l'hymne d'AC/DC dans un anglais approximatif, Louise portée en triomphe par les deux grands, et je songe au joli paradoxe que je suis en train de découvrir : être une maman, c'est certainement être là, avant tout ; mais parfois, c'est aussi ne pas y être, pour laisser à l'autre le temps de trouver sa place. C'est aussi s'employer à ne pas être uniquement une maman. Ma mère avait bien compris cet aspect-là du raisonnement, même si la première partie lui a longtemps échappé.

– Qu'est-ce qu'il y a ? me demande Théo en me caressant la joue. Tu rêves ?

– Je pensais à un bouquin que j'ai lu pendant qu'on était chez ma mère. Elle me l'a prêté, c'est un roman qu'elle adore depuis toujours. Elle dit qu'il lui a plus ou moins servi de guide, ou de repère, dans les moments où elle a eu l'impression de se perdre. Je l'ai lu... et j'ai compris ce qu'elle voulait dire. Exactement. Et j'ai adoré. C'est une histoire de famille, très riche, pleine de vie. Un peu à la Pagnol, tu vois ?

– Très bien. Ça s'appelle comment ?

– *Les Enfants véritables.*

– Joli.

– Non, c'est mieux que ça. En fait, tu vois...

Je m'arrête, pour prendre le temps de goûter le scintillement qui frétille jusque dans les boucles brunes de Théo.

– Oui ?

– Je me dis que ça ferait une super pièce de théâtre.

Il sourit plus fort, le scintillement s'accentue.

– Et ?...

– Et que je me verrais bien la mettre en scène !

7

Théo en suspension

4 juin 2015

C'est un bel après-midi, très ensoleillé ; l'été montre ses cheveux. Je marche à pas rapides vers le bar où Théo m'attend, en terrasse. La boule au ventre.

Depuis deux mois, on se voit. On se rejoint le soir, loin des regards, les taxis nous mènent l'un à l'autre et nous déposent, rêveurs et excités, aux portes de rendez-vous secrets, impromptus, toujours magiques. Nous partageons des verres, des nuits d'amour, des rires. Heureux comme deux...

Non, je ne peux dire ce mot.

Depuis deux mois, je me laisse glisser sur « la pente Théo » en prenant ce qu'il y a à prendre, consciente du fait que cela ne durera pas toujours... J'essaie de ne pas y penser, tout comme je m'efforce de ne pas traduire en mots ce que je ressens de plus en plus pour lui - car si les mots venaient à surgir, ils briseraient le rêve flou qui nous abrite et me jetteraient sur le pavé humide du réel.

Théo a une femme, Sarah, qui est en train de mourir, deux enfants que je ne rencontrerai jamais, un combat à mener qui l'anime et le consume à petit feu ; un combat qui est toute sa vie, à l'exception de la petite part que j'y occupe. Nos baisers lui rendent un peu de joie et de jeunesse, les heures que nous partageons n'appartiennent qu'à nous et leur magie me chamboule, mais tout cela ne doit pas sortir du tunnel que nous empruntons, chacun à un bout, pour nous retrouver une fois le soleil couché et le reste du monde endormi.

Tout en marchant, je me répète que c'est vers la fin de notre histoire que je me dirige, et je sais déjà que je ne repasserai plus devant la terrasse où Théo m'attend sans un pincement au cœur, en songeant que c'est là qu'il m'aura dit « C'est fini ».

Comment pourrait-il en être autrement ? Il m'a appelée pour me demander de venir le rejoindre en urgence, parce qu'il doit me parler. Ça ne peut signifier qu'une chose.

Je lui fais un signe en l'apercevant. Il s'est placé au centre de la terrasse, au milieu d'une dizaine de personnes réparties par couples ou par petits groupes d'amis. Son visage est baigné de lumière, je remarque la manière dont ses yeux verdissent au soleil, et je note aussi le pli discrètement crispé qui tire sa lèvre inférieure.

Quand je m'assois face à lui, mon cœur bat si fort que je n'entends pas ses premières paroles. Et puis, les images qui affluent dans ma tête font obstacle. Je revois son sourire extatique la fois où il m'a proposé, à trois heures du matin, de regarder *La vie est belle* de Capra avec lui. Sa main calée autour de ma nuque. Son nez plongé dans mes cheveux. Sa voix devenant rauque dans mon oreille. Les mille expressions qui ont traversé son visage tandis qu'on se découvrait mille points communs, et tout autant de sujets de divergence qui nous donnaient l'impression merveilleuse de nous être *trouvés* – mais bien sûr, je ne peux pas penser à ça.

Il a noué ses grandes mains sous la table. Une bière à demi vide est posée devant lui, qu'il a dû boire pour se donner du courage. Je voudrais l'aider à en finir, lui dire que je comprends, pour nous éviter plus de douleur. Dans un flash, je revois ce moment où il a sangloté entre mes bras, épuisé par les jours de veille à l'hôpital, par la peur et le chagrin, acceptant enfin de céder pour une minute, parce qu'il avait assez confiance en moi pour se mettre à nu.

Ce jour-là, il m'a parlé pour la première fois de Simon et Camille.

Ce dernier souvenir éclipse tous les autres et, du même coup, me ramène au présent. Sans doute le sent-il, car son regard verdoyant se fait plus grave. Il inspire fort et se lance - depuis que je le connais, il n'a jamais hésité à se lancer dans quoi que ce soit. C'est ce que j'aime chez lui... sauf que, bien sûr, cette pensée aussi m'est interdite.

Ça y est, il parle. Je ferme les yeux très vite, en prévision de la sentence à venir, et les rouvre aussitôt pour l'affronter. Il dit :

– Alors voilà. Quand on a commencé à se voir, je t'ai dit que ça ne durerait pas. Je t'ai dit que ma vie était ailleurs, et que je ne pouvais rien te promettre d'autre que quelques moments. Je t'ai dit que Sarah était en train de mourir, que ma place était auprès d'elle, et que je ne pouvais pas envisager d'avenir avec quelqu'un d'autre.

Il s'arrête pour reprendre sa salive, ou retenir un sanglot, je ne sais pas - le soleil m'aveugle un peu, ou alors ce sont mes propres larmes qui menacent. Il dit :

– Ce n'était pas vrai. Je ne le savais pas à l'époque, ou alors si, et je ne voulais pas me l'avouer. Quoi qu'il en soit, ce n'est plus vrai. Je ne sais pas combien de temps va vivre Sarah ; tout ce temps-là, je serai à ses côtés...

– Oui, bien sûr !

C'est sorti malgré moi, de la torpeur brumeuse où je me sens engluée, entre les larmes que je vois poindre et qui troublent ma vue. Il lève une main pour me demander de ne pas l'interrompre. Il dit :

– Je *serai* à ses côtés tout ce temps-là, Cléo. Mais ce que je veux te dire, c'est que si tu veux m'attendre... Moi, je voudrais que notre histoire ne s'arrête pas. Parce que je t'aime.

Le mot me frappe en plein cœur, à m'en couper le souffle. Il l'a dit très simplement, comme s'il lui était impossible de le retenir. Comme si le taire n'aurait pas eu le moindre sens. C'est un mot qui change tout, un mot qui délivre et sauve. En le prononçant, il s'est libéré d'un immense tourment. Et ce que je n'avais pas prévu, ce que je n'aurais jamais pu prévoir, c'est qu'il m'a également sauvée. Je chancèle.

– Théo, c'est... Je ne m'attendais pas... Attends une seconde.

Je lève un doigt devant moi.

– Il faut que je prenne le temps de réfléchir à tout ce que tu viens de me dire.

Il hoche la tête, faisant jouer sur son visage les ombres d'une branche d'arbre que le soleil projette dessus. J'inspire et, tandis qu'il attend ma réponse en essayant de cacher le léger tremblement de ses mains, je m'offre le luxe de laisser flotter ces quelques secondes dans l'air, en suspension. Non par cruauté, mais parce que j'y suis forcée, si je ne veux pas fondre en larmes comme une gamine face à l'homme que j'aime.

Or, je ne veux pas me conduire comme une gamine.

Levant le menton, je suis des yeux la course des nuages, qu'un vent très doux fait bouger, dans le ciel si beau, si pur aujourd'hui. Et comme l'un d'eux semble dessiner la forme d'un visage que j'aime plus que tout, je sais soudain comment je vais formuler ma réponse à la phrase de Théo. La phrase la plus belle et folle, terrible et belle, que l'on m'ait jamais dite.

– Tu sais, je ne suis pas du tout du genre à croire que les morts nous parlent, tout ça... C'est pas mon truc. Quand je pense à mon père, je ne me dis pas qu'il me voit, qu'il se réjouit de ce qui peut m'arriver de bon, par exemple.

– Mais ?...

– Mais, aujourd'hui, j'ai l'impression qu'il est un peu là.

Théo ne bouge pas. Sourire soleil. Je chuchote :

– Et je crois qu'il t'aime bien.

À mesure que le sourire de Théo s'élargit, ses yeux s'embuent.

Je ne lui dis pas que je l'aime, moi aussi. C'est encore un peu tôt et, dans tout ce désordre, je veux faire les choses bien. Or, j'ai déjà pris la mesure – en quelques secondes seulement – de tout ce que ma réponse implique, contrairement à Théo, peut-être, qui s'est jeté à l'eau avec toute sa fougue aveugle et magnifique. Une des raisons pour lesquelles, justement, je l'aime.

Je ne lui dis pas qu'au-delà de nos merveilleux instants à deux, ma réponse signifie aussi qu'un jour, le cœur battant exactement aussi fort qu'en ce moment même, je franchirai le portail de sa maison, terrifiée et ivre de joie à l'idée de rencontrer ses enfants.

Nos enfants.

8

Soir de première

21 septembre 2021

On a fait salle comble.

Évidemment, ce n'est pas une très grande salle, et puis c'était notre première, il y a surtout les amis et la famille, mais ça me bouleverse tout de même. Quand le rideau est tombé, me rendant ma respiration (que je retenais depuis une heure et quarante-cinq minutes), j'ai eu l'impression que les applaudissements, qui ont brusquement crépité en rafales, s'abattaient sur mon crâne comme un déluge de pierres.

Depuis les coulisses, j'ai regardé les comédiens (*mes* comédiens !) saluer, au fil des rappels. Au centre, Léonore, impériale, sensuelle, dans un halo de lumière - impossible de savoir s'il était véritable ou imaginaire.

Je me suis efforcée de me calmer pour savourer, savourer l'instant, ne rien en perdre. Parfois, les voix des amis perçaient à travers la clameur de la foule, un *bravo* hurlé à pleins poumons par Nat', un autre en chœur par Lou et Pauline, le cri puissant de Clément dont je pouvais deviner les mains placées en porte-voix devant sa bouche... J'ai tout pris, tout accueilli, avec gratitude.

Et puis, les comédiens se sont tournés vers moi, en une farandole secouée de rires flapis, et leurs mains alignées pour n'en former qu'une seule, longue de plusieurs mètres, m'ont invitée à les rejoindre.

Je suis entrée dans le bruit et la lumière. Sous le choc, j'ai vacillé, pris en pleine face les halos des projecteurs. La marée mouvante des spectateurs (*mes* spectateurs !) roulait dans l'obscurité rassurante.

Léonore a pris ma main et m'a fait un clin d'œil, j'ai senti la ferme pression de ses doigts m'incitant à me courber avec elle, et nous avons salué de concert. Mon bracelet a glissé au bout de mon poignet, me gratifiant d'une sensation familière et rassurante.

En me penchant, dans le secret de mes cheveux qui tombaient en pluie par-dessus ma tête et me cachaient aux yeux de tous, j'ai vu défiler les semaines passées.

Ces semaines folles, durant lesquelles je me suis consacrée corps et âme à mon projet.

À l'éclosion de ce moment-là.

J'ai revu les soirs où je rentrais tard, dans la maison endormie, en marchant sur la pointe des pieds pour ne réveiller personne, la tête sonnante.

J'ai revu les matins où je filais, souris pressée, hors de la tanière déjà active, les deux grands penchés sur leur chocolat chaud et la petite, là-haut, qui s'habillait avec son père.

J'ai revu les trésors qui m'ont cueillie entre deux allées et venues. Un dessin de Camille scotché sur le miroir de notre chambre. Un court poème de Simon glissé sous mon oreiller. Un plat préparé par Théo qui m'attendait dans le frigo avec un post-it. Le mot « Maman » écrit par Louise en lettres fébriles sur une ardoise magique oubliée par terre.

J'ai revu leurs yeux brillants, à tous, le soir où je leur ai annoncé la date de la première.

Et puis cet autre trésor, dont l'apparence austère ne m'a pas préparée aux larmes qu'il devait m'arracher...

C'était une bête enveloppe rectangulaire, frappée d'un tampon administratif. Théo me l'a tendue d'un air grave qui m'a légèrement inquiétée, sur le coup. En extirpant la feuille de papier qu'elle contenait, je me rappelle m'être étonnée que les trois enfants soient venus se nicher autour de ses jambes, les yeux fixés sur moi.

La demande d'adoption de Simon et Camille avait été acceptée : j'étais officiellement leur mère adoptive. J'ai glissé la lettre dans mon sac, au milieu de mes notes de lecture et de mes fiches de planning, avec le sentiment d'ajouter à mon carquois une flèche d'or.

À partir de ce jour, j'ai travaillé encore plus ardemment à ma mise en scène, et je me sentais invincible. Les dernières répétitions ont filé comme un rêve, me laissant chaque nuit plus forte et plus épuisée, plus libre et plus fragile.

– *Bravo !*

Lorsque je me suis redressée, j'ai distingué le premier rang aussi clairement qu'en plein jour, sans qu'il me soit possible, là encore, de savoir si cette vision était véritable ou imaginaire...

Au premier rang, il y avait tous les miens. César applaudissant, brusque et raide, sur le siège le plus à droite, les traits du visage tendus à craquer ; Solène, déchaînée, qui sifflait avec ses doigts, sans paraître gênée par la main que ma mère avait posée sur son épaule ; ma mère, ensuite, qui de l'autre main m'adressait un signe confiant et rayonnant d'amour.

À côté de ma mère, Camille chuchotait à l'oreille de Simon, sans doute pour lui demander s'il avait tout compris du spectacle ou si, comme à elle, certains détails étaient restés obscurs… et lui qui souriait, fanfaron, pour lui répondre que bien sûr, il avait tout compris, tout ce qu'il y avait eu à voir et peut-être plus !

Théo, lui, tenait Louise sur ses genoux, et il avait calé ses grandes mains sur les siennes, enthousiastes, papillonnantes, de telle sorte qu'ils applaudissaient d'un même geste.

Leurs yeux à tous luisaient dans le noir, fusaient à travers l'espace pour m'atteindre.

Alors j'ai imaginé ceux de mon père, luisant dans un autre noir, fusant à travers un autre espace, mais eux aussi posés sur moi.

Les miens. Tous les miens. Je les ai contemplés longtemps, fière, sûre de ce que j'avais accompli et rêveuse déjà à l'idée de ce qui m'attendait d'autre.

– Bravo, Maman !

Je ne sais pas lequel des trois enfants a crié ça ; leurs trois voix, indistinctes, se fondaient en une seule dans mon esprit chahuté de bonheur.

Peu importe lequel, j'ai pensé. Les trois étaient là pour moi. Ce cri, leur cri, me rendait tout ce que j'avais pu donner et plus encore. Ce cri m'appartenait ; j'ai décidé que je le garderais à l'intérieur de moi, en prévision de jours peut-être moins favorables.

Du bout des doigts, j'ai envoyé un baiser à mes trois enfants – et en cette ultime seconde furieuse et claire, vrombissante, entre ombre et lumière, j'étais Maman absolument.

Remerciements

À toutes les personnes qui m'ont fait la joie de lire mon précédent et tout premier roman, « *Il est juste que les forts soient frappés* », et de m'en dire ou écrire un petit mot, par mail, ou via les blogs et réseaux sociaux, ou encore par courrier*...

De tout cœur, merci à vous toutes et tous. À chaque fois, vos retours de lecture m'ont bouleversé, bien au-delà de ce que j'ai pu en montrer. Vous avez transformé l'esquisse d'un geste intime, un peu fou et impétueux, en une magnifique aventure partagée.

Merci aussi aux représentants, libraires, bibliothécaires, documentalistes, organisateurs de salons et journalistes qui ont contribué à faire vivre cette aventure, et merci à mes chères éditrices, les z'olives, qui m'ont si bien accompagné de l'une à l'autre.

Merci de tout cœur à mon épouse qui, non contente de me soutenir tout le long de l'écriture, m'a autorisé à lui inventer une enfance.

Et pour finir, merci à toutes celles et ceux qui viennent à l'instant de fermer ce livre, et nous rejoignent à la fête. On n'attendait plus que vous.

* J'ai malencontreusement égaré les enveloppes de deux d'entre elles, à qui je n'ai donc jamais répondu ; j'espère qu'elles se reconnaîtront ici !

La couverture de *Les Enfants véritables* a été imprimée
sur une carte Rives Sensation tactile Gloss
avec un marquage à chaud coloré n° RE112.
Les polices utilisées sont la Domaine Display
et la NewParis Headline.
L'ouvrage, composé en Romain BP,
est imprimé sur papier Aura.

Composition et mise en pages
Nord Compo à Villeneuve-d'Ascq

Achevé d'imprimer en France
par CPI Firmin-Didot
en février 2021
N° d'impression : 161962